文 澜 学 术 文 库

# 英国童话的伦理教诲功能研究

李纲 著

社会科学文献出版社
SOCIAL SCIENCES ACADEMIC PRESS (CHINA)

本书为中南财经政法大学青年教师创新项目"英国童话的叙事形式与叙事功能研究"研究成果

# 总　序

中南财经政法大学新闻与文化传播学院建院虽然只有十余年，但院内新闻系、中文系和艺术系所辖学科专业都是学校前身中原大学 1948 年建校之初就开办的，后因院系调整中断，但从首任校长范文澜先生出版《文心雕龙讲疏》开始其学者生涯，到当代学者古远清教授影响遍及海内外的台港文学研究，本校人文学科的研究可谓薪火相传、积淀丰赡。

1997 年，学校重新开办新闻学专业，创建新闻系，相关学科专业建设开始步入新的发展阶段。2004 年，新闻与文化传播学院组建。近年来，在学校建设"高水平、有特色的人文社科类研究型大学"的发展目标的指引下，中文系和艺术系相继在 2007 年和 2008 年成立，人文学科迅速得到恢复和发展。

为了检阅本院各学科研究工作的实绩，进一步推动研究的深入和学科的发展，我们将继续编辑出版本院教师系列学术论著"文澜学术文库"丛书。

丛书以"文澜"命名，一是表达我们对老校长范文澜先生的景仰和怀念，二是希望以范文澜先生的道德文章、治学精神为楷模自律自勉。

范文澜先生曾在书斋悬挂一副对联："板凳要坐十年冷，文章不写一句空。"这种做学问的自律精神在今天更显得宝贵和具有现实意义。《文心雕龙讲疏》是范文澜先生而立之年根据在南开大学的讲稿整理完成的第一部学术著作，国学大师梁启超为之作序："展卷诵读，知其征证详核，考据精审，于训诂义理，皆多所发明，荟萃通人之说而折衷之，使义无不明，句无不达。是非特嘉惠于今世学子，而实大有勋劳于舍人也。"学术研究之意义与价值，贵在传承文明、承前启后、继往开来、推陈出新。范文澜先生之《文心雕龙讲疏》后又经多次修订，改名《文心雕龙注》以传世，作者有着严谨的学风、精益求精的精神，实为吾辈楷模。正因如此，其著作乃成为《文心雕龙》研究史上集旧注之大成、开新世纪之先河的里程碑式的巨著。

　　先贤已逝，风范长存。高山仰止，景行行止。虽不能至，然心向往之。

　　是为序。

胡德才
2015 年 7 月 6 日于武汉

# 目　录

引　论 / 001

　　一　何为"童话" / 001

　　二　国内外英国童话研究现状述评 / 009

　　三　文学伦理学批评：童话研究的新方法 / 019

第一章　童话与儿童的伦理启蒙 / 025

　　第一节　《维尼·菩的世界》：童话与儿童的伦理混沌 / 026

　　第二节　《小兔彼得和他的朋友们》：童话如何对儿童进行
　　　　　　伦理启蒙 / 048

　　第三节　《女巫》：童话与儿童的伦理选择 / 068

第二章　童话与儿童的道德成长 / 088

　　第一节　《彼得·潘》：儿童的自由意志与理性意志 / 089

　　第二节　《五个孩子与沙地精》：童话如何帮助儿童实现
　　　　　　道德成长 / 110

　　第三节　《随风而来的玛丽阿姨》：成人在儿童道德成长
　　　　　　中的作用 / 132

英国童话的伦理教诲功能研究

**第三章　童话与伦理环境的净化 / 153**

第一节　《快乐王子与其他童话》：童话中的伦理批判 / 154

第二节　《北风的背后》：童话对伦理环境的净化 / 173

第三节　《驯龙高手》：旧伦理的弊端与新伦理的产生 / 192

**结　语 / 213**

**参考文献 / 219**

**附录　文学伦理学批评在儿童小说研究中的运用**
　　　　——以《海蒂》研究为例 / 230

一　海蒂的斯芬克斯因子 / 231

二　海蒂的伦理选择 / 237

**后　记 / 243**

# 引　论

## 一　何为"童话"

童话是一个深受读者喜爱的文学体裁。那些美妙绝伦的童话故事不仅令儿童爱不释手，而且，每当成年人回忆起自己美妙的孩提时光时，也总会想到那些曾经陪伴自己度过快乐童年的精彩童话。我们会为《长发妹》中长发妹牺牲自己拯救村民的义举而肃然起敬，也会为《灰姑娘》中灰姑娘最终和王子幸福的结合而欢欣不已，还会为《海的女儿》中小美人鱼的悲惨遭遇而黯然神伤。我们都渴望和马良一样拥有一支神奇的画笔，也都希望能够像彼得·潘一样自由自在地在天空中飞翔。可以毫不夸张地说，童话是人类文学宝库中一颗璀璨夺目的明珠，它既是诸多儿童文学体裁中最为重要的一种文体——正如方卫平教授所说的："一部童话的历史构成了一部儿童文学的历史。"[①] 同时，它也是人类儿童时期最为重要的精神食粮。人们在儿时从童话中学到的知识、明白的道理以及接受的其他各种教益和熏陶都将成为伴随自己一生的宝贵财富。

---

① 　梅子涵等：《中国儿童文学五人谈》，新蕾出版社，2008，第69页。

　　任何一项童话研究都必须首先回答一个基本问题，那就是什么是童话。什么是童话？这个问题看似已经有了定论，因为中外学术界在对童话这一概念进行界定的时候，通常都注意到了超自然的"幻想"，即现实生活中不可能出现的人、事、物，是童话最重要的一个文体特征。例如《大英百科全书》对童话给出的定义就是"童话是一种包含了奇异的故事元素和故事情节的神奇故事，但并不一定会有精灵的形象。这一文体既包括《灰姑娘》（*Cinderella*）和《穿靴子的猫》（*Puss-in-Boots*）之类的民间童话（folk tales），同时也包括像王尔德的《快乐王子》（*The Happy Prince*）之类的作家童话（art fairy tales）。"① 《大英百科全书》对童话的定义基本代表了西方学术界对于童话的理解，而中国学术界对于童话的定义也同样突出了"幻想"这一文体特征。例如蒋丰先生就认为："童话核心必须由幻想因素构成，童话情节必须围绕幻想展开，童话细节必须与幻想因素相一致。"② 贺宜先生也认为："童话的根本特征是幻想，没有幻想便没有童话。"③ 民间童话是童话的一个重要分支，因此很多民间文学学者也从民间文学研究的角度对童话进行过界定，例如我国著名民间文学专家刘守华教授就认为："童话是幻想与生活真实相结合的产物……主要是凭借奇丽的想象，曲折地反映出广大劳动人民的生活，表达出他们追求美好生活的理想愿望。"④ 不难发现，虽然中外学者们对童话的定义表述不一，侧重点也各有不同，但都无一例外地明确指出超现实的幻想是童话的一个重要特征。

　　之所以众多学者一致将幻想视为童话最重要的文体特征，一个

---

① 见《网络版大英百科全书》http：//academic. eb. com/EBchecked/topic/200491/fairy-tale。
② 韦苇：《外国童话史》，清华大学出版社，2013，第5页。
③ 贺宜：《贺宜文集》，少年儿童出版社，1984，第187页。
④ 刘守华：《民间童话之谜——一组民间童话的比较研究之二》，《外国文学研究》1980年第2期，第121页。

重要原因就是在那些被我们称为童话的文本中确实都存在着明显的幻想色彩，这种幻想色彩体现在童话的人物、情节、故事场景等多个方面，例如仙女、精灵、巫师等文学形象，愚蠢至极的皇帝赤身裸体游街示众的荒诞情节，以及永无岛，奥茨国等神奇仙境。事实上，也正是这些神奇的幻想使得童话中的人、事、物都焕发出耀眼的奇光异彩，造就了童话的独特魅力。就像中国学者汤锐所指出的："作为一种文学体裁，童话的基本特征是幻想，换句话说，幻想是童话的主体、核心、灵魂和生命，没有幻想就没有童话。"①

　　除此之外，将幻想作为童话的特征还有助于将童话与写实类的文学作品有效地加以区分。对一个文体的定义不仅要准确地概括该文体的内涵，同时也要明确地界定该文体的外延，从而有效地将从属于该文体的文本与属于其他文体的文本加以区分。而通过观察文本中是否存在具有幻想特征的构成元素，便能帮助读者将童话与其他写实类的文学作品明确地区分开来。说得简单点，如果一个故事讲述一个迷路的小孩被警察叔叔带回了家，那么这个故事就不可能是童话，但如果这个迷路的小孩是被一条会说话的狗带回了家，那么这个故事就是童话，因为在故事中出现了拟人化的动物这一幻想元素。我们之所以能够准确判断出《汤姆·索亚历险记》（*The Adventures of Tom Sawyer*）和《金银岛》（*Treasure Island*）不是童话，而《灰姑娘》（*Cinderella*）和《海的女儿》（*The Little Mermaid*）属于童话，正是基于文本中是否出现幻想性的故事元素做出的判断。

　　然而，仔细推敲起来，仅仅将幻想视为童话区别于其他文体的特征，仍然存在值得商榷之处。因为幻想作为一种文学创作手法，并非童话所独有。事实上，很多非儿童文学类的作品同样是以其奇

---

① 汤锐:《童话应该这样读》，接力出版社，2012，第 4 页。

绝的幻想著称于世。例如加西亚·马尔克斯（Gabriel García Márquez）的《百年孤独》（*One Hundred Years of Solitude*）和乔治·奥威尔（George Orwell）的《动物农场》（*Animal Farm*），这两部作品显然不属于儿童文学作品，更不可能算是童话，但作品中依然存在着大量带有奇幻色彩的情节。例如《百年孤独》中俏姑娘蕾梅黛丝乘着飞毯飘然而去，布恩蒂亚的鲜血像认路一样在故宅游荡，在母亲身边逡巡，《动物农场》里猪带领动物们推翻了人类农场主的统治，却回过头来像人类农场主一样残忍地欺压和剥削其他动物。上述文本中的这些奇思妙想即便是和最经典的童话相比，也丝毫不会逊色。因此，将幻想视为童话有别于其他文体的区别性特征，多少有些差强人意，起码无法对童话与其他非儿童文学的幻想类文学作品进行有效的区分。

真正对童话的传统定义形成巨大挑战的是幻想小说在当代文坛的异军突起。随着儿童文学创作的不断发展，自 20 世纪初以来，一种新兴的儿童文学叙事文体 Fantasy 逐渐引起了越来越多的关注。这种文体既具有传统童话精于幻想的特点，同时篇幅又比格林童话、安徒生童话等经典童话长，基本具备长篇小说的篇幅。国内学术界通常将这一文体翻译为"幻想小说"或"童话小说"，也有学者采取音译的方式，将其译为"泛达袭"。柯林·曼诺夫是当代西方研究幻想小说的专家，他的观点基本能代表西方学术界对于幻想小说的理解。按曼诺夫的解释，幻想小说是指"一种虚构的叙事文本，它包含了超自然或不可能的情节"，"所谓超自然，是指某种魔法或者超自然的存在，从天使到仙子"，"所谓不可能，是指我们公认在现实中无法出现的状况"[①]。显然，无论是童话还是幻想小说，都强调超自然的幻想是自己的文体特征，这就使得两个概念的内涵

---

[①] Manlove, Colin, *From Alice to Harry Potter*: *Children's Fantasy in England* （Christchurch: Cybereditions, 2003）, p. 10.

产生了混淆，而两个概念在内涵上的混淆所产生的直接后果就是导致其外延的模糊。例如 J. K. 罗琳的《哈利·波特》（*Harry Potter*）和詹姆斯·巴里（James Matthew Barrie）的《彼得·潘》（*Peter Pan*）这两部经典的儿童文学作品，有人说是童话，也有人说是幻想小说，其文体归属便成了一个无法判断的问题。有鉴于学术界对于童话与幻想小说两种文体界定上的模糊以及由此引发的分歧，当代西方著名儿童文学专家齐普斯教授甚至在他主编的《剑桥童话研究指南》的序言中发出这样的感慨："（也许）世界上压根就不存在'童话'这么个文类，只存在无以胜数的童话文本。而这些童话文本又被人们以不同的方式加以界定，这不禁让人心生疑惑，这些文本真的能被归于同一文类吗？"①

看来，单纯从"幻想"这一文体特征的角度来定义童话，恐怕是力所不逮的。其实，正所谓"伐柯伐柯，其则不远"，Fairy Tale 的汉语译名"童话"正好为如何区分童话与幻想小说和其他以幻想为显著特征的文学作品指明了方向。既然我们将一个文体命名为童话，其言下之意自然非常清楚，这个文体应该以儿童为主要目标受众。童话以儿童为目标受众，绝不是仅仅意味着作家宣称自己的作品是为儿童创作的，而是说文本必须适应儿童读者的接受能力，因而适合儿童阅读。任何文学文本都是运用一定的文学创作技巧来书写特定的主题，或是传达某种思想情感，而且文本中也必然会涉及一定的社会、历史、文化知识，甚至可能包括自然科学知识，因此，任何一个文本其实都对读者的接受能力提出了相应的要求。儿童与成人相比，在思维水平、知识储备、阅读能力，以及人生阅历等方面都存在明显的差异，因此，一个文学文本能否被归为童话，

---

① Zipes，Jack，*The Oxford Companion to Fairy Tales：The Western Fairy Tale Tradition from Medieval to Modern*（Oxford：Oxford UP，2000），p. 1.

必须看它是否符合儿童的接受能力，能否被儿童读者接受和理解。由此便不难发现，虽然《百年孤独》和《动物农场》等作品与童话一样存在大量的幻想性的叙事元素，但它们是以成人读者作为目标受众，文本对读者的接受能力提出的要求也大大地超出了儿童读者的接受能力，因为儿童读者压根就不可能理顺《百年孤独》里复杂的人物亲缘关系，也无法理解《动物农场》里猪为什么要频繁地修改"十戒"，更不可能体会到《百年孤独》中马尔克斯对拉美文化在西方文明冲击之下日益衰退与边缘化所表达的忧思，以及奥威尔试图在《动物农场》里表达的辛辣政治讽喻。因此，通过文本目标受众的不同，就能比较准确地将童话与非儿童文学的幻想类文学文本加以区分。

从文本目标受众的角度界定童话，不仅能将童话与非儿童文学的幻想类文学文本加以区分，同时也有助于理解童话和幻想小说的区别。童话与幻想小说虽然都是以儿童为主要目标受众，但是，儿童是一个涵盖范围极广的概念。《联合国儿童权利公约》（*Convention on the Rights of the Child*）明确规定"儿童系指 18 岁以下任何人"[①]，这就意味着儿童这一概念涵盖了从襁褓中的婴儿到 18 岁的青年这样一个年龄跨度极大的群体。而处于不同年龄阶段的儿童显然在文本接受能力和阅读喜好上会有着明显的区别，比如年龄较小的儿童适合阅读图文并茂的绘本和情节简单紧凑的童话，而十六七岁的青少年就算阅读《红楼梦》这样情节复杂的长篇小说也没有太大的难度。回过头来说，幼童肯定读不懂小说，而青少年也肯定不屑于去阅读绘本中诸如"小猫小猫喵喵叫"之类的文字。也正是基于这个原因，儿童文学研究界才按照不同年龄阶段儿童的接受特点和阅读需求，将儿童文学划分为幼儿文学、童年文学和青少年文学

---

[①] 联合国官方网站，http://www.un.org/chinese/hr/issue/docs/24.PDF。

三个不同类别。① 幼儿文学主要以三岁到六岁的幼儿为目标受众，童年文学则主要以七岁至十二岁的儿童为目标受众，而青少年文学则主要以十三岁到十八岁的青少年为目标受众。

优秀童话的标准是由贝诺童话、安徒生童话和格林童话等经典童话文本所奠定的，而通过对这些经典文本的分析便不难发现，童话主要属于通常意义上的幼儿文学和童年文学的范畴，以七岁到十二岁的儿童读者为主要目标受众，无论是文本主题的深浅程度，情节的复杂程度还是文本涉及的社会文化知识都符合处于童年阶段的读者的接受能力。而幻想小说则属于青少年文学的范畴，与童话相比，无论是主题思想，情节结构还是人物关系都更为复杂，对读者的知识水平、理解能力乃至生活经验都提出了比阅读童话更高的要求。如果将罗琳的《哈利·波特》和罗尔德·达尔（Roald Dahl）的《女巫》（*The Witches*）这两部儿童文学名著加以对比，便不难发现童话和幻想小说的区别。从文体特征的层面看，《哈利·波特》与童话没有任何差别，而且文本中神奇的魔法和宝物、会送信的猫头鹰、魔法学校、魁地奇比赛等内容对处于童年阶段的读者也具有极大的吸引力。但是，文本中对于魔法学校内部权力斗争、斯内普对哈利的爱恨交杂的情感、少男少女情窦初开时的羞涩情愫等内容的描写，显然已经超过了童年阶段的读者的理解能力，因此，《哈利·波特》应该算是典型的幻想小说。而《女巫》虽然在篇幅上类似于长篇小说，但文本涉及的所有背景知识，如亲情、女巫、老鼠、魔法药水等，都符合童年阶段的读者的知识储备和理解能力，而且情节简单、主题明确，所以应该被归为童话。

从文体特征和目标受众这两个角度加以考量，基本上能将童话

---

① 儿童文学文类的三分法自周作人提出之后一直通行，也有学者提出四分法，即将青少年文学分为青年文学和少年文学，但大多数学者都认为将少年文学和青年文学区分开来意义不大，故普遍认同三分法。

和其他文体区分开来，但仅从这两个角度区分依然是不够的。事实上，有很多作品从文体特征和受众接受能力的角度来看，都符合童话的标准，但依然不适合儿童阅读。最典型的例子就是 2010 年曾在国内图书市场公开发售的《令人战栗的格林童话：你没读过的初版原型》。这本书打着所谓"原版格林童话"的旗号，以充斥着血腥、暴力、情色的内容夺人眼球，被读者戏称为"黑色童话"。连成年读者都感慨："想不到还有让我看不下去的童话，好几次鼓起勇气继续看，但是还是只看了几分钟就不敢继续。"① 像《令人战栗的格林童话：你没读过的初版原型》这种文本，虽然在形式上符合童话的特征，但绝对不能被纳入童话的范畴，因为它违背了童话的一项殊为重要的基本功能，即伦理教诲功能。

伦理教诲功能是童话的一项重要的基本功能，这一点是由童话的主要目标受众决定的。童话是以儿童为主要目标受众。儿童是未来的公民，人类的希望，承载着为人类文明与社会发展提供持续动力的责任，而人类的童年阶段又是一生中一个重要而且特殊的阶段，因为"就人类个体心理的发展而言，从出生到成熟这一段时期是生长发育最旺盛，变化最快，同时也是可塑性最强的时期"。② 这就是说，儿童的心灵就像一块饱含着希望的土壤，但在这片土壤上是否可以盛开美丽的花朵，也取决于人们是否播下了善和美的种子。而作为儿童最重要的精神食粮之一，童话必须承担起给予儿童积极的正面引导，帮助儿童顺利实现成长，培养未来合格与优秀公民的责任。正如聂珍钊教授所言："儿童文学是儿童成长的教科书，发挥着引导儿童道德完善的作用。"③ 这就要求童话的功能必须是给

---

① 详情可参见中国新闻网相关报道：http://www.gd.chinanews.com/2010/2010-12-06/2/73168.shtml。

② 桑标主编《当代儿童发展心理学》，上海教育出版社，2003，第 4 页。

③ 聂珍钊：《文学伦理学批评导论》，北京大学出版社，2014，第 269 页。

予儿童正面的伦理教诲，培养儿童正确的伦理观念和高尚的道德情操，同时，必须回避暴力、色情等有碍儿童身心健康成长的内容。事实上，所有优秀的童话作品，例如安徒生的《海的女儿》、《小意达的花儿》(*Little Yeada's Flowers*) 等，无一不是在歌颂高贵的品德与高尚的情操，没有哪一部童话作品是因为颂扬恶德败行而流行于世。经典民间童话《小红帽》(*Little Red-Cap*) 在早期流传的版本——例如法国学者贝洛 (Perrault) 编辑的《鹅妈妈故事集》(*Tales of Mother Goose*) 的版本里，就有涉及情色和暴力的描写，但在后期流传的异文中，这些描写都被剔除掉了。戴望舒先生在将《鹅妈妈故事集》翻译成中文时，也将《小红帽》中的相关内容予以删除。那本让人不寒而栗的《令人战栗的格林童话：你没读过的初版原型》在书市上发售不久，便被勒令全面下架。这些事例说明，童话应该具备给予儿童正确的伦理教诲，不能伤害儿童的身心健康，这其实是全社会的普遍共识。

任何一种尝试给一个文体下定义的行为都注定是吃力不讨好的，本书也并不打算就童话这一文体做出精确的定义。但可以肯定的是，一部童话作品必须同时具备以下三个特征：首先，童话必须以幻想为主要的文体特征；其次，童话必须以十二岁以下的儿童为主要目标受众；最后，童话应该给予儿童正面的伦理教诲，培养儿童正确的伦理观念和高尚的道德情操。本书选作研究对象的九部英国童话文本，也正是根据这三个标准加以遴选的。

## 二 国内外英国童话研究现状述评

由于英国童话所拥有的光荣传统和卓越的创作实绩，英国童话研究一直是西方儿童文学研究中的一门显学。经过一百多年的学术实践，西方学术界在英国童话研究方面不仅积累了丰富的研究成果，而且也总结出了一些行之有效的研究方法。

史论研究是文学研究的基础和重要组成部分，英国童话研究也不例外。哈维尔·达顿（Harvey Darton）的《英格兰的童书：五个世纪以来的历史及其社会生活背景》① （*Children's Books in England*：*Five Centuries of Social Life*，Cambridge UP，1982）是目前最权威的一本英国儿童文学史著作，该书按年代顺序，系统描述了包括童话在内的英国儿童文学发展历程，其对英国儿童文学发展史的分期，以及对一些重要作家作品的点评导向，至今影响着同类的文学史专著。柯林·曼诺夫（Colin Manlove）的《从艾丽丝到哈利·波特：英国童话小说发展史》（*From Alice to Harry Potter*：*Children's Fantasy in England*，Cybereditions，2003）按照历时的线索深入探讨了英国童话发展的内在逻辑，同时对不同时期的经典文本进行了个性化的解读，是当代西方最重要的一部英国童话史著作。以上一老一新两部文学史著作，对于英国童话研究有着不可或缺的参考价值。此外，彼德·亨特（Peter Hunt）的《插图本儿童文学史》 （*Children's Literature*：*An Illustrated History*，Oxford UP，1995）和塞斯·莱纳（Seth Lerer）的《儿童文学阅读接受史》 （*Children's Literature*：*A Reader's History from Aesop to Harry Potter*，Chicago UP，2009）虽然不是英国儿童文学专门史，但前者是当代西方最为通行的一部世界儿童文学发展史，而且以介绍英国儿童文学为主，后者则独辟蹊径，从读者阅读接受的角度描写了世界儿童文学的发展变迁，对于儿童文学研究具有普遍的指导意义。因此，这两部著作对于当今的英国童话研究依然具有很高的参考价值。

社会历史批评是西方童话研究中历史最为悠久的一种研究方

---

① 这本文学史初版于 1932 年，年代较为久远，所以目前市面上通行的是由英国学者布莱恩·安德森于 20 世纪 80 年代增补修订后的版本。

法，而且至今依然被学者们广泛使用。这类研究主要关注童话与其所处时代与社会文化背景之间的联系，例如安·艾克曼（Ann Ackerman）的《维多利亚时期的意识形态与英国儿童文学》（*Victorian Ideology and British Children's Literature*，North Texas UP，1984）主要分析了维多利亚时期英国社会的各种社会观念和意识形态如何在该时期的儿童文学作品中得以反映，克莱琛·加布里斯（Grechen Galbraith）的《阅读与生活》（*Reading Lives：Reconstructing Childhood，Books，and Schools in Britain*，1870 – 1920，St. Martin's Press，1997）则详细分析了 19 世纪末 20 世纪初包括童话在内的英国儿童文学作品是如何反映了维多利亚时期晚期及爱德华时期英国的社会、经济与政治的变迁，以及这一时期的儿童文学作品与儿童教育之间的关联，苔丝·科斯赖特（Tess Cosslett）的《英国文学中的拟人化动物形象》（*Talking Animals in British Children's Fiction*，1786 – 1914，Ashgate，2006）分析了人类对于动物的观念的变迁以及这些变迁是如何反映到童话作品中的动物形象之上，这部著作"对于研究者认识从 18 世纪到 20 世纪初的英国儿童文学领域的写实性与幻想性的动物故事创作具有重要的文化和文学价值"①。德国学者杰克·齐普斯（Jack Zipes）是当代西方儿童文学研究的权威专家，他的研究侧重于分析童话母题及文本在不同时期的异文及其折射出的文化与意识形态的变迁。值得注意的是，齐普斯虽然没有写过一本专门研究英国童话的专著，但他的大部分童话理论和童话发展史著作都是以英国童话作为重点研究对象，例如他的代表作《当梦想成真：经典童话及其传统》（*When Dreams Come True：Classical Fairy Tales and Their Tradition*，Routledge，2007）除了第一章概论外，剩下的十二章中有三章是对英国童话的专题研究，具体研

---

① 舒伟：《走进童话奇境：中西童话文学新论》，外语教学与研究出版社，2011，第 239 页。

究对象包括《彼得·潘》、王尔德童话和维多利亚时期的英国童话，而德国、美国、丹麦等其他国家的童话均只占一章篇幅。齐普斯对英国童话的重视也反映了英国童话在当代西方学者心目中的重要地位。

叙事学研究也是西方童话研究的一个重要路径。瑞典学者玛丽亚·尼古拉耶娃（Maria Nikolajeva）是当代西方运用叙事学方法研究儿童文学作品的代表人物，她的代表作《儿童文学的人物修辞学》（*The Rhetoric of Character in Children's Literature*，Scarecrow，2002）运用叙事学的方法研究了《小熊维尼·菩的世界》（*The World of Winnie-the-Pooh*）、《五个孩子与沙地精》（*Five Children and It*）、《随风而来的玛丽阿姨》（*Mary Poppins*）等英国经典童话作品中的人物形象，并且在文本研究的基础上提出了"集体主人公"等儿童文学研究的重要概念。运用叙事学方法研究英国童话作品的重要成果还包括施密特（Schmidt）主编的论文集《儿童文学中叙事者的声音》（*The Voice of the Narrator in Children's Literature*，Macmillan，1991）和彼德·亨特一篇被广泛引用的论文《叙事学与儿童文学》（*Narrative Theory and Children's Literature*）。值得注意的是，西方学者在运用叙事学方法对童话文本进行研究的时候，往往不限于对单个文本甚至是某一个国别文本的研究，而是将欧美儿童文学文本作为一个整体来加以把握，通常一篇论文中会涉及对不同国家的好几个文本的分析。这恐怕与童话文本篇幅相对短小，叙事结构相较成人文学也更为简单，所以需要多个文本才能阐释相对复杂的理论观点有关。

对童话的心理学研究兴起于 20 世纪，这类研究或是试图剖析童话中隐藏的人类的心理信息，或是从心理学角度研究童话故事对儿童心理所施加的影响。著名作家、学者托尔金（Tolkien）是 20 世纪较早从心理层面研究童话的先行者，他的代表性论文《童话论》（见 *The Tolkien Reader*，Ballantine，1964）从心理层面探讨了英国童话的功能。托尔金认为，人类在阅读童话的过程中可以对日常生活中无法满足的欲望实现一种代偿性的满足，这一观点至今仍对童话研究有着深远影响。贝特尔海姆（Bettelheim）的《永恒的魅力：童话的意义及其重要性》（*The Use of Enchantment: the Meaning and Importance of Fairy Tales*，Random House，1976）不仅是童话心理学研究中最重要的经典著作，同时也对《杰克与豆茎》（*Jack and the Beanstalk*），《三只小猪》（*The Story of the Three Little Pigs*）等英国古典童话进行了精辟的分析。作者运用精神分析学的方法解读这些童话，指出童话是儿童调节自我心理，舒缓恐惧和被压抑情绪的重要工具。凯伦·科茨（Karen Coats）的《镜子与永无岛：拉康、欲望及儿童文学中的主体》（*Looking Glasses and Neverlands: Lacan, Desire, and Subjectivity in Children's Literature*，Iowa UP，2004）是西方学术界近年来童话的心理学研究方面的代表性成果，该书通过运用拉康的精神分析学分析《爱丽丝梦游奇境记》和《彼得·潘》这两部经典英国童话作品，讨论了童话是如何帮助儿童在阅读过程中建构自身的主体意识的。

值得注意的是，20 世纪下半叶以来，时下西方流行的一些文化批评理论，例如女性主义批评和后殖民批评理论也被越来越多的学者运用于童话研究当中。一些学者运用女性主义批评的方法解构传统童话文本中的男性中心主义意识形态，取得了很多富有洞见的成果。这方面的代表性成果包括克诺普马修（Knoepflmacher）的专著《深入儿童王国的历险：维多利亚时代的人，童话和女性气质》（*Ventures into Childland: Victorians, Fairy Tales, and Femininity*，Chicago UP，1998），克劳迪娅·尼尔森（Claudia Nelson）的专著《英国儿童文学中的女性伦理》（*The Feminine Ethic and British Children's Fiction*，Rutgers UP，1991），以及伊迪丝·霍宁（Edith

Honig）的《打破传统的天使形象：维多利亚时期儿童文学中女性的力量》（*Breaking the Angelic Image：Woman Power in Victorian Children's Fiction*，Greenwood UP，1988）。达弗涅·库茨（Daphne Kutzer）擅长运用后殖民批评理论分析经典童话作品，他的专著《帝国的孩子们：英国童书中的帝国与帝国主义》（*Empire's Children：Empire and Imperialism in Classic British Children's Books*，Garland，2000）和论文《帝国的失落与寻获：以三部童话为例》（*Lost and Found Empires in Three British Fantasies*）都具有较高的学术水准。不过必须指出的是，这些流行的批评理论在儿童小说研究中运用得极为广泛，但在童话研究中运用得相对较少，这或许与童话的目标受众年龄相对较小，因而作者，尤其是当代的作家，在创作中会有意无意地回避性别、政治等话题有关。

国内对于英国童话的译介起步较早。周氏兄弟是英国童话最早的中国译者，1909 年出版的《域外小说集》中就编入了他们翻译的王尔德童话《快乐王子》（当时采用的译名为《安乐王子》），这也是英国童话第一次出现在中国读者的视野之内。第二部在国内得到译介的英国经典童话是刘易斯·卡罗尔的《爱丽丝梦游奇境记》。这部童话于 1913 年由孙毓修先生在《欧美文学丛谈》中向中国读者第一次推介，并在 1922 年由赵元任先生翻译成中文第一次在国内出版发行。此后，罗斯金的《金河王》（上海开明书店 1928 年版）、巴里的《彼得·潘》（上海新月书店 1929 年版）等越来越多的英国童话作品也逐渐在 20 世纪上半叶被译为中文。尽管 20 世纪中期我国对英国童话的翻译与引进几乎陷入停顿，但在进入 20 世纪 80 年代以后，伴随着国内童书市场的兴盛繁荣，我国对英国童话的译介进入一个高潮期，不仅所有的英国童话经典作品在国内都有了译本，而且很多经典童话作家，例如罗尔德·达尔，伊迪丝·内斯比特（Edith Nesbit）等人的作品都有了中译本全集。尤为可喜的是，很多当代童话精品都能在中国得到几乎与海外同步的出版译介，例如克蕾熙达·柯维尔（Cressida Cowell）的《驯龙高手》（*How to Train Your Dragon*）系列童话 2015 年才在英国出齐全部十二册，但国内 2014 年已经翻译出版了其中的六册。英国童话译介事业的繁荣一方面推动了英国童话在国内的普及，另一方面也为研究者的研究工作提供了便利。

根据研究的深度和广度，国内的英国童话研究大致可以划分为两个阶段：

第一个阶段是 20 世纪初至 20 世纪 80 年代之前。这一阶段中国的童话研究主要致力于建立有中国特色的童话理论体系和研究方法，例如周作人的系列童话研究论文、赵景深的专著《童话学ABC》（世界书局 1929 年版）以及由他主编的论文集《童话评论》（新文化书社 1924 年版）、贺宜的《童话的特征、要素及其他》（少年儿童出版社 1962 年版）等著作都为当代中国的童话研究打下了坚实的理论基础。但是，缺少对包括英国童话在内的外国童话的经典作家作品的研究也是这一阶段中国童话研究的短板。虽然这一阶段也有一些针对英国童话的述评简介，或是在研究著作里间或出现过对英国童话的简短评论，但其研究的深度和广度都是有所欠缺的。事实上，出现这种情况是完全可以理解的。毕竟我国的童话研究起步相对西方较晚，在缺少足够的理论准备的情况下不贸然涉足作品研究，尤其是对外国作品的研究，而是立足于首先夯实研究的理论基础和探索有效的研究方法，这也体现出我国童话研究前辈严谨扎实的学风。

第二个阶段是 20 世纪 80 年代至今。这一阶段国内的英国童话研究无论是在深度上还是在广度上都较上一阶段有了长足的进步。20 世纪 80 年代以来，国内已有三本对英国童话文学发展史进行介绍的文学史著作，分别是韦苇的《外国童话史》（河北少年儿童出版社 2001 年版，清华大学出版社 2013 年再版），张美妮的《英国儿童文学概略》（湖南少年儿童出版社 1999 年版）和舒伟的《英国儿童文学简史》（湖南少年儿童出版社 2015 年版）。韦苇的《外国童话史》是目前国内唯一一部外国童话发展史著作，其中有将近三分之一的篇幅是用于描述英国童话发展史的。张美妮的《英国儿童文学概略》是国内最早的一部英国儿童文学史，作者按时间顺序对 17 世纪至今的英国儿童文学发展史进行了概况式的描述，同时对一些经典的作家作品进行了专节介绍。舒伟的《英国儿童文学简史》是一部颇具学术分量的英国儿童文学史著作，作者在梳理和借鉴前人研究成果的基础上，从发生论和认识论的视角对英国儿童文学发展历程的基本脉络进行了细致审视与梳理。一切文学研究都必须以文学史研究作为基础，而这三部系统地介绍了英国童话发展史的著作在帮助中国读者了解英国童话的发展概况，推介英国童话经典作家作品等方面起到了不可替代的作用。

根据在中国知网上检索的结果，国内目前研究英国童话的学术论文在数量上已接近两百篇，而且这些论文在研究方法上呈现出多样性的特征，各种西方学术界的主流研究方法均已被中国学者所采用。例如舒伟等人的论文《维多利亚时期英国童话小说崛起的时代语境》运用社会历史批评的方法分析了英国童话崛起的社会历史语境和儿童文学语境，并辨析了两者之间的内在关联，刘茂生的论文《王尔德童话的道德阐释：以〈快乐王子〉为例》运用文学伦理学批评的方法阐释了《快乐王子》的道德内涵，吴美红的论文《浅析〈彼得·潘〉的模糊叙事策略》从叙事学的角度分析了《彼得·潘》的叙事技巧及其效果，乔娟的《内斯比特沙地精三部曲之身份批评——性别与民族观重构》运用女权主义和后殖民批评的方法分析了内斯比特"沙地精三部曲"如何帮助儿童建构性别身份意识和民族身份意识，周望月的《从接受美学理论看小说〈女巫〉》

从接受美学的角度分析《女巫》是如何迎合了读者的审美心理并调动读者的接受欲望。除了上述论文之外，蒲海丰的《内斯比特系列童话叙事结构分析》，程诺的《仙子何为——〈彼得·潘〉中的仙子"叮叮铃"形象研究》，王舜日、侯颖的《〈女巫〉的恐怖美学与情感指向》，贺启静的《浅谈〈柳林风声〉的教育功能》，张竹筠的《以艺术的精神看待生命——谈王尔德的童话美》也都运用不同的研究方法对英国童话中的经典作品做出了富有启发意义的阐释。这些研究说明中国学者已经逐渐意识到英国童话研究的重要性，正在紧跟西方学术界的步伐开展相关研究。但是，与西方学术界和国内英国文学研究的热门领域相比，目前国内英国童话研究论文在数量上依然偏少，而且过分集中在少数几个作家作品上，例如在一百八十余篇论文中，仅王尔德童话研究的论文就有八十余篇，而很多在西方已经引起研究者广泛关注并得到深入研究的作品，例如 A. A. 米尔恩（Alan Alexandra Milne）的《维尼·菩的世界》（*The World of Winnie-the-Pooh*），毕翠克丝·波特（Beatrix Potter）的《小兔彼得和他的朋友们》（*World of Peter Rabbit*），帕·林·特拉芙斯（P. L. Travers）的《随风而来的玛丽阿姨》（*Marry Poppins*），目前国内尚没有专门的研究。总体来看，我国的英国童话研究无论从数量还是质量上讲都尚处于起步阶段，研究深度有待加强，研究范围有待扩展，但已经显示出较为光明的前景。

就中国知网硕士、博士论文检索的情况来看，目前国内尚没有专攻英国童话研究的博士论文，但已有六十余篇硕士论文进行了相关研究。研究王尔德童话的论文最多，数量有 35 篇。研究《彼得·潘》的论文有七篇，数量上仅次于王尔德研究。特别值得注意的是，这些论文绝大多数撰写于 2005 年以后。换句话说，论文的作者大多出生于 20 世纪 80 年代之后。"80 后""90 后"的硕士研究生对于英国童话的日益青睐既说明了 20 世纪 80 年代以来我国对英国童话的广泛译介所起到的积极效果，同时也昭示了该研究领域在国内学术界日益光明的前景。

国内学术界虽然还没有专门对英国童话进行研究的著作，但已有四部专著对英国童话进行了比较详细的研究。彭懿的《西方现代幻想文学论》（少年儿童出版社 1997 年版）是国内第一部关于西方幻想文学的研究专著，其中有相当大的篇幅用于研究英国的幻想小说和童话。这部著作的特点在于详细梳理了英国童话的互文性背景和内在传承脉络，对查尔斯·金斯莱（Charles Kingsley）、伊迪丝·内斯比特、巴里和托尔金等作家的童话作品有着独到的研究。而且作者用讲故事的方式向读者描述西方幻想文学的发展历程，也使得这部著作具有了很强的可读性与普及价值。舒伟的《走进童话奇境：中西童话文学新论》（外语教学与研究出版社 2011 年版）是当代中国西方童话研究的一部重要著作，其中也有相当大的篇幅涉及英国童话研究。作者在这部著作中描述了欧洲童话的发展源流，对英国著名童话作家、理论家托尔金的童话理论也有系统研究，而且详细介绍了当代西方童话研究的现状，对国内的英国童话研究有着很高的参考价值。刘绪源的《儿童文学的三大母题》（华东师范大学出版社 2009 年版）提出了儿童文学的母题分类原则并进行了卓有成效的研究示范，书中对《女巫》、《爱丽丝梦游奇境记》和《彼得·潘》等经典作品的研究富有新意。钱淑英的《雅努斯的面孔：魔幻与儿童文学》（海燕出版社 2012 年版）主要研究了儿童文学中的魔幻问题，其中涉及了对《纳尼亚》、"沙地精三部曲"等英国经典童话的研究。

通过对以往研究成果的分析可以看出，中外学者对于英国童话的研究已经取得了丰硕的研究成果，为我们深入理解英国童话文本提供了大量的有益借鉴，这就为本书的研究奠定了坚实的基础。但是，在以往的研究中依然有一些重要的问题没有得到有效的解决。

首先，当前的中外童话研究在大力挖掘童话的艺术价值和文化价值时，似乎都有意无意地忽略了童话在儿童成长过程中所应当发挥的伦理教诲功能。诚然，童话首先是文学作品，而不是教育工具。但是，童话作为儿童重要的精神食粮以及成长道路上的重要伴侣，其教诲价值，包括伦理教诲价值，也理应引起研究者的重视。而且，正因为我们不希望童话沦为简单的道德训诫工具和抽象的道德观念的传声筒，所以更应该通过细致深入的研究，对于童话在儿童成长过程中应该起到怎样的伦理教诲功能，以及实现这些教诲功能的正确途径有更加清楚的认知。其次，童话以六到十二岁的儿童为主要目标受众，这一年龄阶段恰好是儿童心智成长最快，变化最大的一个阶段，不同年龄的读者在接受能力、审美趣味、成长需求等方面肯定都有所不同。试想，适合十岁以上儿童阅读的童话和适合六岁左右读者阅读的童话在叙事方式、主题意旨等方面，显然都应该有很大区别。因此，在对具体童话文本的研究过程中，除了要照顾到文本作为童话的文体共性之外，还要考虑到不同童话文本对于处于不同年龄和成长阶段的读者的针对性和适用性，即这部童话作品适合哪一个成长阶段的儿童阅读，能对处于这一成长阶段的儿童读者提供怎样的有益成长的帮助。而这恰恰是在以往的童话研究中没有得到充分重视的一个问题。此外，很多经典的英国童话文本在国内目前还没有任何研究，亟须拓荒。当前我国童话研究中存在的上述问题为本书的研究提供了一个较大的发挥空间。

## 三　文学伦理学批评：童话研究的新方法

本书主要运用文学伦理学批评的方法，在文本细读的基础上对英国童话发展史上的九部经典文本进行研究，阐释不同的童话文本在儿童的不同成长阶段所能发挥的伦理教诲功能。

之所以使用文学伦理学批评的方法研究童话的伦理教诲功能，主要是基于两点考量。首先，时下中国的儿童文学创作与研究存在着过分强调儿童文学的审美功能，却相对忽视其教育功能的倾向。之所以出现这种倾向，确系情有可原。由于受到"文以载道"的传统文艺思想和成年人"望子成龙"的急切心情这双重因素的影响，中国的儿童文学创作和研究自上世纪初起步以来，一直都侧重于强调儿童文学的教育功能，甚至有时会以有意无意地忽视文学作品的艺术价值为代价。因此，作为对过往错误倾向的一种纠正，新时期以来，中国的儿童文学作家和研究者都强调要将儿童从教育的桎梏与重负下解放出来，还儿童以自由，还儿童文学以审美。但是，凡事过犹不及。当我们尝试对过往的错误进行纠正时，稍不留神就会步入另一个极端，那就是过分强调儿童文学的审美价值，忽视了儿童文学的教育作用。事实上，审美属性和教育属性对于儿童文学来说，都是不可或缺的。而且，正如《大英百科全书》在"儿童文学"词条中所指出的，在儿童文学中"虽然教育功能和令人愉悦的想象通常被视为对立的两极，但它们未必就是相互抵牾的"①。因此，在当下的儿童文学研究氛围中强调儿童文学的教育功能与教育属性，应该是很有必要的。

其次，当下的中国儿童文学研究过于依赖西方学术界流行的理论和批评方法，缺少原创性的研究方法。正如我国儿童文学研究专家朱自强教授所说的，"作为儿童文学理论重要资源的儿童心理学、教育学、儿童哲学、童年史、民俗学等学科中，中国均没有原创性理论"，这也导致"我们的儿童文学研究、评论，在整体上还不如

---

① 见网络版《大英百科全书》http://academic. eb. com/EBchecked/topic/111289/childrens-literature。

人意"。① 运用西方的理论与方法去研究西方的儿童文学作品自然是如鱼得水，运用西方理论来"以西格中"地研究中国儿童文学作品，也能为中国儿童文学的理论研究与创作实践提供有益的帮助，但这并不意味着中国的儿童文学研究者应该放弃探索富有中国特色的儿童文学理论与研究方法的努力。文学伦理学批评是中国学者在"借鉴西方伦理批评和中国道德批评的基础上"② 摸索出的具有原创性的文学批评方法，是有中国特色的文学研究方法，目前已经被广泛运用于对中外成人文学作品的研究之中，并且取得了很多富有原创性的研究成果，但在儿童文学研究领域的运用还相对较少。本书运用文学伦理学批评方法研究英国童话，虽然是在"以中格西"，但也是在努力尝试为当代中国儿童文学理论与批评方法的建设尽绵薄之力。

需要特别说明的是，文学伦理学批评与道德批评不同。两者的区别在于道德批评的目的是对文本进行道德评价，而文学伦理学批评的目的则是对文学作品本身"进行客观的伦理阐释"③。因此，用文学伦理学批评来研究童话的伦理教诲功能，并不是对童话作品进行简单的道德评价，而是尽可能客观地分析这些童话作品在儿童伦理道德观念的培育和养成上所发挥的作用，研究这些童话作品是如何帮助儿童树立正确的伦理道德观念，培养高尚的道德情操。众所周知，儿童的心理发展与儿童的生理发展一样，具有明显的年龄特征。因此，就伦理道德观念养成而言，不同年龄的儿童的伦理道德养成目标自然也不尽相同。对于处于低幼年龄的儿童而言，当务之急是采用合适的方式帮助他们形成初步的伦理道德观念，即实现儿童的伦理道德观念从无到有的过程。而一旦儿童具备了初步的伦

---

① 朱自强主编《中国儿童文学的走向》，少年儿童出版社，2006，第433页。
② 聂珍钊：《文学伦理学批评导论》，北京大学出版社，2014，第8页。
③ 聂珍钊：《文学伦理学批评导论》，北京大学出版社，2014，第15页。

理道德观念，下一步要实现的目标就转变为帮助他们巩固已经习得的伦理道德观念，使他们的伦理道德观念得以日益成熟与完善。而且，在文学阅读方面，不同年龄的儿童读者也有着不同的接受能力和趣味倾向。所以，要让儿童从文学阅读中获益，一个首要的前提就是为儿童提供与其接受能力和审美趣味相契合的文本。本书研究的目标便在于通过对不同童话作品的细读，阐述这些具有不同特点的童话文本在儿童不同成长阶段所发挥的不同作用。

　　鉴于不同年龄阶段的儿童无论是在知识储备、智力水平、阅读趣味还是伦理道德养成目标等诸多方面都存在着明显的差异，本书拟分三个部分展开研究：第一部分研究童话的伦理启蒙功能，即童话如何帮助儿童实现伦理启蒙，从而帮助儿童摆脱混沌蒙昧的状态，具备初步的伦理道德观念，实现从混沌未开的懵懂生灵到有理性、懂伦理的真正意义上的人的转变；第二部分研究童话在儿童已经形成了初步的伦理道德观念之后，应该如何给予儿童正确的道德教诲，引导儿童的道德成长，使他们的伦理道德观念逐渐走向成熟与完善，以及成人在儿童的道德成长过程中应该给予儿童怎样的引导和帮助；最后一个部分研究童话如何通过儿童对社会伦理道德环境加以净化，即在儿童已经具备了比较成熟的伦理道德观念之后，童话应该如何引导儿童正确面对现实生活中的种种不良伦理道德现象，同时激发儿童的潜能，鼓励儿童将自己在童话中习得的各种优良品德付诸实践，使儿童成为改变各种不良伦理道德现象的能动力量，从而为人类社会带来光明与希望。由于运用文学伦理学批评的方法对童话进行系统研究目前尚缺乏成功的先例，本书也属于"摸着石头过河"。因此，为了避免陷入"理论先行"的泥淖，本书在具体研究过程中，采用了每节选取一部童话作品进行文本细读的个案研究方法。这样做的目的主要在于使研究始终立足于文本，而不是陷入对理论的空谈。

　　本书之所以选择英国童话作为本书的主要研究对象，主要是基于英国童话在世界童话发展史上的重要地位。英国童话不仅具有光辉而悠久的传统，而且至今仍在引领着世界儿童文学的发展。以1744年约翰·纽伯瑞（John Newbery）编撰的《给汤姆和波丽以知识和娱乐的小书》（*Little Pretty Pocket Book*）为开端，到维多利亚时期《爱丽丝梦游奇境记》（*Alice's Adventures in Wonderland*）、《水孩子》（*The Water Babies*）等作品带动了英国童话的强势崛起，再到20世纪初《彼得·潘》、《五个孩子与沙地精》（*Five Children and It*）、《柳林风声》（*The Wind in the Willows*）、《维尼·菩的世界》、《快乐王子》（*The Happy Prince*）等经典童话的井喷式涌现，一直到今天风靡全球的《驯龙高手》系列童话，英国童话始终保持着良好的发展势头，涌现出了大量的优秀作家和经典作品，对世界各国的儿童读者和儿童文学作家产生了巨大而深远的影响。可以毫不夸张地说，英国童话代表了世界童话的最高水平，而英国童话发展史其实就是世界童话发展史的一个缩影。因此，对于英国童话的研究不仅有助于加深我们对英国童话本身的了解，同时也有助于丰富我们对于童话这一文体的认知和理解。而且，由于国内目前尚没有系统研究英国童话的专著，本书权当抛砖引玉，期待在未来有更多关于英国童话研究的高水平学术专著问世，进一步推动我国的儿童文学研究事业的发展。事实上，本书所运用的研究思路与研究方法并不仅适用于英国童话，同时也适用于对其他国家的童话，包括对中国童话的分析。如果本书能为国内的儿童文学研究学者提供些许参考和启发，则幸莫大焉。

　　最后需要说明的是，本书选择的研究对象均为作家童话，没有涉及民间童话。之所以做出这样的取舍，绝非轻视民间童话。事实上，英国的民间童话无论从数量还是质量来说，都是世界一流的，著名民俗学者约瑟夫·雅各布斯（Joseph Jacobs）搜集整理的两卷本《英国童话》（*English Fairy Tales*）就其艺术水准和学术价值而言，丝毫不逊色于《格林童话》。而《杰克与豆茎》《三只小猪》等英国民间童话更是家喻户晓的童话经典。此外，民间童话在叙事方法、人物原型、思想内涵等诸多方面，都对于作家童话起到了不容忽视的滋养作用。本书之所以只研究作家童话，主要原因是作家童话和民间童话相比有着更为明确的受众意识，即明确以儿童为目标受众，同时作家童话也比民间童话有更强的文体意识的自觉，从而更容易凸显童话这一文类的文体特点。

# 第一章

# 童话与儿童的伦理启蒙

英国儿童文学研究专家苔丝·科斯赖特曾经提出过一个疑问："作为一个孩子的母亲，我常常惊诧于当下提供给儿童的读物中竟然有如此之多的动物故事。为什么那些会说人话的大象、小兔和小猪在童书中几乎俯拾皆是？"[①] 科斯赖特的疑问反映了一个基本事实：在儿童读物，尤其是适合低幼年龄儿童读者阅读的绘本和童话中，存在着大量的拟人化动物形象。这些塑造了形形色色的拟人化动物形象的作品一方面深受儿童读者的喜爱，另一方面，成年人也普遍认为这类文本特别适合于儿童阅读，因而乐于向儿童提供这种读物。那么，儿童为什么会对这些拟人化的动物形象特别感兴趣？塑造了这些拟人化动物形象的作品是否真的适合儿童读者阅读？儿童通过阅读这些作品能够有何收获？这些疑问都是童话研究中无法回避的问题。

由于拟人化的动物形象通常出现于低幼年龄儿童的读物当中，因此，要回答这些问题，就必须考虑到低幼年龄儿童特殊的成长阶段以及特定的成长需求。儿童降生到这个世界时虽然已经具备了人类的形体与生理特征，但他们既缺乏人类社会成员所应该具备的最

---

① Cosslett，Tess，*Talking Animals in British Children's Fiction*，*1786 – 1914*（Farnham：Ashgate，2006），p. 1.

基本的伦理道德观念，同时也缺乏对事物进行理性的判断和认知的能力，更多时候是依靠与生俱来的动物本能来支配自己的思想和行为。因此，对于处于低幼年龄阶段的儿童而言，他们最重要的成长需求便是通过接受伦理启蒙，逐步培育自己的伦理道德观念，增强自己的理性意识，从而使自己从混沌未开的懵懂生灵成长为有理性、懂伦理的真正意义上的人。而在儿童这一成长阶段中，童话能够提供给儿童的最重要的帮助便是通过儿童容易接受的教诲方式给予他们必要的伦理启蒙，帮助他们建立初步的伦理意识和理性意识，从而结束自己的伦理混沌状态，而塑造拟人化动物形象的童话在对儿童进行伦理启蒙的过程中恰恰能够发挥巨大的作用。本章拟通过对《维尼·菩的世界》《小兔彼得的故事》《女巫》三部经典童话的分析，阐述这些童话是如何形象地再现了儿童从伦理混沌到接受伦理启蒙，并最终通过伦理选择成为伦理意义上的真正的人的过程，以及在这个过程中童话是如何给予儿童有益于成长的帮助和教诲。

## 第一节　《维尼·菩的世界》：童话与儿童的伦理混沌

小熊维尼·菩是英国童话史上最为经典的动物形象之一。维尼的前身是一只毛绒玩具熊，是《维尼·菩的世界》的作者米尔恩送给他的儿子克里斯托弗·罗宾的生日礼物。克里斯托弗·罗宾把这只小熊视为自己最好的朋友，并在它的陪伴下度过了愉快的童年。最初，米尔恩给这只玩具熊起名爱德华·贝尔，并在自己的儿童诗集《当我们还是孩子时》（*When We were Very Young*）中专门为贝尔写过一首诗。后来，在罗宾的建议下，父子俩合作给这只小熊起了一个新名字——维尼·菩。应儿子的要求，米尔恩经常会编一些关于维尼的故事作为"睡前故事"（bedtime story）讲给儿子听。随着故事越讲越多，家里几乎所有的动物玩偶，包括小猪皮杰、兔子瑞比、跳跳虎、驴子咿哟，甚至包括罗宾本人都出现在了这些故事当中。他们还以自家的花园为蓝本，想象出一个叫作百亩林的森林，让维尼、罗宾和其他动物们在那里过着自由自在的生活。后来，米尔恩索性将讲给儿子听的这些故事付梓成书，先后出版了《小熊维尼·菩》（*Winnie-the-Pooh*）和《菩角小屋》（*The House at Pooh Corner*）两部童话集，后人习惯于将这两部童话集合为一册，统称为《维尼·菩的世界》（*The World of Winnie-the-Pooh*）。

　　《维尼·菩的世界》取得了巨大的成功。当米尔恩在床前为儿子讲述那些关于维尼的童话故事时，他绝对不会想到自己讲述的故事甫一出版便大受追捧，迄今已经被翻译成五十多种语言，售出数百万册。他更没有想到的是，自己塑造的小熊维尼会被迪士尼搬上银屏，并成为首位跻身好莱坞星光大道的动漫明星，而且还在《福布斯》（*Forbes*）杂志2003年公布的虚拟人物财富排行榜上力压米老鼠、白雪公主和彼得·潘等著名童话人物，成为人类历史上最具有商业价值的童话形象[①]。这只行事冒失，时不时冒出傻气，偶尔还会干出一些坏事的小熊，不仅陪伴读者度过了愉快的童年，甚至让读者在成年后依旧久久不能忘怀。著名的儿童图书推广人艾斯苔尔就曾提到，当他和一对六七十岁的老夫妇提到维尼和维尼在书中吟唱的童诗时，这对老夫妻"立刻脱口说出书中的童诗……这些童诗是他们十岁左右时的读物，时光过去了半个世纪，依然清晰如昨，这就是米尔恩的魅力"。[②] ——当然，这也是维尼的魅力。而小熊维尼之所以具有如此之大的魅力，一个很重要的原因就在于维尼

---

[①]　见 http://business.sohu.com/75/05/article215200575.shtml。
[②]　〔英〕艾伦·亚历山大·米尔恩：《小熊温尼·菩》，文培红译，湖南少年儿童出版社，2010，第307页。

这一形象真实形象地反映了儿童在伦理混沌状态下特殊的心理状态和行为状态，不仅能令儿童读者与之产生深切的共鸣，同时也沉淀了成人读者对于自己童年时光的美好记忆。本节将重点分析《维尼·菩的世界》是如何艺术化地再现了人类童年时期的伦理混沌状态，并结合儿童的伦理混沌状态探讨儿童接受伦理启蒙的必要性和必然性。

## 一　维尼的"傻"与儿童的伦理混沌

在童话中，克里斯托弗·罗宾对维尼做得最多的评价就是"傻"。的确，"傻"正是维尼在作品中留给读者的最深刻的印象。为了偷蜂蜜，维尼试图装扮成一朵乌云去接近蜂巢，结果蜜蜂轻易地识破了他的"伪装"，狠狠地教训了他一顿；他去小兔子瑞比家做客，结果毫无节制地吃光了瑞比家所有的食物，以至于胖了一圈，无法挤出瑞比的家门，足足被卡在门里一个星期之久；为了给朋友驴子建一个舒适的新家，他和小猪一起寻找建房的木材，结果却把咿哟已经建好的房子给拆掉了……在童话中，维尼做的这类"傻"事可以说数不胜数，连他自己都承认，"我真傻"，"我是一只没有脑子的熊"[①]。可见，"傻"确实是维尼一个非常突出的特征。

不过，这里说的傻并不是真的指维尼头脑愚蠢，智商低下。因为维尼虽然经常做出一些让人瞠目结舌的傻事，但在关键时候却也屡屡展现出足够的聪明劲。例如在百亩林遭遇洪水侵袭时，维尼机智地想到了用装蜂蜜的大罐子做船的办法，不仅令自己逃过一劫，还救了小猪的性命；在小袋鼠小豆豆意外落水眼看就要被冲下瀑布

---

① Milne, Alan Alexandra, *The World of Winnie-the-Pooh* (New York: Penguin Group, 2010), p. 45. 本书中所有文本引文均译自该版本，不再一一注明。

时，所有人都急得手足无措，又是维尼急中生智捡起一根竹竿横在下游挡住了小豆豆，阻止了悲剧的发生。而且，最受百亩林的小动物们欢迎的"扔菩菩枝"的游戏也是维尼发明的。这些事例足以证明，维尼其实并不愚蠢。更何况，任何一个文学形象都不可能仅仅因其愚蠢而招人喜爱——当然，像《亨利四世》（*King Henry IV*）中的福斯塔夫（John Falstaff）和《好兵帅克》（*The Good Soldier Švejk*）中的帅克这样故意装疯卖傻、其实大智若愚的人物形象除外。但是，维尼却恰恰是因为自己做出的这些傻事而招人喜爱，就像维尼的最要好的小伙伴罗宾所说的，正因为维尼"真是一只傻熊"，所以他才是"世界上最可爱的熊"，驴子咿哟也说维尼虽然"脑子惊人地欠缺"，但却具有"让人开心的特点"。那么，如果维尼并不愚蠢，那他又为什么会做出那些看起来傻乎乎的事情？而维尼的伙伴们，包括文本的读者们又为什么偏偏因为他的"傻"而对他倍加喜爱呢？

如果运用文学伦理学批评关于伦理混沌的观点，我们就能对维尼的"傻"做出合理的解释。儿童在成长过程中，必须经历一个从生物性选择到伦理选择的逐步成长的过程，而所谓的伦理混沌，则是指人类个体"从出生后到伦理选择前这个时期的伦理状态"[1]。生物性选择是人类在漫长的进化过程中自然进化的结果，通过进化过程中漫长的生物性选择过程，人类儿童一出生便具备了人类的形体特征，所以"这次选择的最大成功就在于人获得了人的形式，即人的外形，如进化出来能够直立行走的腿，能够使用工具的手，科学排列的五官和四肢等。从而使人能够从形式上同兽区别开来"[2]。但是，生物性选择并没有把人与其他动物完全区分开，真正将人与其他动物完全区分开来的是伦理选择。所谓伦理选择，是指人类个

---

[1] 聂珍钊：《文学伦理学批评导论》，北京大学出版社，2014，第 269 页。
[2] 聂珍钊：《文学伦理学批评导论》，北京大学出版社，2014，第 281 页。

体通过习得人类社会的伦理道德观念，从而摆脱各种动物本能的控制与束缚，让自己成为一个有理性、懂道德、能够自觉遵守人类社会伦理道德规范的理性的、完整的人。简单地说，生物性选择让人拥有了人的外在形式，而伦理选择则让人拥有了理性与伦理观念。

按照这一思路便不难发现，儿童虽然在外在的形体特征上与动物有了明显的区分，但是，由于没有经历伦理选择，此时的儿童还不具备理性地分析事物，进而对事物进行价值判断和道德判断的能力，而且在伦理道德观念上也是一片空白。从这个意义上说，伦理混沌阶段的儿童并不算是一个真正意义上的人。事实上，当人类将那些刚刚出生的新生命既不称为男人，也不称为女人，而是称为婴儿时，这种称呼上的区别就已经反映了人们的一种判断，即处于伦理混沌阶段的儿童还不能算是一个完整的、标准意义上的人。儿童心理学和儿童教育学的研究也证明了这一点，正如刘晓东教授指出的："人类个体几乎全开放的基因编码系统决定了儿童对其双亲和其他成人以及文化环境的依赖性。儿童一旦被剥夺向人类文化环境学习的机会，他将不能称其为人。印度狼孩的发现就是明证。"[①]

伦理混沌是人类在成长过程中的一个特殊阶段，而维尼虽然具备拟人化的特征，例如穿着人类的衣饰，会说人类的语言，但毕竟只是一个动物形象，为什么说维尼反映了人类伦理混沌阶段特殊的心理状态和行为状态呢？要解释这个问题，就必须弄清处于伦理混沌阶段的儿童与动物之间的相似性。事实上，很多精于儿童心理学的专家，例如美国心理学家斯坦利·霍尔（Granville Stanley Hall），德国心理学家施特恩（Stern）等，都意识到了低幼年龄阶段的儿童与动物之间的相似性，并且针对儿童的成长发展提出了"复演律"（recapitulation theory）的理论。他们认为，人类个体心理发展

---

① 刘晓东：《儿童精神哲学》，南京师范大学出版社，1999，第 7 页。

的过程实际上就是人类在生物进化过程中心理发展过程的一个复演，处于低幼年龄阶段的人类儿童个体，其心智水平与人类的动物祖先大致相仿，只有通过不断的成长才能达到正常人类的心智水准。恩格斯也曾指出："正如母体内的人的胚胎发展史，仅仅是我们的动物祖先以蠕虫为开端的几百万年的躯体发展史的一个缩影一样，孩童的精神发展则是我们的动物祖先、至少是比较晚些时候的动物祖先的智力发展的一个缩影，只不过更加压缩了。"[1] 霍尔等心理学家的观点和恩格斯的论断都说明了一个问题，那就是儿童，尤其是处于伦理混沌阶段的低幼年龄阶段的儿童，在心智水平上和一般动物并没有本质性的区别。

霍尔和恩格斯的观点虽然说明了人类儿童和一般的动物在心智上处于同一水平，但却没有对儿童的这种特殊心智状态以及形成原因进行进一步的描述和说明，而文学伦理学关于斯芬克斯因子的论述则可以帮助我们解释这一问题。按照文学伦理学的观点，"人作为个体的存在，等同于一个完整的斯芬克斯因子，因此身上也就同时存在人性因子和兽性因子"[2]。其中，兽性因子是人类身上的各种动物本能，是人与生俱来的自然天性，具体体现为各种人类的生物本能和由本能催生的各种欲望，而人性因子则是人类通过后天接受的教化和培养而形成的理性意识与伦理道德观念。成人身上也有兽性因子，但由于成人具有比较成熟的理性与伦理道德观念，所以，在一般情况下，成人都可以用自己的人性因子对兽性因子进行有效的约束，用理性和伦理来指导自己的行为，从而使自己的行为合乎

---

① 〔德〕恩格斯：《自然辩证法》，载《马克思恩格斯选集》（第4卷），中共中央马克思恩格斯列宁斯大林著作编译局编译，人民出版社，1995，第383页。
② 聂珍钊：《文学伦理学批评：伦理选择与斯芬克斯因子》，《外国文学研究》2011年第6期，第10页。

理性与伦理。处于伦理混沌状态的儿童则不同。刚刚来到这个世界的他们由于没有经历伦理启蒙，其人性因子几乎处于缺席状态，无法对与生俱来的兽性因子形成有效的约束与控制，这也就决定了处于伦理混沌阶段的儿童和其他动物一样，其思想与行为主要是受自己各种动物本能所驱使的。就像瑞典儿童文学专家玛丽亚·尼古拉耶娃所说的，在包括童话在内的幻想类儿童文学文本中，"动物等有生命的物体其实都是儿童的伪装而已"。① 像维尼这样的拟人化形象，虽然具备的是动物的外形，但在斯芬克斯因子的构成方式上，却是和处于伦理混沌阶段的儿童高度一致的。在包括《维尼·菩的世界》在内的大部分英国童话中，儿童文学作家都是使用"he"或"she"，而不是"it"作为指称拟人化动物形象的第三人称代词，实际也是肯定了这些拟人化动物形象与人，当然主要是与儿童的相似性。

童话一开篇便对维尼的斯芬克斯因子构成方式进行了清楚的说明。有一天，维尼正在百亩林中闲逛，突然，一棵大树上传来蜜蜂的嗡嗡叫声。这个叫声引起了维尼的注意，于是接下来便出现了这样一段描写：

> 一开始他自言自语地说道："这种'嗡嗡'的声音，意思是说上面一定有什么东西，要是上面没有什么东西，就不可能听到这种'嗡嗡嗡'、'嗡嗡嗡'的声音。如果有'嗡嗡嗡'的声音，就一定是什么东西在发出那种声音，我知道，这个世界上唯一能发出'嗡嗡嗡'的声音的，就只有蜜蜂了。"
>
> 然后他又想了好长时间，最后对自己说："我知道，对蜜蜂来说，活着的唯一的目的就是酿蜜。"

---

① 〔瑞典〕玛丽亚·尼古拉耶娃：《儿童文学中的人物修辞》，刘洊波、杨春丽译，安徽少年儿童出版社，2010，第129页。

接着，他站了起来，对自己说道："酿蜜的唯一目的，就是让我去吃啊。"说完，他便开始朝树上爬去。

维尼听到嗡嗡声后，能够马上从嗡嗡声中判断出树上有蜜蜂，进而判断出树上有蜂蜜，这说明了他已经具备了感知外部世界的信息，并根据既有的生活经验对外部信息进行简单分析判断的能力。但是，很明显，蜜蜂生存的唯一目的绝不是酿蜜，而蜜蜂酿蜜的唯一目的更不是为了给熊吃。维尼的这一逻辑在成人看来绝对是傻气十足，但却清楚地反映了伦理混沌阶段儿童的思维方式。作为一只熊，喜欢吃蜂蜜是维尼的动物本能，所以他只能根据本能得出蜜蜂之所以存在就是为了酿蜜给他吃的结论，同时又在本能的驱使下，不顾自己笨拙的身体毅然爬到高高的大树上去偷蜂蜜。这就是维尼思考问题的方式，也是伦理混沌阶段的儿童思考问题的方式，就像一个婴儿饿了就要吃，困了就要睡，有任何的不适或者不满都会用哭闹表达自己的不满，他们的行为归根结底都是受到自己的动物本能，也就是兽性因子的驱使。

维尼的种种思想和行为都是受到他的动物本能的驱使，而且，由于处于伦理混沌阶段的他并不具备足够的理性意识来对自己的本能进行有效的束缚，做事时缺乏理性的判断，这就导致他很容易在强大本能的驱使下做出很多不顾后果的傻事。例如有一次维尼去兔子瑞比家做客，由于身躯过于庞大，他在进门时就已经感到非常困难，挤了好半天才挤进去。可是，在面对瑞比待客的美食时，维尼却将进门时遭遇的困难完全抛到脑后，对自己的食欲丝毫不加节制，直到把瑞比家的食物全部吃得精光才罢休。结果由于吃得太撑，维尼出门时居然被卡在门里动弹不得。幸亏罗宾出了个主意，让卡在门里的维尼禁食了一个星期，等他瘦下来一些之后才把他从门里给"拔"了出来。还有一次，维尼和小猪一起设置了一个陷阱准备抓捕长鼻怪——一种他们自己吓自己，虚构出来的怪物，并且将蜂蜜作为诱捕长鼻怪的诱饵。但是，由于始终惦记着陷阱中的蜂蜜，维尼晚上在床上翻来覆去，始终无法入睡。最后，他实在扼制不住想吃蜂蜜的欲望，半夜跑到陷阱里将蜂蜜吃得干干净净，连粘在蜂蜜罐子底部的蜂蜜残渣都不放过，结果把自己的大脑袋卡在了罐子里，险些被第二天早上来检查陷阱的小猪当作长鼻怪。显然，维尼的这些举动看似是因为他的愚蠢，实则是由于他理性的缺失和强大的动物本能。

不仅维尼，百亩林中的所有小动物都反映了儿童在伦理混沌状态下的思维方式和行为特征。就像柯林·曼诺夫所说的，《维尼·菩的世界》中"几乎所有动物都显得傻傻的"[1]，只不过他们"傻"的方式各有不同。小猪皮杰对所有的事物都充满了好奇，什么事情都想尝试一下，但他同时也对一切未知的事物都充满了恐惧，这其实是混沌未开的儿童面对陌生世界的一种常见心态；跳跳虎似乎完全不能好好地走路，整天都是跳来跳去，一刻都不能停息下来，甚至连自己都无法控制自己，这其实正是儿童活泼好动的自然天性的反映；驴子咿哟渴望得到大家的关注，一旦没有得到足够的关注便会伤心不已，而一旦得到他人的肯定和赞扬便会喜不自禁，这也反映了儿童渴望得到他人的关心、爱护和认可的本能。这些小动物们各自有着不同的性格特征，而他们身上的不同性格特征其实在本质上也正是处于伦理混沌阶段的儿童身上所具备的各种自然天性的反映。

由此便不难发现，维尼和他的动物伙伴们之所以做出各种"傻"事，并不是由于他们愚蠢，而是由于他们在伦理混沌的状态

---

① Manlove, Colin, *From Alice to Harry Potter: Children's Fantasy in England* (Christchurch: Cybereditions, 2003), p. 62.

中缺乏理性思考的能力，只能依靠本能来支配自己的思维和行动。这也就解释了为什么他们做出的那些傻乎乎的事情会显得非常可爱。他们做出的那些傻事，例如追着自己的脚印围着大树转圈却以为是在追踪长鼻怪的足迹、吃罐子里的蜂蜜结果把脑袋卡在罐子里，如果是成年人所为，无疑是非常愚蠢的，但如果出自维尼和他的动物伙伴，则带有了一种稚气和童趣，这种稚气和童趣正是儿童伦理混沌阶段的一种特有魅力。在《维尼·菩的世界》里，维尼曾经发明了一个"扔菩菩枝"的游戏。游戏的方法非常简单，就是让大家站在桥上，将手中的树枝从桥靠近上游的一侧扔到河中，然后看谁扔下的树枝先从桥的另一侧漂出来。这个游戏如果以成人的眼光来看，无疑是毫无意义的，但却引起了维尼和他的伙伴们强烈的兴趣，他们可以开开心心地从旭日初升一直玩到夕阳西下，还在一起兴高采烈地交流游戏的技巧与心得。在这个看似毫无任何价值和意义的游戏中，他们收获到了最真实的快乐。相较于儿童而言，成人无论做事情还是想问题，都是依靠理性指导的。马克思·韦伯曾经富有创见地将人类的理性行为划分为目的理性行为和工具理性行为两种类型，但无论是目的理性行为还是工具理性行为，人类理性行为的最终目标都是为了实现某种具体的目的。而儿童恰恰缺少了理性的束缚与牵绊，所以他们做事情想问题并不具备太强的目的性，往往能比成人更容易寻找到更单纯、更直接的快乐。也难怪西方儿童文学理论的泰斗保罗·阿扎尔（Paul Hazard）会针对儿童发出这样的感慨："理智还未将他们捆绑起来，它将在未来的日子里让他们了解到它的狭窄空间。他们将自己的梦投射在云朵上。这些幸福的生命没有烦恼，没有利益，没有包袱地玩耍游戏着。"①

---

① 〔法〕保罗·阿扎尔：《书，儿童与成人》，梅思繁译，湖南少年儿童出版社，2014，第8页。

## 二　维尼的"坏"与儿童的伦理混沌

在伦理混沌状态下，维尼和他的动物伙伴们由于理性意识的缺乏，在本能的驱使下干了很多"傻"事。不仅如此，由于伦理混沌状态下伦理道德观念的缺失，维尼他们还会经常干出一些"坏"事。例如他们曾经一起预谋将袋鼠妈妈和小豆豆赶出百亩林。袋鼠妈妈带着自己的孩子小豆豆来到百亩林，其实并没有对维尼和其他动物的生活造成任何不良影响，却导致了所有小动物的不满。于是，维尼他们策划了一个计谋，试图偷走小豆豆，并借此要挟袋鼠妈妈带着小豆豆离开百亩林。当然，由于制订的计划过于拙劣，他们的阴谋并没有得逞。除了计划赶走袋鼠妈妈一家之外，维尼他们还干过其他一些坏事。猫头鹰仅仅因为觉得咿哟尾巴很好看，就把咿哟的尾巴扯了下来给自己家当门铃；为了教训跳跳虎，让他不要总是跳来跳去，维尼、小猪和瑞比串通起来试图给他一个惩罚。于是，他们趁着大雾将跳跳虎带到丛林深处，并且偷偷将他独自留在森林里，却丝毫没有意识到这种举动可能会令跳跳虎身处险境。如果按照一般的伦理道德观念来加以评价的话，维尼他们的这些行为确实是有违道德的，最起码是非常顽劣的。

但是，如果仅仅因为维尼和他的动物伙伴们干了这些坏事就认为他们道德败坏，顽劣不堪，显然也是不客观的。因为维尼和他的动物伙伴们虽然干过不少坏事，但同样也干过很多好事。当驴子咿哟丢掉了自己的尾巴后，维尼自告奋勇为他寻找尾巴，为此一整天不惜辛劳，几乎跑遍了整个百亩林；维尼和小猪皮杰发现咿哟因为没有收到生日礼物而非常难过，他们马上跑回自己家里拿出自己最喜欢的东西当作礼物送给咿哟；当瑞比的小亲戚失踪之后，整个百亩林里的动物们全都自发地帮他寻找；猫头鹰的家被狂风吹倒，小猪便将自己的屋子让给了猫头鹰，维尼则邀请小猪搬到自己家来和自己一起住。这些举动又明白无误地证明了维尼等小动物的热心与善良。那么，维尼到底是好孩子还是坏孩子？如果他们是一群好孩子，为什么会做出那些坏事？如果他们是坏孩子，又何以会做出这些好事呢？

由于维尼等小动物的心智状态反映了人类处于生命之初的伦理混沌状态，因此，对维尼他们是好孩子是坏孩子的评价其实涉及了人类是生而性善还是生而性恶的判断。关于人性本善还是本恶，古往今来无数先哲都表达过自己的观点，但意见却始终没有统一。例如孟子就认为人性本善，他认为："人性之善也，犹水之就下也，人无有不善，水无有不下。"[1] 事实上，大多数儿童文学研究者都认同孟子的观点，认为人性本善，所以儿童的本性是善良的。例如中国儿童文学理论的奠基人周作人就认为："人的一切生活本能，都是美的善的，应该得到满足。"[2] 当然，也有先贤认为人性本恶，例如荀子就认为："人之性恶，其善者伪也。"[3] 而且他还特别指出，"凡人之欲为善者，为性恶也"[4]，即人之所以要努力向善，正是因为人性本恶。当然，也有很多人认为人之初性无善无恶，像告子在和孟子辩论时就指出："人性之无分于善不善也，犹水之无分于东西也。"[5] 英国哲学家洛克的观点和告子类似，他认为人性之初就像一张白板一样，善恶的养成全凭后天书写。但是，无论是认为人性本善还是本恶，抑或是无善无恶，这些观点都无法对维尼他们这种时而乖巧时而顽劣的行为做出合理的解释。事实上，现实生活中处于伦理混沌阶段的儿童也是这样，他们时而乖巧贴心让人不禁心生

① 杨伯峻译注《孟子译注》，中华书局，1960，第254页。
② 《周作人论儿童文学》，刘绪源辑笺，海豚出版社，2012，第101页。
③ 北京大学荀子注释组注释《荀子新注》，中华书局，1979，第389页。
④ 北京大学荀子注释组注释《荀子新注》，中华书局，1979，第394页。
⑤ 杨伯峻译注《孟子译注》，中华书局，1962，第254页。

爱怜，但有时也会顽劣不堪让人恨得咬牙切齿。但是，如果从文学伦理学角度进行分析，我们就能对这个问题做出合理的解释。

要想理解童话中维尼和其他小动物，乃至现实生活中处于伦理混沌阶段的儿童时而乖巧、时而顽劣的行为，还是必须要考虑到他们斯芬克斯因子的构成方式。其实，儿童干的那些坏事从本质上说都是他们身上兽性因子的体现。由于兽性因子的强大，儿童往往会在本能和自然意志的驱使下做出很多荒唐的事情。维尼他们之所以要将袋鼠妈妈和小豆豆赶出百亩林，原因仅仅是因为袋鼠妈妈胸前有一个袋子，看起来很奇怪。以成人的眼光来看，这个理由无疑是非常牵强和荒唐的，但是对于维尼他们来说却是一种出自本能的反应，因为他们以前从来没有见过袋鼠，所以袋鼠妈妈胸前有一个袋子的形体特征让他们感到了不安和不适；猫头鹰之所以将咿哟的尾巴扯下来拿回家当门铃的拉绳，主要是因为咿哟的尾巴非常像一根漂亮的绳子，而他家恰好又缺一个门铃的拉绳，这便激发了猫头鹰的占有欲；跳跳虎由于扼制不住自己活泼好动的天性，所以才会整天跳来跳去，以至于时不时把其他小伙伴吓一大跳，有一次咿哟甚至猛然一惊失足掉进了河里。维尼他们的这些行为固然导致了不良的后果，但这是由于他们正处于伦理混沌状态，并不具备最基本的伦理道德观念和准确地做出善恶判断的能力，自然也就无法以正确的伦理道德观念来指导和判断自己的行为。这就是说，无论是童话中的维尼和其他小动物，还是现实生活中处于伦理混沌阶段的儿童，他们在做坏事的时候其实并没有意识到自己正在做坏事。成人则不同，由于成人具备了成熟的理性和伦理道德观念，所以成人作恶往往是经过理性的思考的，而且明知自己的行为有违伦理道德却依然执意为之。例如在《哈姆雷特》（Hamlet）中，克劳狄斯的种种恶行显然都是经过精心筹划的，而且他对自己的恶行违背了哪些道德准则，可能导致怎样的恶劣后果都有着充分的认识。这也正是为什么儿童由于懵懂无知犯了错误可以得到原谅，而成年人犯了错误则必须承担责任、接受惩罚。

如果说维尼他们做出的那些坏事是受到自己兽性因子的驱使，那么，他们做出的那些好事则是由于他们斯芬克斯因子中已经处于萌芽状态的人性因子发挥作用的结果。例如维尼看见咿哟因为尾巴不见了而难过时，他"觉得自己该说点什么去安慰咿哟，但又不知道该说些什么才好"，于是，他决定用实际行动来帮助咿哟，在几乎跑遍了整个百亩林后终于找到了咿哟的尾巴。再比如维尼看到咿哟因为没有收到生日礼物而难过，便把自己最喜欢吃的蜂蜜送给了咿哟作为礼物。尽管处于伦理混沌状态的维尼不知道驴子其实不喜欢吃蜂蜜，但很明显，当他在帮助咿哟时并不是基于利己的本能来思考问题，而是急他人所急，想他人所想，愿意牺牲自己的利益为他人提供帮助。不过需要说明的是，和他干那些坏事时候一样，维尼在做这些好事时也并不是根据道德判断来做出自己的行为选择的，他只是懵懂地觉得自己应该帮助咿哟，这和具备成熟的伦理道德观念的成人依然是不同的。成人在做好事的时候，首先会形成道德判断，然后依据道德判断的结果决定自己的行为。例如在《双城记》（*A Tale of Two Cities*）中，卡尔登虽然也深深地爱着露茜，但他在经过审慎的思考与判断后发现真正的爱应该是让自己的爱人获得幸福，所以他才会牺牲自己的生命，成全了露茜和代尔那的爱情。不可否认，维尼并不是像成人那样基于正确的道德判断而做出上述善举，但是他愿意牺牲自己利益帮助他人的举动已经足以证明此时维尼的人性因子虽然并不成熟，还不能对其兽性因子形成有效的束缚和引导，但他的人性因子已经处于萌芽状态，可以引导他做出一些善举。

至此便不难得出结论，当我们用善与恶的道德标准来解释维尼等小动物，以及这些小动物所代表的处于伦理混沌阶段的儿童的行为时，其实是进入了一个思维的误区。善与恶是人类在具备了成熟的伦理道德观念之后所形成的道德判断，而对于尚处于伦理混沌阶段的儿童而言，由于他们没有经历伦理启蒙，他们的伦理道德观念几乎就是一片空白，所以他们根本不知道什么是善，什么是恶，这就决定了我们是不能用适用于成人的伦理道德标准对他们的行为进行衡量与评价的。就像袋鼠妈妈在发现小豆豆被维尼他们拐走之后并不生气，也一点不担心，而是觉得"他们只是想跟我开个玩笑"。因为袋鼠妈妈很清楚维尼他们拐走小豆豆并非是存心作恶，而是由于缺乏进行善恶判断的能力才做出的糊涂事。事实也的确如此，当维尼他们将小豆豆拐带瑞比家里后，马上就和小豆豆在一起玩得不亦乐乎，至于要挟袋鼠妈妈离开百亩林的事情，早就被他们抛到了九霄云外去了。不仅如此，他们还和小豆豆成了要好的朋友，经常将小豆豆邀请到自己家里玩，还主动帮助袋鼠妈妈照顾小豆豆。

由此不难发现，不管是认为人性本恶，还是坚持人性本善，或是认为人性本来无善无恶，都不是对伦理混沌阶段儿童道德状态的正确描述。像孟子那样坚持人之初性本善的观点，更多的是看到儿童斯芬克斯因子中的人性因子的萌芽；像荀子那样坚持人之初性本恶的观点，则更多的是看到儿童斯芬克斯因子中兽性因子的体现；而像告子和洛克那样认为人性之初无善无恶，则显然是忽视了儿童斯芬克斯因子在构成方式上区别于成人的特殊之处。正如维尼他们的"傻"并不是真的头脑愚蠢、智商低下一样，维尼他们的"坏"也并不是说他们真的居心不良，道德败坏。维尼和他的动物伙伴们身上体现出的"傻"和"坏"，本质上都只是儿童处于伦理混沌阶段下的心智水平和道德水平的形象化的反映。

了解了这一点，我们便能解释为什么《维尼·菩的世界》中的这些可爱的动物形象会受到如此之多的读者的喜爱。正如艾伦·坦普所指出的，《维尼·菩的世界》之所以广受欢迎，正是因为维尼和童话里的其他动物形象让我们想起了儿时自己身边的伙伴，"谁没有一个像跳跳虎一样鲁莽好动的朋友，或是像咿哟一样沉默忧郁的伙伴"①？其实艾伦·坦普只说对了一半，因为我们在这些可爱的小动物身上看到的不仅仅是自己儿时的伙伴，更是我们自己。在维尼和他的动物伙伴们的身上，有着我们每个人童年的影子。换句话说，在童话中，维尼和他的动物伙伴们虽然具备的是动物的形体，但是他们的言谈举止、思维方式其实就是处于伦理混沌状态下的儿童的思维方式和行为特征。儿童读者在这些可爱的动物身上，看到的恰恰是他们自己。这些动物想他们所想，行他们所行，自然很容易引起儿童读者的亲近与共鸣。而成人读者虽然已经度过了自己的伦理混沌阶段，但却依然可以在维尼和他的小伙伴身上看到童年的自己，引起自己对充满稚气的童年过往的美好回忆。这也正是《维尼·菩的世界》虽然历经岁月的洗礼，依然为世界各国不同年龄阶段的读者所喜爱的原因。

### 三 从伦理混沌看伦理启蒙的必要性与必然性

不可否认，伦理混沌状态下理性意识和伦理道德观念的缺失，会使儿童做出很多让人哭笑不得的"傻"事与"坏"事，但也造就了人类童年阶段不可复现的乐趣，沉淀着人们对于无忧无虑的童年的美好回忆。但是，儿童毕竟不能永远停留在伦理混沌的阶段。从生理的角度讲，儿童会一天天长大，他们的心智能力和道德水平也必然伴随着生理上的成长而一并成长。而从社会发展的角度看，儿童也必须成长起来，承担起自己对于社会发展所肩负的责任。因

---

① Tremper, Ellen, "Instigorating Winnie the Pooh", *The Lion and the Unicorn*, Vol. 1, No. 1 (1977): 34.

此，《维尼·菩的世界》不仅向读者展示了儿童伦理混沌状态的种种体现，同时也结合儿童的伦理混沌状态，向读者说明了儿童通过接受伦理启蒙，结束伦理混沌状态的必要性和必然性。

处于伦理混沌阶段的儿童在举手投足之间都体现出了懵懂的童趣，这也正是这些动物形象的可爱之处。但是，由于理性意识和道德观念的缺失，他们无意中的一些举动会给自己和他人造成困扰与伤害。维尼由于无法抵御蜂蜜的诱惑，不顾自己笨重的体形试图爬到树上，结果还没爬到一半就重重地从树上摔了下来，掉进树边的金雀花丛中，被摔得鼻青脸肿不说，身上还被扎满了花枝上的荆棘刺，让他吃尽了苦头；猫头鹰把咿哟的尾巴拔下来拿回家当门铃，害的咿哟忧伤难过了老半天；跳跳虎整天跳来跳去，而且特别喜欢出人意料地跳到别人面前吓对方一大跳，有一次不会游泳的咿哟就被吓得掉到了河里，幸亏被正巧在桥上玩耍的维尼和小猪看见才捡回一条命。当看到自己的行为导致了不良后果时，他们自己也感到后悔与懊恼。而与维尼他们因为伦理混沌而给自己和他人造成的困扰与伤害形成鲜明对比的是，当他们不再全凭本能支配自己的活动，而是能够在处于萌芽状态的人性因子的作用下做出合乎理性与伦理的举动时，他们不仅能够帮助他人，而且自己也能从帮助他人的过程中收获快乐。在维尼帮助咿哟找到尾巴后，咿哟非常高兴，开心地在林子里面摇着尾巴跳来跳去。看到咿哟这么开心，维尼忍不住想笑，而且还自豪地为自己写了一首歌纪念和歌颂自己的善举。此时维尼收获的快乐，已经不再是像饱饱地吃了一顿，或是美美地睡了一觉后所获得的单纯的官能性愉悦，而是一种道德情感，是从帮助他人的过程中得到的快乐和成就感。童话也正是通过这种对比，清楚地向儿童读者说明了放纵本能所产生的危害，以及通过接受伦理启蒙习得伦理道德观念的必要性。

对于儿童而言，接受伦理启蒙不仅是必要的，同时也是必然的。这一点在《维尼·菩的世界》中得到了清楚的展现。事实上，维尼他们时不时能够做出帮助他人的行为，就说明他们已经开始不自觉地接受了基本的伦理启蒙。处于伦理混沌阶段的儿童自诞生之刻起，也就开始了自己接收伦理启蒙的过程。任何一个儿童，当他来到世界上之后就处于特定的伦理环境当中，这种伦理环境会对他进行耳濡目染的熏陶，让儿童在潜移默化中接受伦理启蒙。百亩林中的小动物们便是如此。罗宾是童话中唯一的人类形象，和那些整天只顾吃喝与玩耍的小动物们不同，罗宾每个星期四下午都要去读书学习，所以他比维尼以及其他动物伙伴掌握了更多的知识，了解更多的道理，更早地接受了伦理启蒙。在童话中，罗宾是作为维尼他们的道德榜样存在的。小动物们遇到让自己困惑的问题时，总是首先想到"如果是罗宾，他会怎么做"。在发生争执时，他们也会请罗宾来仲裁，因为他们觉得"罗宾是怎么想的，这才是解决问题的关键"。而罗宾每次都没有让他们失望，总是能给予他们正确的指导和帮助。正如有学者指出的："克里斯托弗·罗宾虽然在书中出场的次数并不太多，但他在其他动物形象面前却享有极高的威望。"① 基于罗宾这种威望，有学者甚至从社会权力结构的角度出发，指出罗宾代表了"父权制社会中男性的权威"②。身为一个儿童的罗宾是否代表了父权制社会中男性的权威，这一观点有待商榷，但他在百亩林中享有的崇高地位是毋庸置疑的，而这种威望正是因为罗宾身上体现了那些小动物所不具备的理性与伦理的力量。而小动物们通过向罗宾学习，模仿罗宾思考问题和处理问题的方

---

① Manlove, Colin, *From Alice to Harry Potter*: *Children's Fantasy in England* (Christchurch: Cybereditions Corporation, 2003), p. 61.

② Nelson, Claudia, "The Beast Within: Winnie-the-Pooh Reassessed", *Children's Literature in Education*, Vol. 21, No. 1 (1990), p. 17.

式，本身就是在接受伦理启蒙。

除了向身边的榜样学习之外，维尼他们还会从自身的经历中获取经验，接受伦理启蒙。之所以说儿童必然进入伦理启蒙过程，一方面是因为儿童会受到外部伦理环境的影响，在道德榜样的示范下接受伦理启蒙，另一方面也是因为接受伦理启蒙是儿童的一种内在需求，儿童伦理混沌状态本身就为伦理启蒙提供了条件，创造了基础。在伦理混沌状态下，儿童的思想、情感和行为受到自己的自然天性，也就是各种本能的驱使，而儿童的许多本能恰恰都为儿童的伦理启蒙提供了一种潜在的可能性与动力。例如儿童的自然天性决定了他们对一切事物都充满了好奇心，百亩林里的小动物们就对世界充满了好奇，用小猪的话说，他每天早上起床做的第一件事情就是问自己："今天会发生一件什么令人兴奋的事情呢？"虽然整日生活在百亩林中，但是动物们依旧每天在丛林中寻求新的发现，探索新的事物，并乐此不疲。维尼和小猪曾一起兴奋地顺着奇怪的脚印去抓捕长鼻怪，虽然最后他们发现自己只是在围着树追踪自己的脚印，白白忙活了一个下午。还有一次，罗宾号召大家一起去寻找北极（the North Pole），这一号召得到了百亩林中所有动物的热烈响应，虽然他们压根都不知道什么是北极，只知道北极是"有待发现的某种东西"，但这已足以让他们兴奋不已。最后，维尼找到了一个木杆（pole），他们就兴高采烈地认为自己找到了北极，而且还专门在发现木杆的地方树了一个牌子以纪念自己的功绩。动物们将自己的这些探索活动称为"探险"（expedition），而每次他们好奇心的萌发都会引发一次所谓的"探险"。虽然这些所谓的"探险"每次都被证明是有惊无险，探险的结果也是和将杆子当成北极一样让读者啼笑皆非，但是，他们探索更多未知领域与认识更多未知事物的渴望，以及有所"发现"后的喜悦与成就感却是无比真实的。因此，每一次探险的成功都会成为他们下一次探险的动力，儿童也正是通过对世界的一次又一次充满稚气的探索，不断收获知识，获取经验。从这个意义上说，好奇心是儿童求知与成长的重要动力。就像卢梭所说的："好奇心只要有很好的引导，就能成为孩子寻求知识的动力。"①

此外，任何人，包括儿童在内，都具有趋利避害的本能。儿童因为伦理混沌难免犯下错误并因此吃到苦头，但这未必是一件坏事，因为只有当儿童真正吃到了苦头，才能从中汲取教训，从而获取宝贵的成长经验。例如维尼在瑞比家的门里被卡过一次，从此之后就再也没有在其他朋友家里不知节制地胡吃海喝，而且再到瑞比家里去，他都会先进进出出一两次，以便确保自己能够自由出入。瑞比觉得跳跳虎整天跳来跳去非常讨厌，便计划让跳跳虎在大雾弥漫的森林中迷路，以便给他一个教训，结果自己反而迷了路，最后还是跳跳虎自告奋勇跑回森林救了他。当瑞比获救时，抱着跳跳虎哭了起来，他不再觉得跳跳虎跳来跳去非常讨厌，而是觉得跳跳虎非常亲切、非常伟大。正是因为瑞比在自己迷路时感受到了无助与恐惧，所以他才能从自己切身体会中意识到自己的错误所在，并且认识到了友情的可贵。从这个意义上说，儿童在成长过程中遭受到的挫折，甚至是磨难，其实都是有益于儿童成长的宝贵财富。

同样，如果儿童在成长中因为做出符合伦理道德标准的正确行为而收获了成就感与快乐，这种成就感与快乐就会成为一种引导他们去恶向善的动力。维尼在发洪水时成功地营救了小猪，他的行为得到了大家一致的肯定和赞扬，罗宾还专门为他举办了一场庆功宴会。在宴会上，不仅维尼本人非常自豪，而且其他小动物也对维尼受到的表扬与奖励羡慕不已。这种自豪感和羡慕感就会成为他们之

---

① 〔法〕卢梭：《爱弥尔》，李平沤译，商务印书馆，1978，第223页。

后努力向善的动力。小猪在猫头鹰的房子被狂风吹倒时表现出了非凡的勇气,冒着牵引绳随时可能断掉的危险从信箱钻了出去,找来了救援。为此,维尼专门为小猪写了一首歌赞扬了他的勇敢。维尼的赞扬给了小猪莫大的鼓励,在咦哟傻里傻气地将小猪的屋子交给猫头鹰当作新的住所之后,小猪想到的不是去要回自己的房子,而是"维尼刚才在歌里唱到的所有那些关于他的美妙的字眼",也就是维尼对他的肯定与赞颂。所以,小猪"做了件了不起的事情",虽然他很喜欢自己的房子,但是为了不让咦哟难堪,不让猫头鹰失望,他毅然决定让出自己房子,并且祝福猫头鹰有了新家。小猪无私的举动也感动了维尼,于是维尼主动提出让小猪搬到他家去住,两只可爱的小动物的手紧紧地握在了一起。显然,正是因为他们在行善的过程中收获的快乐和成就感引领他们逐渐学会了体谅、学会了奉献、学会了舍己为人,他们才一步步地通过伦理启蒙走向成熟。

由此可见,儿童的兽性因子,也就是他们的自然天性对于儿童的成长而言,其实既是一种消极因素,同时也能发挥积极作用。一方面,儿童自然天性中的种种本能和欲望会给儿童的成长造成阻碍,甚至给儿童自身和他人造成困扰与潜在的危险,但另一方面,儿童的自然天性也为他们的成长提供了基础,使儿童的成长成为一种可能。所以,对儿童进行伦理启蒙的关键就在于一定要针对儿童的自然天性进行有效的引导,一方面激发他们自然天性当中的积极因素,例如鼓励儿童的好奇心和求知欲,适当地让他们经历一定的挫折和磨砺,另一方面也要尽量扼制其自然天性中的消极因素,切忌放纵儿童的动物本能与各种欲望。这也是《维尼·菩的世界》带给儿童读者,以及对儿童成长承担着引导使命的成年读者的一个有益启示。

《维尼·菩的世界》总体基调是轻松而欢乐的,但最后一章却带有浓郁的伤感气息。在这一章里，百亩林里的动物们得知了一个消息：罗宾要离开百亩林，去另一个世界了。罗宾不愿意离开百亩林，小动物们对他也是百般不舍，甚至连平时反应最为迟钝的驴子咿哟都流下了伤心的眼泪。但是，不管是罗宾还是小动物们，大家都知道罗宾必须要离开。罗宾对动物们的百般不舍说明了人类对于自己混沌未开、无忧无虑的童年时代的眷恋。而罗宾必须离开百亩林，离开维尼和其他的动物伙伴们，也说明处于伦理蒙昧状态的儿童必须结束伦理蒙昧的状态，通过伦理启蒙实现从一个混沌未开的生灵到真正意义上的人的转变。罗宾在离开百亩林之前，专门带着维尼来到了一个叫作魔地的山丘上。在那里，罗宾告诉了维尼很多自己要去的那个世界的东西，包括"被叫作国王和王后的人，有种东西叫因数，有叫欧洲的地方，没有船可以抵达的海中小岛，如何做抽气泵，骑士爵位的授予，还有巴西出产的东西"。这说明，罗宾已经结束了自己的伦理蒙昧状态，逐渐接受伦理启蒙，他开始学习知识，培育自己的理性，开始逐渐成长。

当然，不可否认，成长并非是一个全然由快乐所充斥的过程。就像罗宾说的，"我最喜欢的事情就是什么也不做"，但让他伤心的是，他"再也不能什么都不做了"。所谓的什么都不做，其实正是童年伦理混沌阶段那种无忧无虑、无拘无束的自由快乐的生活状态的反映。儿童必须要成长，必须通过接受伦理启蒙结束自己的伦理混沌状态，但是，伦理启蒙的过程同时也是一个艰辛的学习过程，是一个在成长的道路上不断面对困难、艰辛乃至挫折的过程。一旦开始接受伦理启蒙，儿童便不可能像伦理混沌时期那样，任凭本能驱使，随心所欲地放任自己的本能与各种欲望。相反，他们要学会控制自己的欲望，约束自己的行为，承担起自己的道德责任。也正因为如此，伦理混沌阶段那种无法复现的单纯与快乐才会被人们永远地铭记于心，乃至人在自己成年之后依然久久不能忘怀，并且视之为心灵的一个宁静的港湾。就像罗宾和维尼所约定的，当罗宾偶尔可以什么都不用做时，他们还会在百亩林里相聚，"不管他们走到哪里，不管在未来道路上会发生些什么，在森林高处的那块神奇的地方，一个小男孩和他的熊总会在那里一起玩耍"。

## 第二节　《小兔彼得和他的朋友们》：童话如何对儿童进行伦理启蒙

《维尼·菩的世界》不仅向读者展示了处于伦理混沌阶段的儿童的心理状态和行为模式，而且向读者说明，儿童的伦理混沌状态固然有其不可取代的童趣，但是，他们必须要通过伦理启蒙实现成长，结束自己的伦理混沌阶段。因为只有通过伦理启蒙，儿童才能逐渐意识到不能放任自己的各种本能，而且学会运用理性意识和道德观念去约束、控制自己的各种欲望，指导自己的思想与行为，使自己的行为符合人类社会的伦理道德规范。儿童接受伦理启蒙的方式固然是多种多样的，例如接受学校教育，得到父母的指导，受到身边各种榜样的启发和影响，等等，都可以对儿童进行有效的伦理启蒙，但即便如此，童话对于儿童的伦理启蒙所能发挥的作用依然是不容小觑的。这不仅仅是因为童话能够帮助儿童明白事理，分辨善恶，给予儿童有益于成长的重要教诲，更是因为童话——尤其是动物童话，能够以儿童喜闻乐见的方式，在"润物细无声"之中完成对于处于伦理混沌阶段的儿童的伦理启蒙。在这方面，英国著名童话作家毕翠克丝·波特的代表作《小兔彼得和他的朋友们》是一部堪称表率的经典作品。

《小兔彼得和他的朋友们》是一部由 23 篇童话和 4 首童话诗组

成的童话作品集。① 在这部作品中，波特塑造了小兔彼得、小猫汤姆、小猪布兰德等一系列栩栩如生的拟人化动物形象。自 1902 年出版以来，《小兔彼得和他的朋友们》已经被翻译成 36 种语言，被誉为"儿童文学中的圣经"。当代著名儿童文学作家，《哈利·波特》的作者 J. K. 罗琳之所以给自己作品的主人公起名为哈利·波特，正是为了向毕翠克丝·波特致敬，罗琳的举动无疑证明了波特和她的作品在后世作家心目中的地位。本节拟通过对《小兔彼得和他的朋友们》的分析，说明动物童话之所以适合对儿童进行伦理启蒙的原因所在，并在此基础上就动物童话如何对儿童进行伦理启蒙进行说明和探讨。

## 一 人与动物的复合体：童话中的拟人化动物形象

毋庸置疑，《小兔彼得和他的朋友们》中所塑造的拟人化动物形象虽然具有明显的拟人化特征，例如他们说着人类的语言，和人类一样直立行走，有着人类的行为举止和生活习惯，但从本质上说，他们依然还是一些动物形象。按常理说，人兽殊途，通过动物形象来对人类儿童进行伦理启蒙，似乎是一件不可思议的事情。但是，如果考虑到儿童伦理混沌阶段的心理特征和思维方式，我们就能对这个问题做出合理的解释。

《小兔彼得和他的朋友们》这类以塑造拟人化动物形象见长的童话，不同年龄阶段的读者在阅读时都能收获阅读的愉悦，但成人

---

① 对于《小兔彼得和他的朋友们》的文体属性，学术界存在一定的争议。有人将其视为童话，也有人将之视为图画书。其实这两种判断都是合理的。《小兔彼得和他的朋友们》图文并存，且两者相辅相成，就此而言，将该书视为图画书自然是无可厚非的。但是，《小兔彼得和他的朋友们》中的大多数故事就篇幅而言，明显比现在流行的大部分图画书更长，而且即便省略图画也依然能够独立成篇，所以，将其归为童话，也是合理的。

读者与儿童读者在阅读时所拥有的接受心态以及对童话的认知方式是有明显的区别的。通常来说，由于已经具有较高的知识水平以及较为成熟的理性意识，所以，当成人读者看到拟人化的动物形象身着人类的衣饰，讲着人类的语言，有着和人类一样的言行时，他们固然也会感到趣味盎然，但同时也会清楚地意识到这一切只是虚构的童话故事，在现实的自然界中绝不可能发生。儿童则不然。儿童在阅读童话时，并不会像成人那样，将这些活灵活现、栩栩如生的动物形象视为虚构的产物。恰恰相反，由于处于伦理混沌阶段的儿童不具备足够的知识和理性意识，所以在他们看来，童话中描写的拟人化的动物形象就是真实存在的。意大利著名文化哲学家维柯（Giambattista Vico）曾经指出，由于"人在无知中就把自己当作权衡世间一切事物的标准"，所以，原始初民通常会"使无生命的事物显得具有感觉和情欲……让一些物体成为具有生命实质的真事真物，并用以己度物的方式，把他自己当作权衡世间一切事物的标准"。[①] 维柯虽然分析的是远古人类的原始思维，但正如恩格斯所指出的，儿童的智力发展其实是人类祖先智力发展的一个缩影，因此维柯的分析对于儿童依然是适用的。这种"以己度物"的思维方式正是处于伦理混沌阶段的儿童对待外部世界的正常反应。在他们看来，动物和人一样，能说话，要穿衣，有着和人一样的各种感官和情感。王泉根教授就曾用"泛灵论"来概括儿童的这种思维方式，他认为："儿童意识中的'泛灵论'是与原始意识中的'万物有灵论'同构对应的。这种观念认为大自然的万事万物由于各种看不见的精灵而具有生命；不但许多无生命的东西有生命，而且还和人一样有感觉与意识。"[②] 著名童话理论家洪汛涛先生认为童话"把天

---

① 〔意〕维柯：《新科学》，商务印书馆，1997，第 200～201 页。
② 王泉根：《论原始思维与儿童文学创作》，《西南师范大学学报》（人文社会科学版）1990 年第 1 期，第 80 页。

底下所有的东西都当作人来看待"①，说的也正是儿童这种以己度物的思维方式。

《小兔彼得和他的朋友们》中有一篇名为《提吉温克夫人的故事》的童话。这篇童话单论情节绝对谈不上精彩，其价值就在于形象地说明了儿童对童话中拟人化动物形象的认知方式。小女孩露西不慎丢失了自己心爱的手绢，于是她向动物们一路询问，并在动物们的热心帮助下找到了负责为森林里的动物浆洗衣物的刺猬提吉温克夫人。露西发现提吉温克夫人不仅捡到了自己的手绢，而且还帮她把手绢浆洗干净。为了表达对提吉温克夫人的谢意，露西陪着她一起将浆洗好的衣物交付给森林里的其他动物们。在和森林里的动物们面对面的交流的过程中，露西并没有因为这些动物穿着人类的衣服，说着人类的语言而感到惊诧，相反，她和这些动物在相处过程中没有感到丝毫的隔阂，就像是在和人类交流一样。《提吉温克夫人的故事》里露西对待动物朋友们的态度，其实就是儿童读者对待童话中拟人化动物形象时的态度的一种反映。

当然，这种将虚构与现实相混淆的思想只是人类在童年伦理混沌阶段所特有的一种现象，就像鲁迅先生说的："孩子的心……他会进化，决不至于永远停留在一点上。"② 但是，要研究童话对于儿童的意义，就必须站在儿童的立场上看待童话。正是因为拟人化的动物形象在儿童看来是真实存在的，因此，儿童会将这些童话故事所讲述的事件当作一种真实的生活经验加以接受。儿童心理学研究表明，儿童是通过生活经验的不断积累来逐渐掌握各种知识技能，不断提高完善自己的理性意识和伦理道德水平的。而经验又分为直接经验和间接经验，直接经验是儿童从亲身的实践当中获取的经

---

① 洪汛涛：《童话学》，安徽少年儿童出版社，1986，第 25 页。
② 鲁迅：《〈勇敢的约翰〉校后记》，载《鲁迅全集》（第 8 卷），人民文学出版社，1981，第 315 页。

验，而间接经验则是儿童从书本或他人那里获取的经验。儿童的童话阅读无疑是一个间接经验的获取过程，但由于儿童相信文本所讲述的故事，同时在文本阅读时能够充分投入自己的情感，因此，他们能够将从阅读中获取的间接经验当作一种活生生的生活经验加以接受，从而使得这些故事以及故事所讲述的道理成为有助于自己成长的养料。

动物童话之所以适用于对儿童进行伦理启蒙，不仅是因为儿童会将童话所讲述的故事当作真实的生活经验加以接受，更是因为童话对儿童进行伦理启蒙的方式适应了处于伦理混沌阶段的儿童的接受能力。在这个问题上，德国哲学家黑格尔（Friedrich Hegel）关于"象征的艺术"的论述可以给我们提供有益的启发。在黑格尔的理论中，美是绝对理念的感性显现，而在绝对理念产生的最初阶段，理念本身是暧昧的，模糊的，"所以不能由它本身产生出一种适合的表现方式，而是要在它本身以外的自然界事物和人类事迹中找它的表现方式"①。这种外在的表现方式就是象征，即"直接呈现于感性观照的一种现成的外在事物，对这种外在事物并不直接就它本身来看，而是就它所暗示的一种较广泛较普遍的意义来看"②，例如"狮子象征刚强，狐狸象征狡猾，圆形象征永恒"③。如果抛开黑格尔美学思想中的客观唯心主义成分，我们完全可以将所谓象征的艺术看成是对原始初民艺术的一种阐述。由于原始初民不具备成熟的理性，自然也就不具备抽象思维的能力。所以，原始艺术的创作者只能用具体的形象来表达某种抽象的观念，而接受者也只能通过具体的形象来理解抽象的观念。这一点和儿童的思维模式也是高度类似的。

---

① 〔德〕黑格尔：《美学》（第2卷），朱光潜译，商务印书馆，1996，第4~5页。
② 〔德〕黑格尔：《美学》（第2卷），朱光潜译，商务印书馆，1996，第10页。
③ 〔德〕黑格尔：《美学》（第2卷），朱光潜译，商务印书馆，1996，第11页。

　　由于处于伦理混沌状态的儿童和原始初民一样，不具备成熟的理性，因此无法理解抽象意义上的道德观念。这就要求针对儿童的伦理启蒙不能采取简单的说教方式，而是必须通过文本中一些具体的文学形象将善恶美丑等各种伦理道德观念以一种形象化的方式表达出来，以帮助儿童理解。例如在《一只凶猛的坏兔子的故事》中，有一只坏兔子想吃另外一只兔子手里的萝卜，但是他"不是请人家将萝卜送给他"，而是"一把抢过了胡萝卜"，[①] 而且还抓伤了萝卜的主人。通过童话中的坏兔子的形象和他的所作所为，儿童就能理解什么是凶猛，什么是坏，知道了不应该抢夺他人的物品，不能伤害他人。再比如在《小猪布兰德》中，小猪布兰德体恤尊长，对待他人热情友善，即便是在自己身陷囹圄，即将被做成熏肉和火腿的危急时刻依然没有只顾自保，而是勇敢地帮助同样身处险境的小猪微姬一起逃脱。在布兰德身上，儿童就可以理解到什么是善良，知道应该尊敬尊长，帮助他人。而《小猫汤姆的故事》里的汤姆则非常调皮，尽管妈妈再三叮嘱他不要在花园里乱跑，不要弄脏自己的新衣服，可他"实在太顽皮"，肆意在花园里胡闹戏耍，不仅把新衣服弄得满是泥污，最后干脆把所有的衣服都弄丢了。等妈妈找到他时，只看见他"光溜溜地站在围墙上，一件衣服都没剩"。最后，汤姆被妈妈狠狠地揍了一顿。通过小猫汤姆的形象，儿童就能知道什么是顽皮，明白犯了错误就应该受到惩罚。正是通过童话中这些栩栩如生的动物形象，儿童得以初步接触并形成关于是非善恶的观点，接受初步的伦理启蒙。

　　当然，儿童接受伦理启蒙的方式是多种多样的，并不限于阅读文学作品。而且，即便是阅读文学作品，儿童也并非必须通过阅读动物童话才能接受伦理启蒙，例如像《狼来了》等儿童故事，《长

---

① 〔英〕毕翠克丝·波特：《小兔彼得和他的朋友们》（第2册），曹剑译，安徽教育出版社，2009，第10页。本书中所有文本引文均引自该版本，不再一一注明。

发妹》、《神笔马良》等以人类作为主人公的童话，甚至包括一些寓言和童谣，都可以对儿童进行伦理启蒙。但是，和其他种类的文学作品相比，童话——尤其是动物童话，在帮助儿童接受伦理启蒙方面有其不可代替的优势，那就是动物童话可以针对儿童斯芬克斯因子的特征，有针对性地对儿童进行伦理启蒙，从而帮助儿童逐步意识到人和其他动物的区别，明确自己作为人的身份。

动物童话之所以能够帮助儿童明确自己作为人的身份，这和童话中拟人化的动物形象的特点有着密切的关联。的确，正如克罗格·马科夫斯基所言，"动物形象广泛地存在于各类文学作品中"，[①] 绝非童话所独有。但是，与其他文体中的动物形象相比，童话中的动物形象有一个显著的特征，那就是在他们身上兼具动物与人的双重属性。写实性的文学作品也能够塑造出成功的动物形象，例如《苦儿流浪记》[②]（*Sans Famille*）中的小猴子宝贝儿和小狗卡比，《白比姆黑耳朵》（*White Bim Black Ear*）里的小狗比姆，《荒野的呼唤》（*The Call of the Wild*）里的猎犬巴克等动物形象，就以自己的乖巧、忠诚、机敏和勇敢征服了无数的读者，但它们并不具备拟人化的特征。与写实性文学作品中的动物形象相比，动物小说中塑造的动物形象显然要更为复杂。例如《荒野的呼唤》（*The Call of the Wild*）里的赤胆忠心的猎犬巴克，《林莽故事》（*The Jungle Book*）里足智多谋的黑豹巴希拉、正直的狼王阿克拉以及憨厚的老熊巴卢，它们都是有情感、能思考的复杂生命个体。但是，这些动物形象依然必须"严格遵循动物的生态习性和行为准则"[③]。也就是说，他们从本质上讲依然仅仅只是动物。

---

① Markowsky, Kellogg, "Why Anthropomorphism in Children's Literature", *Elementary English*, Vol. 52, No. 4 （1975）, p. 460.

② 根据这部小说改编的同名动画片曾在中国热映，因此中国读者可能更熟悉同名动画片的译名《咪咪流浪记》。

③ 王泉根主编《儿童文学教程》，北京师范大学出版社，2009，第219页。

　　童话中的动物形象则不同。曼诺夫曾经指出,《小兔彼得和他的朋友们》里的动物形象的特点在于"时而为人,时而为兽"①。这些动物有着和人类一样的言行举止和生活方式,但同时他们的举手投足又处处显示出他们的动物属性。例如在《渔夫杰里米的故事》中,青蛙杰里米就像极了一个人类的乡绅。他居住在乡下河边的一个精致的小屋子里,屋子里还有一个专门储存食物的储藏室。杰里米非常热情好客,经常请他的朋友乌龟普托勒密先生和蜥蜴牛顿先生到家里共进晚餐。尽管储藏室里已经有了不少食物,但杰里米为了招待宾客,还是会穿上他的防水衣去河里钓鱼。但同时,杰里米的很多行为又清楚地显示出一种青蛙的动物属性,比如他经常要将自己的屋子搞得湿漉漉的才会觉得舒服,在钓鱼时他会在不同的荷叶上跳来跳去选择合适的钓点,他为自己准备的午餐也是青蛙爱吃的昆虫做成的三明治。其实,不只是杰里米,《小兔彼得和他的朋友们》里所有的动物形象都具有这种人与动物的双重特征,是人与动物的复合体。威廉·马基曾经敏锐地指出,"塑造一个成功的拟人化动物形象的秘诀就在于,一方面要让它拥有人类的思想和行为,另一方面也必须保持鼠、猪或兔的动物特征。"②这个观点应该说是准确地把握住了童话中拟人化动物形象的特点所在。

　　童话中的动物形象特点兼具了人与动物的双重特征,这就使得这些动物形象和他们所演绎的故事在帮助儿童接受伦理启蒙的过程中能够发挥其他儿童文学文本无法取代的作用。由于这些动物形象具有拟人化的特征,这就使得儿童在阅读这些动物演绎的故事时如同是在观看发生在身边的人和事,容易产生熟悉感和亲切感。但与

①　Manlove, Colin, *From Alice to Harry Potter*: *Children's Fantasy in England* (Christchurch: Cybereditions, 2003), p.151.

②　Magee, William, *The Animal Story* (Oxford: Oxford UP, 1969), p.221.

此同时，这些动物形象身上的动物属性又让儿童意识到自己和这些动物是存在着一些区别的。例如在《渔夫杰里米的故事》的结尾，波特就特意写到杰米里和他的朋友们在晚餐时津津有味地吃着烤蚱蜢和瓢虫酱，"青蛙认为这也算是一顿丰盛的晚宴了。不过我认为那一定是令人难以下咽！"这其实就是在提醒儿童，人和动物是不同的。通过指出人与动物在不同方面存在的区别，童话就可以帮助儿童逐渐摆脱维柯所说的那种"以己度物"的混沌状态，初步认识到自己作为人在生理属性上和动物的区别。

当然，仅仅让儿童意识到人与动物在生理属性上的区别，对于帮助儿童通过伦理启蒙，意识到自己作为人的身份是远远不够的。正如聂珍钊教授所说："人同兽的区别，就在于人具有分辨善恶的能力，因为人身上的人性因子能够控制兽性因子，从而使人成为有理性的人。"[①] 童话中的拟人化动物形象兼具人与动物的双重特征，这就使得这些动物形象的斯芬克斯因子的构成方式也是同儿童基本一致的，即一方面拥有人性因子，另一方面也存在强大的兽性因子。而且，细加分析便不难发现，这些动物形象身上所体现出的不良道德品质往往与其动物本性，即兽性因子有着明显的关联。例如小猫汤姆和小兔彼得的顽皮正是源于小猫和小兔活泼好动的天性，狐狸托德与老獾的嗜杀与凶残正是源于狐狸和獾作为食肉动物的本性，老鼠塞缪尔夫妇以偷窃为生正是老鼠生活方式的一种反映。所以，童话便可以通过这些动物形象身上的人性因子与兽性因子之间此消彼长的对立冲突来告诉儿童，应该如何约束自己的兽性因子，即动物本能，同时强化自己的人性因子，即理性和伦理道德观念，从而帮助儿童从伦理的角度认识到人和动物的区别所在。具体而言，童话主要是通过以道德训诫的方式帮助儿童约束兽性因子，以

---

① 聂珍钊：《文学伦理学批评：伦理选择与斯芬克斯因子》，《外国文学研究》2011 年第 6 期，第 7 页。

及通过塑造道德榜样帮助儿童强化人性因子的方式来实现对儿童的伦理启蒙的。

## 二　童话中的道德训诫：如何约束儿童的兽性因子

童话对儿童实行伦理启蒙的第一步便是让儿童具备初步的伦理道德观念，即帮助儿童树立最基本的关于是非善恶的观念，并且通过这种方法弱化儿童的兽性因子，并强化他们的人性因子。简单地说，在接受伦理启蒙之前，儿童只会凭借本能来决定自己的思想与行为，想做什么就做什么，而伦理启蒙的目的就在于告诉儿童，不能随心所欲地放纵自己的本能，而是要运用理性意识来思考，按照是非善恶的标准来决定自己该做什么，不该做什么。加拿大儿童文学专家佩里·诺德曼（Perry Nodelman）曾指出，在《小兔彼得和他的朋友们》中，"和人类小孩一样，小兔彼得和他的朋友们一直在自然本能和母亲的希望所代表的社会传统这两种对立的力量之间挣扎"[1]。诺德曼所说的在自然本能和社会传统之间挣扎的过程，其实就是儿童通过接受伦理启蒙，从而学会用人类的伦理道德观念克制自己的本能的过程。

结合儿童伦理混沌状态的客观实际便不难发现，在帮助儿童初步建立伦理道德观念的过程中，约束儿童的兽性因子要比培育他们的人性因子更为重要，也更为迫切。因为对儿童而言，兽性因子是与生俱来的，只有让他们首先意识到不能放纵自己的本能和欲望，以及放纵本能和欲望会给自己和他人带来怎样的危害，才能以此为基础进一步培养他们高尚的品德。简单地说，就是在帮助儿童以美德为指导，认识到自己"应该做什么"之前，首先要通过道德训

---

① 〔加拿大〕佩里·诺德曼、梅维丝·雷默：《儿童文学的乐趣》（第 3 版），陈中美译，少年儿童出版社，2008，第 313 页。

诚，让他们明白"不能做什么"。当然，说童话应该对儿童进行道德训诫，并不意味着童话必须通过简单粗暴的说教来实现这一目标，因为被空洞的说教所充斥的童话通常都无法激起儿童阅读的兴趣，就像儿童文学理论家李利安·史密斯（Lillian Smith）所说的："没有任何力量，可以强迫儿童阅读那些他们不想读的书。"① 而且，儿童的自然天性决定了他们本能地希望放纵自己的各种欲望，因此，简单机械的说教只会让儿童感到反感，甚至引起他们的逆反心理，无法实现好的教育效果。在《小兔彼得的故事》里有一个情节很能说明问题。彼得的妈妈要孩子们出去采集野果，并且特意提醒他们千万不能跑进麦克古格先生的菜园。但彼得一旦脱离了母亲的管控，就"径直奔向了麦克古格先生的菜园"，虽然门缝太小不方便进入，他还是"费劲地从门底下挤了进去"。不难发现，彼得妈妈的训诫非但没有起到劝阻彼得的效果，反而激发了他的好奇心和逆反心理，直接导致他以身试险。有鉴于此，一个优秀的童话在向儿童进行道德训诫时，绝不能硬性地搪塞与鼓噪，而是应该采用符合儿童接受心理和接受习惯的叙述方式，让儿童与文本产生共鸣，进而主动去认可、接受文本所表达的观点，唯有如此，才能顺利实现文本的伦理教诲功能。

要想让儿童读者与文本形成共鸣，首先必须让儿童对文本产生一种认同感，而这种认同感大多数时候来自童话形象在道德品质和个性特征上的不完美。和《维尼·菩的世界》一样，《小兔彼得和他的朋友们》也通过大量栩栩如生的动物形象，惟妙惟肖地反映了处于伦理混沌状态的儿童心理特征和行为特征。小兔彼得的妈妈严令禁止小兔子们进入麦克古格先生的菜园，而且告诉他们兔子爸爸就是因为跑进菜园被抓住，最后被"做进了一个大馅饼里"。但是

① 〔加拿大〕李利安·H. 史密斯：《欢欣岁月》，梅思繁译，湖南少年儿童出版社，2014，第4页。

彼得却完全没有将妈妈的劝诫当回事，跑到麦克古格先生家的菜园大闹了一通。小猫汤姆只要妈妈稍不留神就会跑出去玩耍，在草地里胡乱打滚嬉戏，将妈妈辛苦洗好的衣服搞得脏兮兮的。甚至在妈妈会客时，他都在家里胡乱折腾，将房间弄得杂乱不堪。无论是彼得还是汤姆，他们的行为正是处于伦理混沌状态的儿童的真实写照，他们就像那些混沌未开的儿童一样，身上有很多缺点，例如淘气、顽劣、对家长的管束有着天然的逆反心理。儿童在这些动物形象身上看到了自己的影子，自然能对文本产生认同，而这种认同感也就成为文本对儿童进行道德教诲的一个前提和基础。相反，如果童话形象在道德品质上过分完美，反而不太容易被儿童认同和接受。其实，不仅是童话中的动物形象，童话中的人类形象也是如此。古往今来的童话作品中存在大量的顽皮乃至顽劣的儿童形象，例如卡莱尔笔下的爱丽丝、拉格洛芙笔下的尼尔斯以及林格伦笔下的皮皮，这些顽童形象在成人眼中或许是顽劣不堪，令人头疼，但却非常容易令儿童产生认同感。艾丽森·卢里在评价儿童小说中的顽童形象时指出："犯错和反叛而不是完美的道德典范才让小说读起来有兴趣。"[1]　其实，这一评价同样也是适用于童话的。

这就引发出一个疑问。如果童话描写了这些动物形象的不良行为，那么，缺乏成熟的伦理道德观念的儿童是否会形成错误的道德判断，甚至去模仿这些童话形象的不良行为呢。其实，这种担心是没有必要的。按照美国儿童心理学家斯金纳（Burrhus Frederic Skinner）的观点，儿童行为的习得与该行为是否得到足够的"强化"（reinforcement）有关。所谓"强化"，便是对儿童的行为进行有针对性的批评和制止，或是鼓励和褒奖。斯金纳认为，虽然模仿是儿童的天性，但儿童听到别人骂人却未必会学会骂人，只要他初次尝

---

① 〔美〕艾丽森·卢里：《永远的男孩女孩：从灰姑娘到哈里·波特》，晏向阳译，南京大学出版社，2008，第214页。

试时受到批评与制止。但如果儿童的行为受到肯定与褒奖，那么他们在以后的生活中就会继续做出类似行为。因此，让儿童对童话中的形象产生认同感，这只是实现道德训诫的第一步，童话还必须在此基础之上进一步告诉儿童，像童话中的这些动物形象一样放纵自己的顽劣天性是不可能获得褒奖的，而且还会招致惩罚。在《小兔彼得和他的朋友们》中，那些顽劣的小动物最后都吃到了苦头：彼得因为不听母亲的警告擅自跑进菜园，结果差点被麦克古格先生抓住，险些丢掉性命；小猫汤姆在屋子里乱跑时被一只巨大的老鼠抓住，差点被老鼠做成了猫肉卷饼，闹下猫被老鼠吃掉的笑话。文本无疑正是通过这些动物形象的经历告诉儿童读者，如果放纵自己的兽性因子，任性胡来的话，必将遭到惩罚。

童话讲述顽劣的小动物因为放纵自己的兽性因子而招致惩罚，这是童话实现道德训诫的重要手段，也是童话中常见的一种叙事模式。这一叙事模式看似简单，其实需要精心设置，必须考虑到儿童读者的阅读感受。首先，那些犯下错误的动物形象必须依然保持其可爱的特性，否则只会引起读者的反感和疏远，导致认同感无法产生，导致童话的道德训诫功能无法实现。其次，这些动物犯下错误，当然必须要受到惩罚，但童话一定要拿捏好惩罚的分寸。如果惩罚过轻，就不足以引起读者的警醒，但如果惩罚过重，又容易对读者心理造成阴影，形成一种近乎恐吓的不良效果，而这种恐吓效果是不应在童话中出现的。例如在《小红帽》的早期版本中，小红帽最后被狼外婆吃掉，但在后来的版本中则逐渐演变为小红帽在猎人的帮助下杀死了狼外婆。而且，早期版本中狼外婆像吮吸棒棒糖一样吮吸小红帽弟弟手指的恐怖情节也在后来的演变流传中完全消失了。《小红帽》情节的自发性演变说明了人们的普遍共识，即童话不应有太强的恐怖效果。

波特在文本中很好地处理了上述两个问题。小兔彼得虽然顽劣，但他也只是在麦克古格先生的菜园里偷吃了一些蔬菜，并没有对麦克古格先生的人身和财产造成过大的伤害。小猫汤姆也只是喜欢到处乱窜，顶多就是将家里弄得杂乱不堪。所以，他们虽然犯了错误，但并不是大错，而且他们所犯的错误也没有严重到影响其身上童趣的程度，所以不会引起读者的反感。但是，一旦惩罚真正被落实到他们身上的话，彼得付出的代价就是被做进馅饼，而汤姆则会被做成卷饼，他们都会丢掉性命。显然，这个惩罚的严厉程度已经大大超过了他们所犯错误的严重程度。因此，读者虽然知道这些调皮的动物犯了错误，但当他们真的身处险境时，其情感倾向已经倒向了彼得和汤姆一方，而他们的最终顺利逃脱也舒缓了读者的紧张情绪。最后，彼得受到的实质性惩罚是因为受到惊吓而生了一场病，而汤姆受到的惩罚则是以后见到老鼠就怕，这些惩罚都没有对他们造成严重的伤害，因此也不至于引起读者的恐惧。但是，彼得和汤姆身处险境几乎丢命的经历，以及读者在阅读时产生的紧张情绪也足以引起儿童的警醒，让他们明白不听父母告诫，胡乱放纵自己的兽性因子所可能导致的严重后果。

童话还经常采取对比描写的方式，一方面让放纵自己兽性因子的小动物受到惩罚，另一方面也让听从了父母的教导、约束了自己兽性因子的小动物受到褒奖，借此来强化儿童读者约束自己兽性因子的自觉意识。彼得的三个姐姐都是非常乖顺的小兔子，她们听从母亲的教导，"只是沿着小路采摘着野生的黑莓"。这和彼得故意违背母亲的劝诫，肆意到麦克古格先生的菜园去胡作非为形成了鲜明的对比。不同的行为导致了不同的后果。到了晚上，彼得的姐姐们因为自己的乖顺听话和辛勤劳动采回了很多美味的黑莓，还和妈妈一起享用了丰盛的晚餐，而彼得则为自己的顽皮付出了代价。他不仅身体很不舒服，而且还得眼巴巴地看着姐姐们享用美味晚餐，自己却只能服用苦涩的草药。汤姆的姐姐听从母亲的训导，最后都成了捕鼠能手，她们常常被请去捉老鼠，而且深受雇主的欢迎，"所以她们生活得非常舒适"，而汤姆则一见到老鼠就害怕，不仅无从享受姐姐们所拥有的舒适生活，而且还成了一个笑柄。通过这种对比，儿童就能明白约束自己的兽性因子所能带来的褒奖，自觉地对自己的兽性因子加以约束。

童话让放纵自己兽性因子的动物形象受到惩罚，并借此实现对儿童的道德训诫是非常必要的。儿童的接受心理有其特殊之处。由于儿童的兽性因子所具有的力量大大超过了其人性因子的力量，所以儿童的思想和行为都是受本能驱使的。而趋利避害则是包括人类在内的所有生灵的一种本能，根本不需要后天的养成。著名哲学家、教育家杜威就说过："儿童自己的本能和能力为一切教育提供了素材，并指出了起点。"① 对于处于伦理混沌阶段的儿童而言，与其机械地对他们进行道德说教和灌输，还不如用那些能与他们产生共鸣的动物形象与生动的故事情节告诉他们：放纵兽性因子将会让自己受到惩罚。而儿童基于自己趋利避害的本能，自然会有所警醒，告诉自己不能放纵兽性因子，不能淘气顽劣。而且，在现实生活中，由于成人的精心照料和看护，有时甚至是过分精心的照料和看护，儿童很少有亲身试险并受到惩罚的可能，这时就需要通过童话故事来丰富儿童的生活体验——就像著名童话作家林格伦（Astrid Lindgren）所说的："希望儿童文学作品都能作为儿童生活的延伸部分而存在。"② 这也进一步说明了通过童话对儿童进行道德训诫的必要性和重要性。

---

① 〔美〕《杜威教育论著选》，赵祥麟、王承绪编译，华东师范大学出版社，1981，第 1～2 页。
② 〔苏〕柳德米拉·勃拉乌苔：《反顾你的童年时代——林格伦访问感得录》，韦苇译，《浙江师范大学报》（社会科学版）1990 年第 4 期，第 104 页。

### 三　童话中的道德榜样：如何强化儿童的人性因子

通过童话对儿童进行道德训诫是非常重要的，但童话对儿童进行伦理启蒙的最终目的并不仅仅是约束他们的兽性因子，而且也要强化他们的人性因子，即帮助儿童培养他们的理性意识和正确的伦理道德观念。简单地说，就是童话不仅要通过道德训诫告诉儿童不能做什么事情，更应该在此基础之上告诉他们应该做什么事情。童话帮助儿童强化人性因子的功能主要是靠塑造道德榜样来实现的。按照文学伦理学批评的观点，"道德榜样是文学作品中供效仿的道德形象"，"道德榜样能够通过人性因子控制兽性因子，通过理性意志控制自由意志，在伦理选择中不断进行道德完善，因而能够给人启示"。[①] 对儿童来说，兽性因子是他们与生俱来的本能，不需要任何的习得过程，但人性因子必须通过后天的学习来养成。童话塑造道德榜样，其实就是将儿童应该了解和掌握的各种伦理道德观念通过栩栩如生的童话形象呈现出来，通过鲜活生动的艺术形象而不是简单机械的说教来帮助儿童培养高尚的道德品质。在《小兔彼得和他的朋友们》中，毕翠克丝·波特就塑造了很多成功的道德榜样，让他们为儿童读者做出了正确的道德示范。

在《小兔彼得和他的朋友们》中，一篇名为《格罗斯特的裁缝》的童话就形象地展示了道德榜样在儿童的伦理道德观念养成中能够起到的积极作用。在格罗斯特市生活着一个老裁缝，他孤独一生，只有小猫新普金和他做伴。这位老裁缝非常贫穷，甚至穷到没有足够的钱去购买缝制衣服所必需的原料，但他依然非常善良。有一天，善良的老裁缝出于同情心，放走了被新普金抓住的准备当晚

---

① 聂珍钊：《文学伦理学批评导论》，北京大学出版社，2014，第248页。

餐的老鼠。这些老鼠为了报恩，在格罗斯特先生卧病在床无法工作时，帮他及时做完了必须按时交付的衣服，而且还在之后的日子里利用自己灵活纤巧的双手帮助他缝制出别的裁缝无法缝制的精美衣物，"从这一天开始，好运降临在了格罗斯特的老裁缝身上，他变得越来越健壮，越来越富有"。显然，《格罗斯特的裁缝》沿用了童话中常见的"美德有报"的叙事模式，但是这篇童话的特点就在于，与善良的老裁缝和知恩图报的老鼠们相比，小猫新普金的形象更加引人注目、发人深省。由于老裁缝放走了被新普金准备当作晚餐的小老鼠，新普金一开始非常不满。为了发泄自己的不满，他朝着主人咆哮、吐唾沫，而且为了报复主人，他还故意将老裁缝用最后的一点积蓄购买的缝制衣物急需的丝绒线藏了起来，导致老裁缝急火攻心，一病不起。对主人的报复显然是新普金出自本能的一种反应，是他在兽性因子的支配下做出的行为。但是，新普金偶然发现，就在自己用这种残酷的方式报复主人的时候，被老裁缝放走的老鼠们为了报恩，正在日夜赶工、不辞辛劳地帮助他缝制服装，好让他能如期交付出一件漂亮的新衣服。面对老鼠们知恩图报的行为，被主人抚养照顾多年的新普金"非常羞愧，他感到自己和那些好心的小老鼠比起来，实在是太坏了！"于是，新普金将丝绒线交还给主人，并在此后的生活中一直忠诚地陪伴着主人。新普金之所以能对自己错误的行为有所反省，进行忏悔，正是得益于作为道德榜样的小老鼠们的感召。正是这些小老鼠让他明白了应该知恩图报的道理，认识到自己之前的任性胡来、伤害主人的行为是非常不正确的，他的人性因子也就因此得到了强化和成长。可见，《格罗斯特的裁缝》这篇童话赞扬了善良、感恩等宝贵的品质，但更重要的是，它通过新普金在小老鼠的影响下发生的变化向读者说明了道德榜样所能发挥的重要作用。

在兽性因子驱使下，儿童只会发自本能地维护自己的利益，但是，一旦具备了理性意识和伦理道德观念，儿童就能按照人类的伦理道德观念指导自己的行为，让自己的思维方式和行为动机从本能的利己转变为以道德为指导的利他。而要实现这种从利己到利他的转变，必须具备一个基本前提，那就是儿童要学会换位思考，能够设身处地为他人着想，以维护他人的利益作为自己行为的动机和目标。在《馅饼和馅饼盘的故事》里，小猫碧蕊和小狗黛丝就为儿童读者演绎了一个富有启发意义的故事。碧蕊为了招待好朋友黛丝，特意拿出自己一直舍不得吃的鼠肉做成馅饼。碧蕊拿出自己舍不得吃的食物招待朋友，这就是一个典型的利他的行为。但是，当黛丝得知碧蕊要用鼠肉馅饼招待自己时却非常烦恼，因为作为一条小狗，她不喜欢吃鼠肉。为了不让碧蕊失望难堪，黛丝便偷偷地跑到碧蕊家中，想将烤箱内的鼠肉馅饼换成自己带去的火腿馅饼。黛丝为碧蕊着想，不想让她失望难堪，也是一个典型的利他行为。最后，黛丝因为弄错了烤箱，还是不知不觉地吃下了鼠肉馅饼。当她得知这个残酷的事实后，差点吓得当场昏了过去。当然，经过医生的诊断，吃下鼠肉对黛丝的健康没有造成任何的不利影响，童话也在轻松愉悦的喜剧氛围中结尾。这篇童话的价值就在于首先通过碧蕊和黛丝这两个道德榜样告诉儿童什么是利他的行为，同时又通过这两个可爱的小动物在阴差阳错中闹下的误会告诉儿童，真正的利他行为应该是设身处地为他人考虑，想他人所想，急他人所急，而不是盲目地将自己的想法作为衡量他人想法的标准，否则便会犯下类似于童话当中碧蕊让小狗黛丝吃鼠肉的错误。

对于已经开始接受伦理启蒙的儿童而言，由于他们的伦理道德观念还在习得过程之中，远没达到成熟与完善的程度，所以，即便他们已经初步地具备了一些伦理道德观念，不再肆意放纵自己的本能，但还是难免在强大的兽性因子的驱使下犯下错误。例如在《两只顽皮的小老鼠的故事》中，老鼠大拇指汤姆和汉卡·蒙卡便是如此。他们觉得洋娃娃露辛达和简的屋子非常漂亮可爱，于是就趁露辛达和简不在家的时候跑到她们家里肆意玩乐，将她们的小屋弄得一塌糊涂。但是，这则童话的重点并不在于说明两只小老鼠有多么的淘气，而是为了说明"他们毕竟不是特别特别淘气"。在肆意玩乐过后，汤姆和蒙卡马上意识到了自己行为的不妥，于是，汤姆在圣诞夜将一枚硬币塞到露辛达和简的长筒袜中，作为对自己造成的损失的赔偿，而蒙卡每天都会带着自己的簸箕和扫帚将露辛达和简的家打扫得干干净净，以此来弥补自己的过失。汤姆和蒙卡知错就改的举动无疑是在告诉儿童，成长过程当中即便是好孩子也会犯下错误，但是，犯错误并不要紧，重要的是能认识到自己的错误，并且为自己的错误承担责任。而这种自我反省的意识和承担责任的意识，也是伦理启蒙过程中儿童必须学会和具备的。

　　能够意识到自己的错误并且愿意改正错误，这是儿童在接受伦理启蒙的过程中迈出的关键一步，但却不是最终的目标。让儿童认识并且反思自己所犯错误的最终目的是让他们从错误中汲取教训，从而让过往犯下的错误成为自己成长的阶梯。为了实现这一目标，毕翠克丝·波特在《小兔彼得和他的朋友们》中特意采取了类似巴尔扎克经常使用的"人物互现法"的技巧，让同一个童话形象在多个童话故事中出现，从而勾勒出他们如何从过往的错误中汲取教训，从而实现成长的过程。例如继《小兔彼得的故事》后，彼得在《小兔子本杰明》的故事又再次出现。虽然在表哥本杰明的蛊惑下，彼得又一次进入了麦克古格先生的菜园。但这次他显然汲取了上次的教训，当本杰明在菜园中肆意捣乱破坏时，彼得只是想弥补上次的过失，拿回上次遗失在菜园中的衣服，而且他时刻保持着警觉，"一直警惕地听着四周的声响"。拿回衣服之后，彼得就向本杰明提出应该马上离开的建议。虽然最后他们还是被困在了菜园中，幸亏本杰明的父亲老本杰明及时赶到才脱离险境，但如果不是彼得时刻保持警觉，提前发现了猫的存在并拉出本杰明及时躲到篮子里，他和本杰明恐怕在老本杰明赶到之前就已经命丧猫口了。可以说，正是因为彼得从上一次所犯的错误中汲取了教训，所以他才能拯救了自己和本明杰的性命，并且顺利地拿回了自己的衣服。而在《托德先生的故事》中，彼得已经成为一只聪明勇敢的兔子。当老獾鲍瑟抓走了本杰明的孩子后，彼得先是审时度势，理智地制订了不应与老獾正面交锋，只能智取的斗争策略，然后机智地激起了老獾鲍瑟和狐狸托德之间的矛盾，让他们产生内讧，最终趁乱救出了小兔子们。通过将这几则童话里的彼得形象加以对比，读者便不难发现彼得从一只顽劣的小兔子变成一只好兔子的过程，而彼得一路成长的历程无疑清楚地向儿童读者表明，成长的过程中难免会犯错误，但只要能从错误中汲取教训，就能让犯下的错误成为自己成长的阶梯。

通过对上述道德榜样的塑造，《小兔彼得和他的朋友们》告诉了儿童应该如何培养自己的人性因子，让自己的人性因子越来越强大。在此基础之上，毕翠克丝·波特还对儿童提出了更高的期许，在童话中试图引导他们对伦理道德问题进行更深层次的思考，这方面最典型的例子就是《金吉尔和皮克斯的故事》。小猫金吉尔和小狗皮克斯一起开了一家杂货店，店里的货品应有尽有，可以满足森林里所有动物的生活需求。更重要的是，为了让大家不至于因为没有钱而无法买到生活所需的物品，他们慷慨地决定顾客可以通过赊账的方式购买店内的所有商品。所以，动物们都喜欢到他们的杂货店买东西。从表面上看，金吉尔和皮克斯的举动无疑是一个无私的善举，但是，由于赊账的顾客太多，杂货店入不敷出，很快就倒闭了，金吉尔和皮克斯亏得血本无归，不得不另谋生路不说，森林里其他的商店缺少了竞争对手，也趁机纷纷提高物价，搞得动物们苦不堪言。于是，金吉尔和皮克斯的善举到最后反而给大家的利益造成了损害。后来，母鸡萨利又开了一家杂货店，她用实惠的价格出售东西，但拒绝任何形式的赊欠。于是，她的杂货店开得红红火火，动物们也得到了实惠，童话也有了皆大欢喜的结局。

实事求是地说，这则童话的深层内涵显然已经大大超出了儿童的理解能力，涉及什么是真正的善、善与恶的相互转换、利己与利他之间的辩证关系等深邃难解的道德难题，我们甚至可以在这则童话中看到布莱希特的著名戏剧《四川好人》（*The Good Person of Setzuan*）①的影子。显然，儿童是不可能完全体会到这则童话故事的深层次道德内涵的，但是，通过阅读这个童话，儿童最起码可以意识到，善与恶之间的区分并不那么简单与绝对，而且善与恶之间有时也会相互转换，这便为他们在以后的成长岁月中对于善与恶之间的辩证关系形成更加深刻的认识打下了基础。

综上所述，通过接受童话的伦理启蒙，儿童便可以具备初步的伦理意识，能以是非善恶为标准做出基本的道德判断，同时对于人与动物的区别也有了一定的认识。这就为他们迈出伦理启蒙过程中最重要，也是最关键的一步——伦理选择，打下了坚实的基础。

## 第三节  《女巫》：童话与儿童的伦理选择

伦理启蒙对于任何一个儿童都是至关重要的，无论是弱化儿童的兽性因子，还是强化儿童的人性因子，伦理启蒙的作用就在

---

① 《四川好人》是德国作家布莱希特创作的一出寓言剧，大意是说三位神仙帮助妓女沈黛开了一个商店，无偿地给人提供食宿，然而这一善举非但得不到好报，反而使商店难以为继。沈黛只得以表兄隋达的身份出现，隋达虽然冷酷无情，却把商店经营得红红火火。面对三位神仙的指责，沈黛道出了自己的苦衷："既要善待别人，又要善待自己，这我办不到。"而三位神仙在这个问题面前也束手无策。

于帮助心智懵懂的儿童形成初步的伦理观点，从而帮助他们摆脱伦理混沌的状态，初步具备人类的伦理意识，进而为儿童完成伦理选择打下基础。在文学伦理学批评中，伦理选择是儿童成长至关重要的一个步骤。正如本书在第一章第一节所陈述的，真正让人与动物区分开来的不是生物性选择，而是伦理选择。只有通过伦理选择，儿童才能明确自己作为人的伦理身份，意识到人与其他动物的根本区别所在，从而实现从懵懂无知的蒙昧生灵到有理性、懂伦理的真正意义上的人的转变。因此，童话除了通过塑造大量栩栩如生的拟人化动物形象对儿童进行伦理启蒙之外，还向儿童讲述了很多关于人兽变形的故事，为了论述的方便，这里姑且将这些讲述了变形故事的童话简称为"变形童话"。这些变形童话通过讲述人兽变形的故事，在对儿童进行伦理启蒙的基础上，进一步通过更加直观的方式帮助儿童认识到人与兽的区别所在，从而帮助儿童完成伦理选择的过程。本节拟通过对罗尔德·达尔的著名童话《女巫》的分析，阐述儿童在完成伦理选择的过程中所面对的困难和儿童伦理选择的本质所在，以及童话，尤其是"变形童话"是如何帮助儿童认识到人与其他动物的本质区别，进而完成自己的伦理选择。

## 一　从人到兽：儿童伦理选择的艰巨性

罗尔德·达尔无疑是英国儿童文学史上最伟大的巨匠之一。他的很多童话作品，例如《查理的巧克力工厂》（*Charlie and the Chocolate Factory*）、《了不起的狐狸爸爸》（*Fantastic Mr. Fox*）、《詹姆斯与大仙桃》（*James and the Giant Peach*）、《魔法手指》（*The Magic Finger*）和《马蒂尔德》（*Matilda*），都是英国儿童文学史上脍炙人口的精品，而《女巫》（*The Witches*）则被公认为是达尔最优秀的一部作品。《女巫》的主人公"我"是一个孤儿，在父母去世后一直和姥姥一起生活。有一次和姥姥去海边度假时，"我"偶然得知了英国的女巫正在策划一个邪恶的阴谋，她们要用一种叫作"86号配方慢性变鼠药"的药水将全英国的小孩都变成老鼠。在不幸被女巫抓住后，女巫为了防止阴谋败露，便将"我"变成一只老鼠。但是，变成老鼠的"我"依然勇敢地和女巫展开了斗争，最后在姥姥的帮助下，挫败了女巫的阴谋，拯救了全英国的儿童。正是凭借着这部作品，达尔在1983年获得了英国儿童文学顶级大奖之一的白面包奖（Whitbread Award）。白面包奖评议委员会对作品所给予的评语是："诙谐，机智，既趣味十足又使人震惊不已，是一部地道意义上的儿童文学杰作。"① 而在由英国读者投票评选的"上世纪最优秀儿童书"中，达尔的《女巫》力压当下最畅销的儿童文学作品《哈利·波特》，荣登榜首。② 这些例证都说明了《女巫》在英国童话史上的经典地位。

在《女巫》中，出现了一个在童话故事中常见的情节元素，那就是"变形"。在童话和其他幻想类文学作品中，变形通常是指人类的外在形态"从某一物种到另一物种的不可思议的变化"，③ 包括从人变成动物、植物，或者其他非生命形态，例如玩具、雕像，等等。这些变形方式在《女巫》中都得到了体现：由于被女巫施加了巫术，索尔维格变成了油画中的人像，哈拉德变成了一个小石雕。而布鲁诺和文本中的"我"被女巫变成了老鼠，则是童话中最为常见的一种变形，即从人到兽的变形。事实上，在格林童话中的

---

① 韦苇：《外国儿童文学发展史》，少年儿童出版社，2007，第171页。
② 见 http://www.hongniba.com.cn/dahl/review/review06.htm。
③ Lassén‑Seger, Maria, *Adventure into the Otherness: Metamorphosis and Children's Literature* (Abo: Abo Akademi UP, 2006), p. 25.

《青蛙王子》（*The Frog-King，or Iron Henry*）、《汉斯我的刺猬》（*Hans the Hedgehog*）、《小弟弟与小姐姐》（*Brother and Sister*），安徒生童话中的《沼泽王的女儿》（*Marsh King's Daughter*），《野天鹅》（*Wild Swan*）等经典童话文本中，都可以发现这类人变形为兽的情节。这些例证充分说明，人兽变形的情节确实是在童话中普遍存在的。

人兽变形的童话和动物童话之间的最大区别就在于变形，即人物形象从人的形态向动物形态的转变，正是这一区别决定了变形童话在帮助儿童进行伦理选择的过程中具有无可替代的作用。通过对《小兔彼得和他的朋友们》的分析不难发现，动物童话无疑是最适合对儿童进行伦理启蒙的文学作品，但是动物童话也有其显而易见的短板。大多数的动物童话都混淆了，或是没有清楚地展现人与动物之间的界限。文本中的动物们穿着人类的服装，说着人类的语言，甚至拥有人类的思维方式和社会组织结构，这些动物形象身上的拟人化属性使得他们无法帮助儿童读者清晰地意识到人与动物之间存在的区别。而儿童要想长大成人，一个基本的前提就是明确自己作为人的身份，认识到自己作为人类和其他动物之间是有区别的。显然，在帮助儿童全面、充分地认识人与其他动物的区别方面，动物童话是力所不逮的，而这恰恰是变形童话的优势所在。在《女巫》中，"我"无论在外形上，还是在心理特征上，原本都是一个正常的人类儿童。"我"有着健全的四肢，正常的容貌，和其他孩子一样喜欢养宠物、听故事、吃零食、搭树屋，讨厌上学和考试。只是因为和姥姥在海滨旅馆度假时遇到了正在召开全英国女巫大会的女巫，并且无意之中偷听到了女巫的阴谋，"我"才被变成了一只老鼠。在变成老鼠之后，"我"明显感受到了身为老鼠的自己和曾经身为人类的自己有了许多区别。这种区别首先体现在生理上，"我注意到地板离我的鼻子只有一英寸。我还注意到一双毛茸茸的小爪子停在地板上。我还能移动这些小爪子，那是我的"①。而且，"我"的心脏像老鼠一样，每分钟能跳五百次，这让"我"感到惊奇不已。"我"甚至对以前喜欢的食物也失去了兴趣，自从变成老鼠之后，就一直讨厌巧克力和糖果的味道。此外，"我"还具备了很多老鼠的本能与技能。当有人把手指放到"我"面前的时候，"我"会出自本能地去咬上一口，而且"我"还能用自己的尾巴钩住垃圾桶的提手，像马戏团里的空中飞人一样飞来飞去。显然，变成老鼠后的"我"和身为人类儿童时的"我"在外貌形态、生活习性、生理机能等方面都有了明显的不同，童话也正是通过"我"变成老鼠前后的对比告诉儿童，人和动物是不同的生物物种，首先在生理上存在着明显的区别。

当然，童话要帮助儿童完成伦理选择，就不能仅仅帮助儿童意识到人与动物之间外在的、生理上的区别，还应该让儿童意识到人与动物内在的、本质上的区别。儿童生而具有人的形态，这是人类经过了漫长的生物进化的结果，也导致了人与其他动物在生理上的区别。但是，人与其他动物的区别并不仅仅是生理层面上的，因为"人虽然通过自然选择获得了人的形式，但是没有获得人的本质，还不能真正把人同兽区别开来。直到人的伦理意识产生之后，人才真正把自己同兽区别开来"②。按照文学伦理学批评的观点，每个人的斯芬克斯因子由人性因子和兽性因子组成，所以，每个人其实都兼具人性与动物性两种属性：人性因子决定了人的人性，即理性与伦理意识，而兽性因子决定了人的动物性，即各种生物本能。人并非没有动物性，就像恩格斯所说的："人来源于动物界这一事实已经决定人永远不能完全摆脱兽性，所以问题永远只能在于摆脱得多

---

① 〔英〕罗尔德·达尔：《女巫》，任溶溶译，明天出版社，2009，第121页。以下文本引文均引自该版本，不再一一注明。

② 聂珍钊：《文学伦理学批评导论》，北京大学出版社，2014，第13页。

些或少些，在于兽性或人性的程度上的差异。"① 因此，人与其他动物的本质区别就在于人能够用自己的人性因子去控制自己的兽性因子，用理性来约束自己的欲望，使自己的行为符合伦理。所以，人与其他动物的区别既是生理上的，更是伦理上的。生理上的区别是外在的、形式上的，而伦理上的区别则是内在的、本质上的。

由此便不难发现，儿童伦理选择的关键是让儿童意识到，人与其他动物的根本区别就在于人能够用自己的人性因子控制自己的兽性因子，而一旦儿童无法有效地控制自己的兽性因子，便无法顺利地完成伦理选择，变得与兽无异。而童话中人变为动物的情节，其实正是对儿童失败的伦理选择，即兽性因子战胜人性因子的一种形象化的展示。在《女巫》中，"我"和布鲁诺原本都是人类儿童，然后又都被变成了老鼠。从表面上看，"我"和布鲁诺之所以变成老鼠是因为服下了女巫配制的变形药水，但是究其根本原因，却是因为"我"和布鲁诺放纵了自己的本能和欲望，没有用人性因子去约束自己的兽性因子。布鲁诺生性贪吃，"不管什么时候看到他，他总在那里吃东西"，而女巫大王正是抓住了布鲁诺贪吃的特点，将变形药水涂在巧克力上，诱使布鲁诺吃了下去。而"我"的问题则是生性过于贪玩，明知在旅馆中不能饲养老鼠，却非要违背禁令，偷偷跑到旅馆的会议室训练自己的宠物小白鼠，所以才会碰到正巧在会议室里召开大会的女巫。无论是贪吃还是贪玩，都是儿童的自然天性，也就是儿童的兽性因子的体现，而"我"和布鲁诺显然都是因为没有控制住自己的自然天性，才会惨遭厄运，被女巫变成老鼠。事实上，"我"在被女巫变成老鼠之前也曾经险遭女巫的毒手。但是，当女巫拿出玩具诱惑"我"时，"我"抵制住了玩具的诱惑，遏制住了自己

---

① 〔德〕恩格斯：《反杜林论》，载《马克思恩格斯全集》（第20卷），中共中央马克思恩格斯列宁斯大林著作编译局译，人民出版社，1971，第110页。

贪玩的冲动，从而识破了女巫的阴谋，幸运地躲过一劫。"我"先是因为控制住了自己的兽性因子而逃过女巫的毒手，而后又因为放纵了自己的兽性因子而被女巫变成老鼠，文本其实正是通过这一对比告诉儿童读者，作为一个真正的人，必须要学会用人性因子去控制自己的兽性因子，用理性遏制自己的欲望，一旦放纵了自己的兽性因子，就会变得与禽兽无异，丧失人的身份，由人蜕变成动物。黑格尔在分析古希腊神话中的变形情节时曾指出，变形是一种"精神界事物的堕落和所受的惩罚"，变形的主体都是"由于某一种错误、情欲或罪过，堕落到无穷的罪孽灾痛里，因而被剥夺去精神生活的自由，转变成为一种自然界的事物"①。黑格尔对于神话的这一论断，其实对于童话也是同样适用的。

儿童伦理选择的过程从本质上说，其实就是学会用自己的人性因子去控制自己的兽性因子的过程。但是，这一过程说起来简单，真正要实现却并不是一件容易的事情。事实上，即便对于已经经历了伦理选择，具有了成熟的理性意识与伦理道德观念的成人而言，要想完全约束住自己的兽性因子，也是一件非常困难的事情。很多经典的文学作品都向我们展示了成人由于无法有效地束缚自己的兽性因子而做出的非理性举动以及由此酿成的悲剧。例如在《伊利亚特》（*Iliad*）中，作为希腊联军统帅的阿伽门农正是因为没有遏制住自己对于卡珊德拉的情欲，才会开罪阿波罗和阿喀琉斯，险些给自己的军队带来灭顶之灾。而在《哈姆雷特》（*Hamlet*）中，克劳狄斯也正是因为没有抵挡住王位的诱惑，才会犯下弑君杀兄这种违背基本人伦的罪行。这些例证充分说明，兽性因子作为人类身上动物本能的残余，不仅会在人类身上长期存在，而且会对人类的思想与行为产生巨大的影响。而对于

---

① 〔德〕黑格尔：《美学》（第2卷），朱光潜译，商务印书馆，1996，第115~116页。

儿童来说，他们在用人性因子约束自己的兽性因子的过程中，显然会遇到比成人更多的困难。因为儿童相较于成人而言，他们的伦理观念和理性意识都更为薄弱，所以他们的思想和行为更容易受到本能的驱使，也更容易在外部事物的诱惑下产生发自本能的冲动和难以遏制的欲望，从而放纵自己的兽性因子。一块巧克力、一件精美的玩具、一只可爱的宠物鼠，对于成人来说或许并不会构成太大的诱惑，但是对身为儿童的布鲁诺和"我"却具有极大的诱惑力，足以令他们在冲动之下放纵自己的兽性因子。

而且，必须注意到的是，儿童身上的兽性因子虽然代表着本能的冲动和难以遏制的欲望，是儿童成长中的不利因素，但与此同时，兽性因子却也是人类最本能、最直接的愉悦和欢乐的来源。所以，在放纵兽性因子的过程中享受到的快感，也是儿童在伦理选择过程中必然要面对的一个问题。大自然中的动物，包括处于伦理蒙昧阶段的远古人类，其主要的快感来源都是各种本能的欲望得以满足后产生的快感，儿童也是如此。"我"和布鲁诺是因为放纵了自己的兽性因子而变成老鼠，但在变成老鼠之后，他们并没有感到难过，反而还有些开心。在变成老鼠后，"我"曾经问自己："做一个人类小孩真的比做一只老鼠要好吗？"由于考虑到老鼠不用上学，不用考试，不用担心钱不够花，所以"我"告诉自己，"做一只老鼠不是一件坏事。"而布鲁诺更是因为自己变成了一只老鼠而开心得不得了，因为作为老鼠，他就可以"吃所有那些装在袋子里的葡萄干，玉米花，巧克力饼干"以及"一切可以找到的吃的东西"。"我"和布鲁诺之所以因为变成一只老鼠而感到开心，正是因为如果身为动物，他们就不必再用人类的伦理道德规范束缚自己的兽性因子，可以在本能的驱使下无条件地放纵自己的欲望，从而在欲望的放纵中获取快感。

儿童容易受到外部事物的诱惑，产生无法遏制的欲望，而在现实生活中，又总是存在着种种令儿童难以抗拒的不良诱惑。在《女巫》中，这些诱惑主要是通过女巫的形象体现出来的，这一点通过将达尔笔下的女巫形象和传统童话中的女巫形象加以对比就可以得到证明。首先，传统童话中的女巫是无恶不作的，成人和儿童都有可能成为她们伤害的对象，但达尔笔下的女巫只伤害儿童，这就使得她们成为一种只针对儿童的邪恶力量。其次，达尔笔下的女巫从不通过暴力的方式强行对儿童施加魔法，而是利用儿童没有经历伦理选择，所以无法约束自己欲望的特点，向儿童提供种种极具诱惑力的诱饵，勾引儿童一步步落入自己的圈套，从而破坏他们的伦理选择，将他们变成动物。显然，达尔笔下的女巫固然体现出邪恶的力量，但同时也体现出一种诱惑的力量。此外，传统童话中的女巫通常都非常丑陋，而且具有标志性的外形特征，例如长着大大的鹰钩鼻子，白发及腰，面目狰狞，而且穿着黑色的斗篷，戴着高脚帽，骑着扫帚，人们从外形上就能辨识出她们的女巫身份。而达尔笔下的女巫虽然容貌也非常丑陋，有着像猫一样的薄薄的弯爪子，秃头上长着皮疹，瞳孔总是不断变化颜色，方形的脚上根本没有脚趾，但她们却通过戴上面具，手套和假发，穿上宽大的鞋子，将自己丑陋可怕的体貌完全遮盖了起来。所以单纯从外形上看，她们"非常漂亮"，"根本不像一个女巫"。这也正是女巫真正危险的地方，因为"她之所以加倍危险，正是因为她看上去毫不危险"。达尔的这一构思是富有深意的，因为这同样也是儿童所面对的种种不良诱惑的特点：从表面上看，这些诱惑都是诱人而且动人的，可以让儿童，甚至还有一些成人丝毫察觉不到其中隐含的威胁，但这些诱惑在实质上却是非常险恶的，因为它们会激发儿童的兽性因子，影响儿童顺利地完成伦理选择。

儿童的兽性因子具有的强大力量，这就决定了儿童难以抵挡外界的不良诱惑。然而，令人担忧的是，无论是在现实生活中，还是在文学文本中，很多成人都没有意识到儿童的兽性因子所具有的强大力量以及外界的不良诱惑可能对儿童造成的伤害，所以他们非但没有有效地帮助儿童约束自己的兽性因子以抵御外界的种种有害诱惑，相反却是在有意无意中放纵了儿童的兽性因子。安妮·玛丽伯德在研究《女巫》时提出了一个耐人寻味的观点，她认为，达尔童话中女巫的形象喻指着"成人施加给儿童的暴力"，而这种暴力又往往隐藏在成人对儿童"无所不能的力量之中"。[①] 其实，我们完全可以在玛丽伯德观点的基础上更进一步地指出，这种"无所不能的力量"其实就包括很多成人对儿童错误的教育方式，以及他们自以为是的对儿童的"爱"的力量。詹金斯夫妇就是放任儿童自由意志的成人的典型，他们对布鲁诺疏于管教，而且娇宠溺爱，认为只要满足布鲁诺的一切欲望就是对儿子的爱。所以，他们任凭布鲁诺在旅馆里到处流窜，胡作非为，即便是布鲁诺闯祸了，他们也不以为然，而且拼命为儿子护短。正是因为他们疏于对儿子的管教，才使得布鲁诺轻易地被女巫大王所诱骗。可以说，布鲁诺之所以遭受灾难，被变成老鼠，很大一部分原因就在于他父母错误的教育和培养方式以及无原则的溺爱。事实上，"我"变成一只老鼠，姥姥也负有不可推卸的责任。为了让主人公度假时不至于无聊，姥姥送给"我"两只小白鼠作为消遣，可是在旅客众多的宾馆中饲养老鼠，显然会对他人造成不良影响。但是，在饭店经理斯特林先生禁止"我"饲养老鼠并与姥姥进行交涉时，姥姥却反过头来威胁斯特林先生，如果不让"我"饲养老鼠就去卫生部门告发他。正是因为姥姥放纵了"我"的不当行为，"我"才会在旅馆的会议厅里训练宠物鼠时巧遇了召开大会的女巫。显然，对于没有经历伦理选择的儿童而言，疏于对他们的管教，或者说用错误的方法管教，就等于是

---

① Marie Bird, Anne, "Women Behaving Badly: Dahl's Witches Meet the Women of the Eighties", *Children's Literature in Education*, Vol. 29, No. 3 (1998): 121.

放纵他们的兽性因子，令儿童无法顺利完成伦理选择。这种溺爱与放纵就像女巫那样，看起来很美丽，对儿童毫无伤害，实际上却会对儿童造成巨大的伤害。

柯林·曼诺夫曾经指出，在达尔的童话中"现实与幻想不再是对立的两极，而是被混淆在一起"①。这一点在《女巫》中体现得尤为明显。虽然人变为动物是只可能在幻想类的文学作品中出现的情节，在现实生活中绝不可能发生，但达尔却通过这一情节形象生动地向读者说明了现实生活中儿童伦理选择的难度与艰巨性。对于还没有完成伦理选择，尚不具备成熟的理性意识和伦理观念的儿童而言，他们身上的兽性因子具有强大的力量，因此也就特别容易受到种种外在的不良诱惑的误导，而成人不正确的教育方式也会放纵儿童的兽性因子，童话中儿童变为动物的情节其实是对儿童的兽性因子所拥有的强大力量的一种形象化的展现。所以，儿童的伦理选择注定是一个艰难、曲折而坎坷的过程。

## 二　从兽到人：儿童伦理选择的实质

《女巫》的结尾颇为让人意外。在童话作品中，人被施加罪恶的魔法，从而变成动物的情节并不少见。但是，按照常规的童话叙事模式，在故事的结尾，变成动物的人最终都会恢复人形，童话也因此而拥有了皆大欢喜的结局。然而，达尔的《女巫》却反其道而行之。"我"虽然最后战胜了女巫，挫败了女巫的阴谋，但直到故事结束，"我"都始终保持着老鼠的外形，没有变回人形。正如玛利亚·拉斯·塞尔吉奥所言："在所有用英语写成的文学作品中，达尔的《女巫》第一次颠覆了常见的情节模式，他让这个孩子在故

---

① Manlove, Colin, *From Alice to Harry Potter: Children's Fantasy in England* (Christchurch: Cybereditions, 2003), p. 106.

事结束的时候依然保持了动物的外形。"①

对于达尔在《女巫》中这一出人意表的结局处理方式，评论者褒贬不一。赞誉者认为，这一结局"类似于巴里的《彼得·潘》……体现了人类对童年的眷念"②；诋损者则认为，达尔对《女巫》结尾的处理是完全失败的，由于"我"没有变回人形，所以"这个故事的结局完全违背了大家的期望，甚至给读者造成这样一种余味：似乎是邪恶的力量取得了最终的胜利"③。相比较而言，持贬斥意见者的观点似乎代表了大多数人的看法。所以，在根据《女巫》改编的同名热映电影中，导演罗格斯（Roges）也顺应广大读者的要求，让主人公"我"在战胜女巫后重新变回人形，从此和姥姥过上了幸福快乐的生活，给予了故事一个常态化的结局。

这些观点，无论褒贬，对于我们解读文本都能提供有益的借鉴与帮助，但也都存在值得推敲商榷的地方。如果说让永远长不大的男孩彼得·潘体现人类对童年的留恋尚且无可厚非的话，那么，让作为老鼠的"我"去体现人类对童年的眷念，就多少有些牵强了。而说童话的结局是邪恶的力量战胜了正义的力量，更是从根本上违背了童话的基本宗旨。正如阿法纳西耶夫所言："童话不能容忍对于善良与正义的丝毫背叛；他要求惩罚任何不义之举，表现善战胜恶。"④ 更何况在文本中，"我"最终挫败了女巫的阴谋，而且运用计谋将所有的女巫都变成了老鼠。这样的结局，又怎么能说是罪恶的势力取得了胜利呢？其实，如果运用文学伦理学批评的方法分析

① Lassén-Seger, Maria, *Adventure into the Otherness: Metamorphosis and Children's Literature* (Abo: Abo Akademi UP, 2006), p. 215.

② Lassén-Seger, Maria, *Adventure into the Otherness: Metamorphosis and Children's Literature* (Abo: Abo Akademi UP, 2006), p. 216.

③ Rees, David, "Dahl's Chickens: Roald Dahl", *Children's Literature in Education*, Vol. 19, No. 3 (1988): 143.

④ 〔俄〕阿法纳西耶夫编选《俄罗斯童话》，沈志宏、方子汉译，上海文艺出版社，1991，第12页。

文本便不难发现，达尔在《女巫》的结尾没有让"我"变回人形，恰恰体现出他作为儿童文学大师的高明之处，因为正是通过这一出人意表的情节，文本才能够更加清楚地向读者展示儿童伦理选择的实质所在。

　　要想理解在《女巫》的结尾主人公为什么保持了老鼠的外形，首先就要理解为什么在惯常的童话叙事中，一定要让主人公在结尾处恢复人形。在童话中，人变成动物的情节其实是对儿童身上强大的兽性因子的一种形象化的展现，而且童话也得以借此明确地告诉儿童，如果在成长过程中做出错误的选择，放纵了自己的兽性因子，就会因此而付出代价，受到惩罚。正如塞尔吉奥所说的："无论是神话还是童话中的石化与变形，其中都包含着由于变形而导致的难以忍受的痛苦。"① 在《女巫》中，"我"变成老鼠的过程就是一个非常痛苦的过程。当药水倒进"我"的喉咙时，"像整整一壶开水倒进了我的嘴里"，"接着火烧的可怕感觉很快地扩展到我的胸口，我的肚子，我的双臂和双腿，一直扩展到我全身"，接着"我"开始变小，"像是在一个铁质的压榨机里，有人在转螺丝，每转一下，压榨机就紧缩一些"，再后来我开始长出老鼠毛，这些毛"像是针从里面硬要钻到皮肤表面来"。而且，在变成老鼠之后，"我"还必须时刻提防被人发现，以免受到人们的唾弃与追打。童话之所以详细描述了"我"变成老鼠时所遭受的痛苦以及变成老鼠后的窘态，其实都是为了告诉儿童读者，在成长过程中，必须要注意遏制自己的欲望，不能放纵自己的兽性因子，否则，虽然能逞一时之快，在欲望的满足中得到短暂的快感，但自己也会因为对欲望的放纵而付出巨大的代价。

　　如果说在童话中儿童变成动物是因为他们放纵了自己的兽性因

----

① Lassén-Seger, Maria, *Adventure into the Otherness*: *Metamorphosis and Children's Literature* (Abo: Abo Akademi UP, 2006), p. 80.

子的话，那么，在童话的结尾儿童之所以能够重新恢复人形，原因就在于他们的人性因子重新战胜了自己的兽性因子。例如在《格林童话》中的《小弟弟与小姐姐》中，小弟弟之所以变成了一只鹿，就是因为他无法约束自己的兽性因子，明知溪水被继母施加了魔法，但还是无法遏制自己的欲望，不顾小姐姐的再三叮嘱与劝诫，喝了小溪中的水。与小弟弟形成鲜明对比的是小姐姐，虽然干渴难耐，但在面对甘甜的溪水的诱惑时，她却始终能够用理性克制住自己的欲望，所以没有遭受和弟弟一样的厄运。两相比对，如果说小弟弟身上更多地体现了兽性因子中的原欲，那么在小姐姐身上则体现出了人性因子所具有的理性的力量。在小弟弟变成小鹿之后，小姐姐对自己弟弟不离不弃，悉心照料，甚至不惜用生命来守护自己的弟弟。姐弟两在一起经历了重重的磨难后，最终凭借自己的善良、勇敢与爱的力量战胜了邪恶的继母。随着继母的死去，施加在小弟弟身上的魔法也得以解除，所以小弟弟重新变回了人形。类似的例子还有同为格林童话的《汉斯我的刺猬》。汉斯出生时上半身是个小刺猬，下半身却是男孩，汉斯这种半人半兽的形态特征其实就是斯芬克斯因子中人性因子与兽性因子并存的一种形象化的体现。作为一个半人半兽的存在，汉斯面临着做人还是做兽的选择。在此后的成长过程中，他努力地学习各种知识与技能，勤劳地工作，乐于助人，追求高尚的道德情操。通过不断的学习与成长，汉斯身上的人性因子不断增强，最后战胜了他的兽性因子，而汉斯最终也脱去了刺猬的表皮，成为一个真正的人，和公主一起过上了快乐的生活。无论是《小弟弟与小姐姐》，还是《汉斯我的刺猬》，都是用兽变为人的情节再现了人类儿童伦理选择的过程，即儿童用人性因子战胜自己的兽性因子，从一个懵懂的生灵变成真正意义上的伦理的人的过程。就像塞尔吉奥所指出的，童话中的变形往往是人类成长过程的一个隐喻，"从人向非人的变形多为短暂的变化，如果主人公能够认识自己的错误，勇敢地面对和忏悔，那么就能够在心理和情感上走向成熟，从而解除魔咒，继续成长过程。因此变形在发展过程中，成为童话和儿童文学里促进成长和成熟的社会化过程的手段"①。

既然儿童从动物形态重新变回人形意味着他们的人性因子战胜了兽性因子，从而顺利地通过伦理选择成为真正的人，那么，达尔打破童话叙事的常规模式，让"我"在《女巫》结尾时依然保持了老鼠的形体，是否就意味着"我"的人性因子没有战胜兽性因子，所以没有完成伦理选择呢？从文本上看，事实显然并非如此。如果说文本前半部分的"我"虽然拥有人的外形，但却放纵了自己的兽性因子，最终因为顽劣而遭受惩罚，从人变成老鼠的话，那么，在变成老鼠之后，"我"的人性因子反而在与兽性因子的斗争中占据了上风。虽然在变成老鼠之后，"我"一开始觉得做一只老鼠也不错，因为这样可以少了很多做人的麻烦，比如上学、考试、经常洗澡，等等。但在此后的大多数时间里，"我"的身上都展现出了一个优秀的人类儿童所应该具有的优良品质。当姥姥因为"我"惨遭厄运而伤心流泪，几乎昏了过去时，"我"却没有被厄运击倒，而且非常勇敢地接受了自己变成老鼠的现实，甚至还反过来安慰姥姥。虽然自己变成了老鼠，但"我"却没有为自己的命运担忧，相反，"我"首先想到的是如果女巫顺利地实施了她们的阴谋，将全英国的糖果店都买下来，然后将"86号配方慢性变鼠药"涂在糖果上免费赠送给儿童，英国的儿童就将遭受灭顶之灾。因此，即便女巫拥有可怕的魔法，而"我"只是一只弱小的老鼠，但"我"依然决定以身试险，去挫败女巫的阴谋。在商讨如何挫败女巫的阴谋时，连对女巫有着多年研究经验的姥姥都显得有些束手无

---

① Lassén-Seger, Maria, *Adventure into the Otherness: Metamorphosis and Children's Literature* (Abo: Abo Akademi UP, 2006), p. 93 – 94.

策，这时，又是"我"想出了一个绝妙的主意，那就是以其人之道还治其人之身，用女巫自己配出的变形药水将她们全部都变成老鼠。"我"不仅想出了这个绝妙的主意，而且自告奋勇地担任了计划的实施者，先是冒险跑到女巫大王的房间偷出了药水，此后又冒着被捕杀的危险跑到了老鼠最不应该出现的地方——厨房，偷偷将药水倒进了女巫的汤锅。虽然被厨师发现，并且被砍掉了尾巴，但"我"还是完成了这项艰巨的任务。可以说，此时的"我"虽然拥有的是老鼠的形体，但却同时拥有着一个正常的儿童，甚至可以说是一个优秀的儿童的头脑和心灵，在"我"身上体现出了很多人类最宝贵的品质，例如勇敢、无私、乐观、机智与善良。

既然"我"已经拥有了一个优秀的人类个体所应该具有的优良品质，达尔在童话的结尾让"我"变回人形，自然也就是顺理成章的事情了。那么，达尔为什么还要让"我"始终保持着老鼠的外形呢？事实上，这正是达尔的高明之处。因为正是借助"我"所拥有的老鼠的外形和人类的心灵之间的鲜明对比，《女巫》相较于其他童话才更加深刻地向读者阐释了儿童伦理选择的实质。

首先，伦理选择必须是儿童主动做出的选择，而不是一个被动的选择。伦理选择和生物性选择不同。儿童的生物性选择是一个被动性的选择，漫长的自然进化造就了人类特有的形体和生理特征，也使得儿童一出生便具有人类的形体。所以，儿童虽然需要经历生物性选择才能具备人类的形体，但这一过程并不需要儿童做出任何主观努力。因此，生物性选择对儿童而言，其实是一个被动的选择。但是伦理选择不同。无论是在日常生活中，还是在文学文本中，儿童做出伦理选择固然需要得到各种正确的帮助和指引，例如阅读书籍，聆听师长的教诲，接受道德榜样的影响，但归根结底还是需要儿童发挥自己的主观能动性，主动地在做人还是做兽之间做出自己的选择。正如聂珍钊教授所言："伦理选择并不是一个被动的、自发的过程，而是一个主动的选择过程。他们（儿童）不再是单凭欲望的冲动，而是通过主动的选择，选择让自己成为一个怎样的人。"① "我"虽然变成了一只老鼠，但"我"却没有甘心做一只老鼠，或者用"我"自己的话说，"我根本不是一只普通的老鼠，我是一个老鼠人（a mouse-person）"。言下之意，"我"虽然披着老鼠的表皮，但就内在的本质而言，"我"依然觉得自己是一个人。正是因为"我"选择了做一个人，而不是做一只老鼠，所以"我"才会用人类的思维方式、人类的道德观念来指导自己的行为，并且最终战胜了女巫。不管是对姥姥的体恤与安慰，还是不顾个人的安危勇敢地和女巫展开斗争，包括在制订行动方案时的精心筹划与细致安排，都是"我"在人类的理性和伦理观念指导下做出的行为。可以说，虽然"我"拥有着老鼠的外形，但是由于"我"在做老鼠与做人当中主动选择了做人，因此，此时的"我"甚至比变成老鼠之前的"我"都更有资格称得上是一个真正的人，优秀的人。

和"我"形成鲜明对比的是布鲁诺。如果说"我"以人类的理性与伦理观念作为指导，通过自己的努力做出了正确的伦理选择，那么布鲁诺就是伦理选择失败的典型。布鲁诺和"我"一样因为服下变形药水变成了老鼠，但和"我"选择了做人不同，布鲁诺心甘情愿地做了一只老鼠。布鲁诺对他人毫不关心，在他看来，其他儿童是否会被女巫变成老鼠和他毫无关系。他只顾着整天饕餮，满足自己无穷无尽的食欲。他对于父母看到自己变成一只老鼠是否会伤心难过也毫不在乎，他所关心的只是爸爸会不会给他制作一个专门给老鼠用的冰箱用以储存食物，妈妈会不会将家里的宠物猫送掉以免对他的生命构成威胁。当姥姥面对布鲁诺的贪吃和冷漠忍无可忍，批评布鲁诺"你是个多么不讨人喜欢的孩子"的时候，达尔

---

① 聂珍钊：《文学伦理学批评导论》，北京大学出版社，2014，第13页。

借"我"之口纠正姥姥，"不是孩子，是一只老鼠"。事实确实如此，尽管布鲁诺曾经有可能成为一个人，但现在他已经彻底成为一只老鼠，因为他主动选择了做一只老鼠，不再按照人类的理性和伦理指导自己的行为，而是像老鼠一样只顾放纵自己低级的本能的欲望。

由此可见，儿童伦理选择的实质就是在人性与兽性之间做出选择，或者，更具体地说，儿童必须选择用自己的人性去压制、束缚自己的兽性。实际上，即便儿童经历了伦理选择，成为一个真正意义上的人之后，依然必须不断地面对善于恶、人性与兽性之间的选择。这一点在《女巫》中尽管并未提及，但在很多儿童文学作品中都有详细的描述。例如在《哈利·波特》中，主人公哈利在斯莱特林和格林芬多两个学院中，选择了格林芬多学院。不同的学院看重学生不同的品质，斯莱特林学院看重的是学生的野心与欲望，而格林芬多学院看重的是学生的勇气、胸襟和侠义精神。尽管分院帽告诉哈利："斯莱特林能够帮助你成就辉煌"①，但哈利依然坚持选择了格林芬多。就像哈利的人生导师邓布利多所说的，正是不同的选择造就了哈利与黑魔王伏地魔不同的人生走向，因为"我们能够成为怎样的人，关键在于我们自己的选择"②。

其次，伦理选择属于心灵层面的选择，与生理层面无关。换句话说，人之所以为人，并不是因为人有人的形体，而是因为拥有人的心灵，能用人类的道德情操和伦理观念来指导自己的行为。这里，不妨将吉卜林（Joseph Rudyard Kipling）的著名动物小说《林莽故事》中的主人公莫格利和《女巫》中的"我"加以对照来说明这个问题。莫格利和"我"一样，也曾经是一个正常的人类儿

---

① J. K. Rowling, *Harry Potter And The Sorcerer's Stone*（New York：Scholastic，2000），p. 121.
② J. K. Rowling, *Harry Potter And The Chamber of Secret*（New York：Scholastic，2000），p. 333.

童。后来，因为一个偶然的变故，莫格利和父母失散，被一只母狼收养，从此便成为狼群中的一员。虽然莫格利的外形和正常人类无异，但是他的思维方式却更像是一只狼而非一个人，他所遵守的也是弱肉强食、物竞天择的"丛林法则"。① 而"我"虽然外形上是一只老鼠，但却拥有人类的理性意识和伦理观念，体现出很多人类的美德。就像姥姥说的，"她们（女巫）只能把你们缩小，使你们长出四条腿和一身毛，但是不能把你们变成百分之一百的老鼠。除了形状以外，你们仍旧完全是你们自己。你们保存着你们的心，你们的脑子和你们的声音"。正因为"我"拥有了人类的心灵和头脑，所以，和拥有正常人类外形的莫格利相比，"我"其实更像一个真正的人。由此便不难发现，达尔之所以让"我"始终保持着老鼠的形体，但却赋予"我"人类的理性与伦理意识，其实是想让"我"外在的动物形体和内在的人类心理之间形成强烈的反差，从而通过这种反差告诉读者，尤其是儿童读者：人类与其他动物之间最根本的区别并不是形体上的区别，而是人类能够用自己的人性因子束缚自己的兽性因子，用理性去约束自己的欲望，从而使自己的行为合乎伦理，体现出人类特有的高尚情操与美德。一言以概之，人与动物的区别不只是生理上的，更是伦理上的。

了解了伦理选择属于心灵层面的选择，我们还能顺便解释《女巫》相较于其他童话在叙事视角上的特殊性。很多学者都发现，达尔在《女巫》中采用了童话作品中极少出现的第一人称叙事视角。也就是说，"我"既是作品的主人公，同时也充当着文本的叙事者，

---

① 虽然在短篇小说《在丛林中》里，吉卜林讲述了莫格利重新回归人类社会的故事，文本中的莫格利也与正常的人类形象无异，但由于《在丛林中》的创作时间早于《林莽丛书》，而且其中的莫格利形象与《林莽丛书》里的莫格利形象反差太大，所以学术界通常认为这两部作品并没有直接联系。很多吉卜林儿童文学作品的选本，例如以出版儿童文学精品而著称的华兹华斯出版编辑有限公司（Wordsworth Editions）编辑出版的《吉卜林儿童文学作品全集》（*The Complete Children's Short Stories*）就没有收录《在丛林中》。

整个故事都是由"我"向读者讲述的。然而，大多数童话，无论是民间童话，还是作家童话，采用的都是第三人称叙事视角，即通常所说全知的叙事视角。因为全知叙事视角有利于作者尽可能清晰地讲述事件的来龙去脉，必要时还可以随心所欲地对故事进行前瞻或回顾，甚至直接对作品中的人物和事件进行具有权威性的评论。所以，考虑到儿童读者的心智成熟程度和阅读经验，用全知叙事视角讲述的童话故事显然更符合目标受众的接受能力。但是，第一人称叙事视角也有其特殊的优势，正如胡亚敏教授所说的："在阅读中它缩短了人物与读者的距离，使读者获得一种亲切感。这种内聚型的最大特点是能充分敞开人物的内心世界，淋漓尽致地表现人物激烈的内心冲突和漫无边际的思绪。这一点是其他视角类型难以企及的。"① 了解了第一人称叙事视角的特点与优势，我们便不难发现达尔的良苦用心所在。因为使用第一人称叙事视角一方面能够自然而然地展现"我"在经历伦理选择过程中的心路历程，另一方面还可以引导儿童读者贴近"我"的心灵，更加深切地体会到"我"在经历伦理选择过程中心灵世界所发生的变化，从而达到帮助儿童读者认识伦理选择的实质和重要性，顺利完成伦理选择的目的。

---

① 胡亚敏：《叙事学》，华中师范大学出版社，2004，第28页。

# 第二章

# 童话与儿童的道德成长

通过第一章的分析可以发现，处于伦理混沌状态的儿童在接受了伦理启蒙之后，便可以初步掌握人类社会的伦理道德观念，学会用理性来约束自己的本能，使自己的言行符合人类社会的伦理道德规范，从而继生物性选择之后完成自己的伦理选择，从一个懵懂无知的蒙昧生灵成长为一个有理性、懂伦理的真正意义上的人类个体。而在儿童由生物性选择走向伦理选择的过程中，童话是可以发挥积极的教诲与引导作用的。

但是，儿童的成长并没有到此止步，而是继续迈入了下一个成长阶段。在接受了伦理启蒙之后，由于儿童的伦理道德观念只是初具雏形，尚处于成长的过程之中，并没有完全成熟，因此，他们还需要继续强化自己的人性因子，同时进一步地约束自己的兽性因子，使自己的伦理道德观念得以强化，逐渐走向成熟与完善。显然，儿童在这一阶段的成长目标已经和伦理混沌阶段的成长目标有了很大的区别。如果说儿童在伦理混沌阶段的主要成长目标是让自己的伦理道德观念实现从无到有的转变的话，那么，在新的成长阶段里，他们的成长目标就是让自己的伦理道德观念向着成熟与完善的目标不断成长。因此，这里不妨将儿童迈入的这一新的成长阶段称为"道德成长阶段"。

在道德成长阶段中，儿童伦理道德观念的成熟与完善主要是通过运用人性因子中的理性意志去约束和控制兽性因子中的自由意志来实现的。在这个过程中，童话依然可以发挥积极的作用。本章拟通过对《彼得·潘》、《五个孩子与沙地精》以及《随风而来的玛丽阿姨》这三个经典童话文本的研究，探讨儿童在道德成长阶段中理性意志和自由意志的存在状态，以及童话是如何帮助儿童约束自己的自由意志，强化自己的理性意志，使他们的伦理道德观念得以日益成熟与完善的。由于在儿童的道德成长过程中，成人必须发挥积极的引导作用，因此，童话如何帮助成人在儿童道德成长过程中发挥积极的作用，成功地帮助儿童实现成长，也是本章所要探讨的话题之一。

## 第一节　《彼得·潘》：儿童的自由意志与理性意志

《彼得·潘》是一部风靡全球的英国童话经典，也是英国儿童文学史上不朽的丰碑。在这部作品中，作者詹姆斯·巴里为我们塑造了一个永远长不大的孩子——彼得·潘的形象。彼得·潘刚刚出生不久就离家出走，并在仙子的帮助下学会了飞行，把自己的新家安在了一个叫作永无岛的神奇岛屿上。永无岛是一个神奇的地方，它经常会出现在孩子们的梦境当中，除了彼得·潘之外，这里还住着仙子、鳄鱼、美人鱼、印第安人，当然，还有恶贯满盈的胡克船长和他所率领的一群邪恶的海盗。彼得·潘还在永无岛上收留了一群迷路的男孩，并且成了他们的领袖。有一天，彼得·潘趁着达林先生和太太外出赴宴的机会，把温蒂和她的两个弟弟约翰、迈克尔带到了永无岛，还让温蒂当了自己和迷路的男孩们的妈妈。在战胜了海盗胡克之后，所有的孩子都决定跟着温蒂一起回家，但彼得·潘拒绝了达林太太和温蒂的邀请，因为他不愿意长大。于是，温蒂长大了，温蒂的女儿长大了，温蒂女儿的女儿也长大了，但彼得·潘却始终是一个满嘴乳牙的长不大的小男孩。而且，他每年还会来到温蒂的家，带着温蒂家的女孩们去永无岛上玩耍。彼得·潘这一形象是如此深入人心，以至百年之后依然吸引着无数的读者。在2004年12月，也就是彼得·潘这一形象100周年诞辰之际，英国读者还专门举办了为彼得·潘庆生的一系列活动，英国广播公司（BBC）播放了一系列以《彼得·潘》为主题的广播剧，很多围绕着这部童话制作的周边产品，例如玩偶、动漫、纪念册遍布英伦三岛，成了当年圣诞节最畅销的商品。① 凡此种种，无不验证了《彼得·潘》的巨大魅力。

学术界对《彼得·潘》的研究有着悠久的历史，而且已经基本形成了共识。西方学者普遍认为，作为一个永远长不大的男孩，彼得·潘代表着人类永不消逝的童心，以及人们对于美好童年的永远怀念。科林·曼诺夫就曾指出："《彼得·潘》之所以多年以来一直深入人心，原因就在于这部作品反映出人们对童年的普遍感受。因此，它所讲述的关于魔法和历险的故事既能令儿童在阅读时感到愉悦，同时也能让成人追忆自己逝去的童年。"② 查普曼也认为，彼得·潘这一形象的成功之处就在于再现了"人类童年的完美与天真无邪"③。事实上，中国学术界也和西方学术界持同样的观点。例如我国老一辈儿童文学专家韦苇教授就认为："这部童话的儿童崇拜

---

① 详见 Hollindale，Peter，"A Hundred Years of Peter Pan"，*Children's Literature in Education*，Vol. 36，No. 3（2005），pp. 197 – 198.

② Manlove，Colin，*From Alice to Harry Potter*：*Children's Fantasy in England*（Christchurch：Cybereditions，2003），p. 43.

③ Chapman，Phillips，"The Riddle of Peter Pan's Existence"，*The Lion and the Unicorn*，Vol. 36，No. 2（2012），p. 137.

和恋童情结是显而易见的……彼得·潘是欢乐童年和充满活力青春的化身，是人人心中存有却不可复现的稚真的已逝往昔的影子。"[①]新中国最早从事《彼得·潘》的翻译与研究的翻译家杨静远女士也认为，《彼得·潘》"为我们揭开了记忆帷幔的一角，那里深藏着我们久已淡忘的童稚世界"，并且"对比了那童稚世界的无穷欢乐，和成人世界的索然寡味"[②]。将彼得·潘视为人类永不消逝的童心的代表，这一点的正确性是毋庸置疑的。但是，如果运用文学伦理学批评的方法分析这部作品，我们就能对《彼得·潘》这部作品做出更加深入的解读，发现彼得·潘之所以能够代表人类的童心，根本原因就在于在他身上集中体现了儿童的自由意志，而整部作品其实正是围绕着儿童的自由意志与理性意志之间的对比与冲突展开的。

## 一　彼得·潘与儿童的自由意志

彼得·潘是一个永远长不大的男孩，而他的永远长不大，其实是他自己主动做出的一个选择。当彼得·潘还是一个正常的人类儿童的时候，有一次他无意中听到了爸爸妈妈在谈论自己长大之后会变成什么样子，这让彼得·潘非常反感。他觉得"我不要成为大人"，"我要一直做个小孩，这样才好玩"[③]。于是他选择了离家出走，并且在仙子们的帮助下如愿成为一个永远长不大的孩子。在文本中，彼得·潘曾经多次表示出对成人身份的排斥。当胡克船长问彼得·潘他是不是一个大人（man）时，彼得·潘坚定地回答"不

---

① 韦苇：《外国童话史》，清华大学出版社，2013，第 81 页。
② 杨静远：《永存不灭的童年：谈彼得·潘》，《读书》1989 年第 6 期，第 84 页。
③ Barrie, James, *Peter Pan & Peter Pan in Kensington Gardens* (London: Wordsworth Editions Limited, 2007), p. 35. 所有文本引文均引自该版本，不再一一注明。为保证译文的准确性，译文校对时参考了任溶溶译本《小飞侠彼得·潘》（上海译文出版社、少年儿童出版社，2011）与马爱农译本《彼得·潘》（译林出版社，2011），在此特致谢意。

是"，而且"这个回答带着轻蔑的口吻"，而在胡克问他是不是一个男孩（boy）的时候，彼得则骄傲地回答"是的！"哪怕是温蒂在做游戏时要求彼得扮演孩子们的爸爸，彼得都充满了戒心，向温蒂反复确认"我只是假装做他们的爸爸，是不是？"因为他觉得如果真让自己做他们的爸爸，会让他"看起来太老了"。这些例证充分说明，彼得是出于对儿童身份的认同以及对成人身份的厌恶与排斥，才主动选择了永远保持自己儿童的身份，拒绝了从儿童到成人的身份转变。

正是在对儿童身份的认同以及对成人身份的排斥中，彼得·潘体现出了自己与处于伦理混沌阶段的儿童的区别。处于伦理混沌阶段的儿童并没有明确的身份意识，他们甚至不能清楚地认识人与动物之间的本质区别，当然更不可能对儿童与成人这两种身份之间的区别有所理解。但彼得·潘不同，他知道自己是一个人，而且很清楚每个人都会长大，所以他在儿童与成人这两个身份之间主动做出了自己的选择，这就充分说明彼得·潘已经不再是一个处于伦理混沌阶段的儿童。彼得·潘拒绝长大，要永远保持儿童的身份，这是他基于自己的自由意志做出的选择。在文学伦理学批评中，自由意志与自然意志一样，也是兽性因子的组成部分，但两者也有一定的区别，"自然意志是原欲的外在表现形式，自由意志是欲望的外在表现形式"，具体而言，"自然意志是最原始的接近兽性部分的意志，如性本能。自由意志是接近理性意志的部分，如对某种目的或要求的有意识追求"。① 例如在《女巫》中，布鲁诺无法抵御美食的诱惑，就是受到了本能的食欲的驱动，此时布鲁诺身上体现的是自然意志。而彼得·潘则不同，他选择永远保持儿童的身份，这是一种有目的、有意识的选择，甚至带有一定程度的理性考量，因此

---

① 聂珍钊：《文学伦理学批评导论》，北京大学出版社，2014，第42页。

是自由意志的体现。事实上，在现实生活中的儿童身上，我们也能清楚地看到自然意志和自由意志的区别。一个处于伦理混沌阶段的儿童在被父母要求练字或者看书时，只会用苦恼来表示自己的不满和拒绝，这是他们在喜欢玩乐，好动不好静的自然意志的驱使下做出的行为。但一个经历了伦理启蒙的孩子，则会偷偷地将老师布置的作业藏起来以免被父母发现，这种行为带有明显的目的性，而且是经过了理性的判断和策划，显然是自由意志的一种体现。

　　儿童在接受伦理启蒙之后，虽然他们身上的自然意志依然存在，但他们已经可以运用一定的理性意识和伦理观念来约束和指导自己的行为，不再是纯粹受到自己动物本能，也就是自然意志的驱使。用通俗的话说，就是这时儿童已经明白了一定的事理，不再处于混沌懵懂的状态。但是，由于刚刚经历伦理选择，他们的理性和伦理意识都不成熟，因此，还无法有效地对他们的自由意志形成束缚。所以，刚刚经历伦理选择的儿童的行为，在很大程度上是受到自由意志的驱使的。

　　自由意志的力量在彼得·潘身上得到了集中的体现。自由意志的主要特点是不愿意受到某种固定的逻辑和规则的约束，渴望追求无拘无束的绝对自由。[1] 这种对绝对自由的追求正是彼得·潘身上最突出的特征，就像彼得·潘自己说的："我是青春，我是喜悦，我是一只破壳而出的小鸟。"刘绪源先生认为彼得·潘飞行的能力"寄托了儿童渴望冲破压抑和束缚的狂野天性"[2]，事实的确如此。彼得·潘就像一只自由自在的小鸟一样，喜欢在天空中自由自在地飞翔。他从老鹰嘴里抢夺食物，轻盈地从水面划过时会调皮地摸一下鲨鱼的尾巴。他会顽皮地揪下人鱼身上的鳞片，还会趁星星不备偷偷跑到它们身上将它们吹灭。彼得·潘渴望的就是这种无拘无束

---

① 聂珍钊：《文学伦理学批评导论》，北京大学出版社，2014，第42页。
② 刘绪源：《儿童文学的三大母题》，华东师范大学出版社，2009，第189页。

的自由以及这种自由带给他的快乐。

在彼得·潘心中，这种绝对的自由是极为重要，无可取代的。在送温蒂他们回家后，彼得·潘对温蒂以及其他小伙伴们依依不舍，在达林太太提出要收养他，让他回归正常的人类家庭生活时，彼得·潘也表现出一定的兴趣。但是，彼得·潘问了达林太太两个问题：一是达林太太会不会送他去上学，二是达林太太以后是不是要送他到办公室去上班。在得到达林太太肯定的答复后，彼得坚决地表示了拒绝，并且表示没有人能够把他变成大人。这就充分说明，彼得·潘不愿意长大的根本原因就是他不愿意接受家庭与社会对自己形成的束缚，而只要他继续保持儿童的身份，他就能任意地放纵自己的自由意志，过着无拘无束的自由生活。作为自由意志的化身，甚至连彼得·潘的名字本身都带有明显的自由意志色彩，正如有学者指出的，他名字中的"潘"来自希腊神话中的山林之神潘，"作者用它来代表那压抑天性的社会文明"①。

彼得·潘只是儿童身上自由意志的一种集中体现，事实上，每个儿童身上都有着强烈的自由意志。在童话中，每个儿童的心中都有彼得·潘的名字。达林太太在整理孩子们的心事时发现了彼得·潘这个名字之后，她回想了一下自己的童年，发现儿时的自己心中也有一个叫彼得·潘的男孩。当温蒂成为妈妈后，她的女儿简心中也有一个彼得·潘，当简长大后，简的女儿玛格丽特心中也有一个彼得·潘。于是，彼得·潘就"一代一代地在孩子们的心中延续了下去"，童话用这种形象的方式说明了自由意志在儿童心灵中的普遍存在。正如赫胥黎所言："每个降临到世上来的孩子都将仍然随身携带来无限'自行其是'的本能。"② 这种自行其是，无视任何

---

① 杨静远：《永存不灭的童年：谈彼得·潘》，《读书》1989 年第 6 期，第 84 页。
② 〔英〕赫胥黎：《进化论与伦理学》，《进化论与伦理学》翻译组译，科学出版社，1971，第 18 页。

社会规范和伦理观念约束，追求绝对自由的本能，这就是儿童的自由意志。童话关于永无岛的描写便能清楚地证明这一点：

> 我不知道你们看没看过人心的地图……若是你碰巧见到一幅孩子的心思地图，你就会发现这幅地图不仅杂乱无章，而且还在转个不停。地图上有很多锯齿形的条纹，就像你的体温表一样，很像一个岛。岛上有东一块西一块的使人吃惊的颜色，海面上有珊瑚和轻快的帆船。岛上住着一些野人，还有他们荒凉的洞穴；还有当裁缝的小矮人；有河流穿过山洞；还有王子和他的六兄弟，和一间快要倒塌的茅屋，以及一位长着鹰钩鼻子的老太太。如果仅仅是这些，这张地图倒也并不难画。但是还有很多东西呢：第一天去上学，宗教，爸爸，圆形的池塘，针线，杀人，绞刑，带间接宾语的动词，吃巧克力蛋糕的日子，穿背带裤，从 1 数到 99，给自己 3 个便士去拔牙，等等。总之，所有这些东西都乱七八糟，因为没有什么东西静止不动。

对于什么是永无岛，学者们有不同的认识，有人认为永无岛是儿童想象中的乐园，也有学者认为它是儿童的梦境的形象化再现。这些解释当然都有合理之处，但如果将其解释成儿童心理状态的写照，似乎更为确切。例如擅长运用精神分析学理论分析儿童文学文本的凯伦·科茨博士就将这段描写称为"无意识文学中最成功的描写之一"[1]。中国学者彭懿也认为，"它（永无岛）其实很近，就在每一个孩子的心思中"[2]。或者，更具体地说，永无岛其实就是刚

---

[1] 〔美〕凯伦·科茨：《镜子与永无岛：拉康、欲望及儿童文学中的主体》，赵萍译，安徽少年儿童出版社，2010，第 77 页。

[2] 彭懿：《彼得·潘：为什么不想长大》，《文艺报》2011 年 8 月 17 日第 6 版。

刚经历伦理启蒙的儿童的心理状态的写照。永无岛是人心的地图，在这里有着儿童在伦理启蒙阶段所学到的各种知识以及对世界的各种认知。但是，由于儿童的理性并不成熟，所以这些知识和认知显得非常零散与模糊，总是显得乱糟糟的。每个孩子都有属于自己的永无岛，而且"每个人的永无岛都不一样"，这是因为不同儿童的生活环境不同，学习的知识不同，但是"总的来说他们的永无岛都还有些相似，假如摆成一排，你会发现有的地方一模一样"，这个一模一样的地方，就是儿童的自由意志。正是在自由意志的驱使下，儿童的心灵世界充满了各种激情和活力，所以永无岛会永远地转个不停，没有一样东西能静止不动。

事实上，不只是儿童，即便是在成人身上，也有着强烈的自由意志。由于自由意志追求绝对的快乐和自由，追求各种欲望的无条件满足，因此，即便是对成年人而言，自由意志也具有强大的力量。文本中最典型的例证就是达林先生和胡克船长。约翰·格里菲斯就曾指出过："胡克船长和达林先生之间存在着紧密的联系"，"其中首要的共同点就是他们好像都没有长大"[①]。我们不妨进一步说，正是这两个成人形象身上的共同点，使得他们和彼得·潘之间存在着紧密的联系。达林先生虽然是好几个孩子的父亲，但无论是思维还是言行都和彼得·潘一样显得十分幼稚与任性。他会因为领带打不好而向家人大发脾气，会因为西装上粘上了狗毛而伤心流泪，甚至还因为怕苦而把应该吃的药倒进了保姆南娜的碗里。而胡克船长则更是像彼得·潘一样，言行举止就像个顽劣霸道的孩子一样，行事肆意妄为，无法无天。巴里在介绍彼得·潘时说："所有的孩子，只除了一个，都是要长大的。"其实这句话完全可以换一种表述方式，所有的孩子都会长大，经历由儿童向成人的转变，但

---

① Griffith, John, "Making Wishes Innocent: Peter Pan", *The Lion and the Unicorn*, Vol. 3, No. 1 (1979), p. 28.

他们身上有一点永远都不会长大，那就是他们身上的永远不会消失的自由意志。

也正是因为无论成人还是儿童都有着强烈的自由意志，有着对无拘无束的自由与快乐的强烈向往，这才使得彼得·潘这一童话形象具有了永恒的魅力。但是，自由意志也有其明显的弊端。在现实生活中，很多儿童不好的行为与习惯，例如贪玩，厌学，对家长批评与管束的逆反心理，等等，其实归根结底都是受到了自由意志的驱使。其实，经历了伦理启蒙的孩子并非不明事理，不知道学习的重要性，但是，由于理性意志的薄弱，他们往往无法遏制自己的自由意志，也就是无拘无束地玩乐的欲望。① 对于自由意志的这种弊端，文本并没有避讳，而是进行了如实的展示。彼得·潘身上有很多缺点。他习性善变，刚刚还在专心致志地玩一个游戏，但转眼间就会兴趣全无。在永无岛上，彼得·潘肆意妄为，不受任何外在规范的约束与限制，作为孩子们的首领，他的意志就是法律，就是规范，任何人，包括他的伙伴，只要违背了他的意愿，就会遭受严厉的惩罚，甚至付出死亡的代价。而且，他做事全凭一时冲动，完全不考虑后果，经常使自己和他人身陷险境，还得意扬扬地宣称"死亡就是一场伟大的冒险"。在彼得·潘身上，我们可以清楚地发现自由意志对儿童可能造成的不良影响。

如果说在彼得·潘身上体现出的还只是自由意志所导致的一些无伤大雅的缺点的话，那么在叮叮铃身上，我们就能更加清楚地看到儿童不受拘束的自由意志可能产生的危害。小仙子叮叮铃是彼

---

① 笔者曾经先后随机调查过七个小学 2 到 3 年级的儿童。在被问到是读书重要还是玩游戏重要时，所有儿童都说学习重要。接下来笔者向儿童提供了三本书籍让他们任选一本阅读，并要求他们在阅读完相关内容后回答相应问题，如能正确作答就能得到奖励。一开始所有儿童都能专注地看书，但在笔者拿出平板电脑故意调大音量玩了一会儿游戏，并试探着问儿童想不想玩时，五个儿童接过了平板电脑，两个儿童表示了拒绝。这一调查虽然不是广泛的取样调查，但也在一定程度上说明了儿童虽然已经明白事理，但也因为自由意志强烈而有自制力较差的特点。

得·潘形影不离、志趣相投的好伙伴，在她身上同样有着强烈的自由意志。叮叮铃在童话中刚一登场就显示出了粗鲁、暴躁而且自私的特点。她对彼得·潘向温蒂示好非常不满，因为她觉得彼得只能属于她。面对温蒂友好的问候，她却用粗口加以回应，甚至连彼得都为此感到惭愧。在温蒂跟随彼得·潘来到永无岛后，叮叮铃觉得自己的地位受到了威胁，所以假传彼得·潘的口令，让小嘟嘟用箭射死温蒂。在阴谋没有得逞之后，她又趁温蒂睡着时把她放在一片大树叶上扔到海中，想把她赶出永无岛，最好让她在海里淹死。叮叮铃身上的这些恶习充分说明了如果不对儿童的自由意志加以约束与教导，任其自由意志发展，将会导致怎样的恶劣后果。哈德森·格兰达之所以会认为在《彼得·潘》中"很多华兹华斯式的关于童年的理想被彻底地颠覆掉了"①，其实正是因为文本没有美化儿童，而是对儿童身上的自由意志以及这种自由意志具有的破坏力进行了清楚的描述。

## 二 温蒂与儿童的理性意志

除了彼得·潘之外，温蒂也是文本中一个至关重要的人物形象。事实上，巴里最初给这部童话起的书名就是《彼得·潘与温蒂》（*Peter and Wendy*），只是由于彼得·潘这一形象的经典地位与巨大的影响力，所以后人更习惯于将这本书称为《彼得·潘》，以至于童话原本的书名倒是很少有人提及了。巴里在书名中将彼得·潘和温蒂并列，这也说明了温蒂这一人物形象在文本中的重要性。而且，很多研究者都忽略了非常重要的一点：温蒂这一形象其实才是巴里创作这部童话的重要动机。众所周知的是，巴里在肯新顿花

---

① Hudson, Glenda, "Two is the Beginning of the End: Peter Pan and the Doctrine of Reminiscence", *Children's Literature in Education*, Vol. 37, No. 4 (2006) p. 317.

园广场偶然结识了一群在那里玩耍的孩子，正是这群孩子给了巴里创作彼得·潘的初始动机，而彼得·潘这个人物的姓氏彼得也正是来自其中一个叫彼得的男孩。[①] 但是，巴里后来几乎辍笔，差点让这部作品胎死腹中。在给自己母亲所写的传记中，巴里曾经这样回忆自己开始创作《彼得·潘》的状态，"我很快就对这个故事厌倦了，直到我看见一个小女孩在纸页中蹚过"[②]，正是这个小女孩，给了巴里继续创作的灵感和动力，而这个小女孩就是温蒂的雏形。可见，巴里所讲述的并不仅仅是一个关于叫作彼得·潘的小男孩的故事，也是一个关于叫作温蒂的小女孩的故事。

在解释温蒂这一人物形象时，评论者通常都认为在这一形象身上体现了巴里对于自己母亲的依恋。也有部分学者指出，由于巴里的哥哥英年早逝，所以巴里的母亲此后一直心灰意冷，对其他子女也很冷淡。所以巴里其实是由自己的姐姐带大的，而巴里也正是以自己的姐姐为原型，塑造了温蒂这一形象，并在温蒂这一形象身上体现出了自己对于姐姐的感激和依恋。不过，学者们的观点都有一个共同的倾向，那就是认为温蒂这一人物形象身上体现了强烈的母性，而这种母性反映的是巴里对于自己缺失的母爱的向往。[③] 用"恋母情结"来解释温蒂这一形象固然无可厚非，但稍显遗憾的是，这种研究思路虽然可以告诉我们巴里塑造温蒂这一形象的心理动机，却无法帮助我们理解温蒂这一形象能够带给读者，尤其是儿童读者怎样的帮助和启发。但是，如果考虑到彼得·潘代表了自由意志的力量，便不难发现温蒂在文本中存在的最大价值就是和彼得·

---

① 关于巴里和这群孩子的机缘以及这群孩子给予巴里在创作上的启发，杨静远在《永存不灭的童年：谈彼得·潘》里进行了详细的介绍。

② Barrie, James, *Margaret Ogilvy* (New York：Scribner's, 1897), p. 25.

③ 这方面的代表性观点可参见 Harry M. Geduld 的专著 *Sir James Barrie* (New York：Twayne, 1971, pp. 53–70) 以及 M. Karpe 的论文 The Origins of Peter Pan (*Psychoanalytic Review*, Volume 43, 1956, pp. 104–110.) 和 Pelelope Schott Starkey 的论文 The Many Moters of Peter Pan：An Explanation and Lamentation (*Research Studies*, volume 42, 1974, pp. 1–10.)

潘形成了鲜明的对照，在她的身上集中体现了儿童在接受伦理启蒙之后逐渐成熟的理性意志的力量，而文本正是通过彼得·潘和温蒂之间的对比，向读者说明了理性意志对于成长的重要性。

在文学伦理学批评中，理性意志是与自由意志相对立的一种力量。具体而言，理性意志是由特定环境下的宗教信仰、道德原则、伦理规范或理性判断所构成，[1] 它的主要作用是"抑制或约束自由意志"[2]。如果说自由意志的特点在于使人追求绝对的自由，无视伦理道德规范的要求与束缚，那么，理性意志则使人具备以善恶为标准判断自己行为的理性，从而自觉地用理性来指导自己的行为，克服由于自由意志产生的种种冲动与欲望，使自己的行为符合伦理道德规范。说穿了，儿童道德成长的过程其实就是他们的理性意志不断增强的过程。

在用理性意志约束自由意志方面，温蒂为读者做出了很好的示范。温蒂并非没有自由意志，她的心中也有一个永无岛，也有一个彼得·潘。当彼得·潘告诉她，只要她跟自己一起去永无岛，就可以在空中飞行，和人鱼玩耍，和星星谈有趣的事情的时候，温蒂也无法抵挡这种自由自在的快乐生活对她的诱惑。但是，温蒂和彼得·潘最大的区别就在于她不会放纵自己的自由意志，并且能够用理性意志去控制自己的自由意志。所以，在面对彼得·潘的诱惑时，温蒂苦恼地扭动着自己的身体，并且她还一再地告诫自己"想想妈妈吧！"温蒂之所以会如此纠结挣扎，一方面是因为她的自由意志令她对彼得·潘所描绘的自由自在的快乐生活产生了极大的向往，但另一方面她的理性意志也让她清楚地意识到一旦带着弟弟们离家出走，就会给父母造成很大的伤害。此时，我们可以清楚地看到温蒂是怎样在努力用理性意志去遏制自己的冲动与欲望。

---

① 聂珍钊：《文学伦理学批评导论》，北京大学出版社，2014，第 278 页。
② 聂珍钊：《文学伦理学批评导论》，北京大学出版社，2014，第 253 页。

当然，温蒂最终还是选择了带上弟弟和彼得·潘一起离家出走。温蒂的离家出走固然是因为她的理性意志尚显薄弱，无法对自由意志进行充分有效的束缚——就像一个乖巧的孩子也会时不时地顽皮任性一样。但更重要的原因是，彼得·潘希望温蒂给他和迷路的男孩们当妈妈，给迷失的男孩们讲故事，这样温蒂就能在夜里给他们塞好被子，帮他们缝补衣服，这个请求是温蒂无法拒绝的。和彼得·潘基于自由意志拒绝长大不同，温蒂对成长有着比一般儿童更为强烈的自觉与渴望。在两岁这个本该处于混沌未开的懵懂状态的年龄，温蒂就知道她一定要长大了，因为"她是那种喜欢长大的人。到头来她出于自己的意愿长大了，比其他女孩还要快"。正是出于对成长的渴望，温蒂始终注意用理性意志来指导自己的行为，使自己无论是在思想上还是在行为上，都尽可能地接近于成人，有学者用"早熟的"（precocious）和"母性的"（maternal）①这两个关键词来概括温蒂这一形象的特征，这是非常准确的。最典型的例证就是温蒂非常喜欢玩一种类似于"过家家"的家庭角色扮演游戏，在游戏中她总是兴高采烈，乐此不疲地扮演母亲的角色，悉心照料自己的"孩子"们——其实是她的弟弟。彼得·潘提出让温蒂去永无岛上给迷路的男孩们当妈妈，正好迎合了温蒂对于成长的渴望以及对于"母亲"这一身份的向往。从这个角度看，温蒂的离家出走与其说是对自己自由意志的放纵，还不如说是对成长过于强烈的欲求导致她做出了一个错误的选择——就像一个处处模仿成人的"小大人"一样，充满了稚气，但绝对不是顽劣与任性。

虽然在来到永无岛之后，身边没有了成人的约束与干涉，岛上也没有既定的社会秩序与规则对她的行为加以束缚，但温蒂依然时

---

① Gubar, Marah, *Reconceiving the Golden Age of Children's Literature* (Oxford: Oxford UP, 2009), p. 203.

刻注意用理性意志来指导自己的行为。无论叮叮铃对她多么粗暴无礼，甚至想置她于死地，温蒂都始终对她十分友善，而且宽容有加。在彼得·潘因为叮叮铃想杀死温蒂而要驱逐叮叮铃时，温蒂甚至还帮叮叮铃求情。当其他孩子在永无岛玩得不亦乐乎时，她却默默地为他们洗衣做饭，照顾他们的生活，整整几个礼拜她都独自在地洞中忙活，甚至顾不上到地面去透口气。在被海盗擒获之后，她首先考虑到的不是自己的安危，而是其他孩子是否安全。当海盗以死亡为威胁要温蒂和其他孩子就范时，所有的男孩看着那条指向死亡之路的跳板都完全失去了思考的能力，被吓得浑身发抖，但温蒂却宁死不向邪恶的海盗妥协，不仅用轻蔑的眼神看着海盗们，还鼓励其他孩子不要屈服于海盗的淫威。面对温蒂的大义凛然，甚至连恶贯满盈、杀人不眨眼的胡克船长都不禁肃然起敬。对于大多数儿童而言，"他律"往往是令他们的行为符合伦理道德和社会规范的必要的强制手段，而在温蒂明显的"自律"行为和意识中，可以清楚地看到她较为成熟的理性意志。

正是因为温蒂拥有较为成熟的理性意志，所以，她不仅能用理性意志来指导自己的行为，还能在其他儿童放任自己的自由意志时，及时地对他们加以管束与纠正。在彼得·潘粗鲁地对待其他孩子时，温蒂总是及时地提醒与劝诫彼得，告诉他行为不能粗鲁，不能滥用暴力。当她发现弟弟们在永无岛玩得乐不思蜀，甚至已经忘记了爸爸妈妈还在家里等待他们的时候，她还有模有样地组织弟弟们参加考试，让他们以"描写妈妈的笑""描写爸爸的笑"为题写作文，提醒弟弟们不要忘记父母和自己的家。海盗看准男孩们贪吃的特点在丛林中放了很多有毒的蛋糕，但温蒂很快识破了海盗的诡计，及时地把蛋糕从他们的嘴里抢了下来。而且，她还指导男孩们以其人之道还治其人之身，把蛋糕储存起来风干，当蛋糕变得和石头一样硬时就可以当作投掷的武器。结果海盗被男孩们的蛋糕"炸弹"打得落荒而逃，连胡克船长都被狠狠地砸了一下。最后，也正是因为温蒂的坚持，男孩们才在她的带领下离开永无岛，重新回归了正常的社会生活。[①] 当然，温蒂的有些行为确实也显示出了明显的稚气，例如她老喜欢玩扮演妈妈的游戏，在游戏中一本正经地将自己的弟弟称作自己的孩子；她在做饭的时候只会使用一种烹饪方法，无论是猪肉、山药、椰子还是香蕉，温蒂都是堆在一起一烤了事。但是，她用理性意志约束自己的自由意志，用人类所应该遵循的伦理道德规范来指导自己行为的努力，却是显而易见的。如果说彼得·潘身上的自由意志屡屡给自己和他人带来危险和造成伤害的话，那么温蒂则用自己的理性意志带给其他孩子呵护、庇佑、帮助和正确的引领。可以说，在文本中，温蒂其实起到了一个道德榜样的作用，在她身上，我们看到了一个具有成熟的理性意志的儿童所应该具有的优良品质。

温蒂是理性意志的集中体现，事实上，任何一个接受了伦理启蒙，经历了伦理选择的儿童都具备一定的理性意志。彼得·潘虽然顽劣，但他身上也有很多优点，例如侠肝义胆，乐于助人，勇敢无畏。当印第安人首领胡莲陷入海盗重围时，是彼得·潘拔刀相助，救了胡莲的性命。在海水涨潮时，他还冒险帮欢乐鸟拯救了它的鸟蛋。在自己的伙伴落入海盗之手后，他冒死孤身闯入海盗船营救自己的伙伴。即便是在自由意志比彼得·潘更加强烈的叮叮铃身上，也体现出了人性的光辉。当彼得·潘即将喝下毒药时，是叮叮铃奋不顾身地从他手中抢下毒酒一饮而尽，为了拯救彼得而牺牲了自己的生命。彼得和叮叮铃的这些举动都体现了高尚的道德情操，这就

---

① 事实上，如果这些男孩没有离开永无岛，下场将是非常悲惨的。因为"若是孩子们有点长大的样子，便违反了岛上的规矩，彼得便会将他们除掉"。大多数中译本在处理这一描写时，为了避免儿童产生恐惧心理，都将 thins them out 刻意隐去了。

充分说明他们已经具备了一定的理性意志，只是他们理性意志的力量还很薄弱，不足以完全控制自己的自由意志。就像巴里在文本中说的："叮叮铃并不是完全坏透了，或者说，她只是有时很坏，但在其他时候她也很好。仙子不是这样，就是那样，因为她们的身体太小了，因此也很不幸，无法同时容纳两种感情。但是她们会改变，但要变就得彻底地变。"这里对仙子的描写，其实也正是对儿童自由意志与理性意志存在状况的描写。由于刚刚经历伦理选择，他们的心智能力并不成熟，所以，无论是自由意志，还是理性意志，在他们身上往往都会以一种极端的形式体现出来。当自由意志摆脱了理性意志的束缚时，他们就会变得无法无天，为所欲为。但是，当他们的理性意志有效地约束住了自由意志，能够按照正确的伦理观念去指导自己的行为时，他们又会变得非常乖巧懂事。而且，必须指出的是，由于儿童心智比较单纯，所以当他们受到理性意志的支配时，其对伦理道德规范的坚持与贯彻程度甚至可以令成人都自愧不如，温蒂就是如此。正是基于这个原因，在现实生活中，很多儿童都能严格地遵守各种社会伦理道德规范，还会义正词严地指出成人行为的不当之处。所以，儿童的思想与行为往往是多变而且善变的，这是由儿童身上同时并存的理性意志和自由意志这两种相互对立的力量所决定的。

### 三　家庭关爱与儿童成长

自由意志和理性意志是儿童身上同时并存，而且是相互对立冲突的两股力量。齐普斯曾对《彼得·潘》做出过一个耐人寻味的评价，他认为，巴里在《彼得·潘》中"试图将儿童文学中两种截然不同的故事类型，即适合于男孩的冒险故事和适合于女孩的温馨家庭故事，强行捏合到一个故事当中"，"但巴里显然无法令人满意地将这两个不同类型的故事拧成一股绳"①。齐普斯的感觉是非常敏锐而且准确的,关于彼得·潘的故事和关于温蒂的故事之所以无法被拧成一股绳,根本原因在于他们各自所代表的自由意志和理性意志之间存在着无法调和的冲突。自由意志排斥并且抗拒一切形式的约束与限制,追求绝对的自由和感官的享乐,而理性意志则试图"用伦理道德观念压制与约束自由意志,它以善恶为标准约束或指导自由意志,从而引导自由意志弃恶从善"②。一个必须承认的事实是,自由意志和自然意志一样,都是源于人类的自然天性,而理性意志则需要儿童通过后天的努力去习得和完善。这就决定了儿童,尤其是刚刚经历伦理选择的儿童要用理性意志去控制自己的自由意志并不是一件容易的事情。这也就解释了为什么在现实生活中成人经常会感叹儿童"学坏"很容易,"学好"却特别难。因为"学坏"是本能,"学好"则需要后天的努力,而且还要对抗自己的本能中难以遏制的欲望与冲动。

那么,儿童能否克服自己的自然本能,让自己的理性意志战胜自由意志,顺利地实现成长呢?《彼得·潘》给出的答案是肯定的。因为儿童在成长的道路上并不孤单,他们能够在成长的过程中不断地感受到来自家庭的关爱,正是这种关爱的力量,能够在儿童战胜自己的自由意志的过程中起到至关重要的作用。

任何一个儿童都有着渴望被呵护、渴望被关怀的本能。彼得·潘是一个将儿童的顽劣任性演绎到极致的人物形象,他虽然不愿意接受任何的羁绊与束缚,但内心深处却依然渴望得到他人的关爱与呵护。彼得·潘曾经出现在所有孩子的梦中,也曾经造访过很多孩子的卧室,但他之所以唯独想把温蒂带到永无岛,就是因为他觉得

① Zipes, Jack, *When Dreams Come True: Classical Fairy Tales and Their Tradition* (New York: Routledge, 2007), p. 235.

② 聂珍钊:《文学伦理学批评导论》,北京大学出版社,2014。

温蒂能做自己和其他迷路的男孩们的妈妈，而他们最需要的就是一个像妈妈那样爱他们的人。在永无岛上，温蒂实质上是起到了一个慈爱的母亲的作用，她给予了彼得·潘和迷路的男孩们母亲般的慈爱与呵护。小嘟嘟等迷路的男孩们一直跟着彼得·潘在永无岛上过着自由自在的生活，从来没有想过要离开永无岛。但在温蒂来到永无岛之后，他们却产生了跟着温蒂一起回归家庭与社会的念头。这是因为温蒂来到永无岛后对他们的悉心照料使他们感受到了家庭与父母能够给他们带来的温暖与关爱，正是出于对这种温暖关爱的渴望，他们才选择了克服自己的自由意志，放弃无拘无束的自由生活，重新回归了正常的人类社会。如果说离家出走反映了儿童对无拘无束的自由的向往，那么，回归家庭则说明了儿童对于家庭所能给予自己的关爱与温暖的渴望。

由于儿童渴望得到关爱与呵护，这就使得家庭对儿童产生了强烈的吸引力，而儿童在接受家庭关爱的同时，也可以学会怎样去关爱他人。众所周知，儿童具有极强的模仿能力。温蒂之所以能够在永无岛上无私地关爱和照顾其他孩子们，正是因为她曾经受到来自他人的无私的关爱，所以她能够通过模仿将这种关爱施加于他人。温蒂受到的关爱固然有一部分是来自她的父母，但更多的部分是来自她的保姆南娜。正如有的论者指出的，在文本中："所有的人物形象，除了南娜之外，都在某些行为举止上体现出了孩子气。"① 虽然南娜只是一条纽芬兰大狗，但她能够兢兢业业地履行自己身为保姆的职责，她对孩子们的照料与呵护甚至连达林夫妇都自叹做不到。她②总是细心地给孩子们梳洗打扮，让她们保持仪容的整洁。

---

① Padley, Jonathan, "Peter Pan: Indefinition Defined", *The Lion and the Unicorn*, Vol. 36, No. 3（2012）p. 278.

② 虽然南娜不会说人话，并不是一个标准意义上的拟人化动物形象，但巴里在指称南娜时依然用了适用于人类和拟人化动物的 she 而不是 it，这也可以视为他对南娜高尚品德的一种肯定和褒奖。

哪怕是在深夜，只要孩子们稍稍有一点哭声，南娜都会立刻起身照料孩子。当孩子们规规矩矩的时候，她就一声不响地陪伴着他们，而当孩子们开始调皮捣蛋时，她就立刻加以管束。在南娜的悉心打理下，孩子们的卧室干干净净，他们的生活也井井有条。不难发现，温蒂其实正是在模仿南娜照顾她的方式来照顾其他儿童。爱是一种无私利他的情感，儿童又极其善于模仿，所以成人，尤其是家长对儿童无私的关爱就能够帮助儿童在感受关爱的过程中学会关爱他人，学会无私奉献，从而不再只是在自由意志的驱使下一味利己，而是运用理性意志做出利他的行为，使自己的行为体现出人类应有的道德水准。从这个意义上说，家庭不仅仅应该是儿童温馨的港湾，更应该是他们成长的一个重要起点。

当然，关爱并不等于溺爱。成人应该关爱儿童，但绝不能溺爱儿童，任由儿童放纵自己的自由意志。《女巫》中的布鲁诺夫妇就是犯了这样的错误，把对布鲁诺的放纵与溺爱当作了对儿子的爱，从而导致了严重的后果。对儿童真正的关爱固然应该体现在对儿童生活的悉心照料上，但更应该体现为对儿童的成长时刻保持高度的关注，并且时刻注意帮助他们约束自己的自由意志。就像文本中所说的，一个称职的妈妈都应该有这样一种好习惯，"晚上等孩子熟睡之后，她都要整理一下孩子的心思"。她会"愉快地慢慢地察看你心里的东西，她发现有些东西十分可爱，有些东西却不招人喜欢，她便将可爱的东西放在上面，并且赶快把不招人喜欢的东西藏起来。第二天清晨当你醒来，前一天晚上临睡时的各种顽皮和作恶的念头早已经被叠得很小很小，放在你心里的最底层，而上面则清清爽爽地铺满了美好的思想"。童话中的这段描写显然带有明显的超现实特征，但试图表达的道理却是贴近现实生活的。由于儿童理性意志不强，无法有效地控制自己的自由意志，这就需要具有更为成熟的理性意志的成人对儿童提供帮助，帮助他们将各种顽皮和作恶的念头压入心底，用那些美好的思想与道德品质填充他们的心灵。真正的对儿童的爱，就应该像《彼得·潘》中那些点亮在儿童房间里的夜明灯一样，照亮儿童心中的黑暗与混沌，用美好的思想与情感照亮他们的心灵，呵护他们的成长。从这个意义上说，家长对儿童的关爱不仅仅是一种情感，更是一种责任。

正如《彼得·潘》告诉读者的，不仅儿童身上存在自由意志，成人身上同样也存在自由意志。所以，成人要想承担起帮助和引导儿童成长的责任，首先必须要控制好自己的自由意志，为儿童做出表率。而一旦成人放任了自己的自由意志，就会对儿童形成不良的示范和影响，导致儿童在成长中走入歧途。温蒂带着自己的弟弟离家出走，其实根本责任并不在于这几个孩子，而在于他们的父母。在迈克因为怕苦不敢吃药时，身为父亲的达林先生本应鼓励迈克，并做出正确的示范，但是他却放任了自己的意志，没有尽到父亲应有的责任。说好与迈克同时吞下药水的达林先生偷偷将药水藏在身后，被孩子们识破后又百般抵赖，甚至将药水倒进了南娜喝水的碗里。在遭到了孩子们批评后，达林先生恼羞成怒，迁怒于南娜，将她赶出了孩子们的起居室。面对达林先生这种任性背信的行为，达林太太本应及时加以纠正和批评，从而帮助孩子们树立正确的道德观念，但她却选择了为丈夫开脱，试图维护父母在孩子面前的绝对权威，默认了达林先生驱赶南娜的行为。结果，正是由于没有了南娜的看护，彼得·潘成功地诱拐了他们的孩子——用文本的话说，"这是他们应该接受的教训"。发展心理学的研究表明，在儿童的成长过程中，儿童身边的成人，尤其是父母所起到的示范作用是十分重要的，因为"我们大多数人的能力和习惯不是作为大自然宏伟计划的一部分而简单按程序发展的，而常常是通过观察父母、自己的经历来学习，并用心的方式去感觉，思考和行动"①。因此，真正关爱儿童的父母，首先应该做到的就是自律。

除此之外，家庭对儿童的关爱还应该体现在对处于成长过程中的儿童抱有足够的耐心。儿童学会用理性意志控制自由意志的过程不可能是一帆风顺的，所以，儿童在成长的过程中，必然会由于自由意志的失控而犯下错误。面对儿童在成长过程中犯下的错误，家庭必须保持足够的耐心，意识到这是儿童成长中的正常现象，绝不能因此而认为儿童不堪教化，甚至放弃对他们的引导与培养。彼得·潘基于失控的自由意志而离家出走，但当他在外面酣畅淋漓地玩到尽兴之后，也想起了自己的家，想起了自己的爸爸妈妈。但是，当他回到家中，试图通过当初离家出走的那扇窗子重新回归家庭与人类社会时，却发现"窗子已经关死了，我妈妈把我忘得一干二净，我的床上正睡着另一个小宝宝"。眼前的一幕让彼得·潘伤心不已，从此他再也没有了回归家庭与社会的念头。可以说，彼得·潘之所以永远无法长大，原因其实也不全在于他自由意志的泛滥，也有一部分原因在于他的父母对他放弃了希望，放弃了应该对他承担的责任。

和彼得·潘的父母形成鲜明对比的是温蒂的父母。尽管孩子们离家出走，杳无音信，但他们始终没有关上窗户，因为他们时刻都在盼望自己的孩子们平安归来，而且坚信他们一定会回来，所以他们要保证孩子回家的路畅通无阻。彼得·潘曾经关上温蒂家的窗户，试图阻止温蒂回家。但是，当他关上窗子之后，发现达林太太眼睛里噙着两滴泪珠，正是达林太太对孩子的情感与永不放弃的精神打动了彼得·潘，让他重新打开了那扇窗子。这段情节也告诉读者，对于儿童的成长，成人一定要抱有足够的耐心，同时坚信孩子

---

① 〔美〕David R. Shaffer、Katherine Kipp：《发展心理学：儿童与青少年》（第 8 版），邹泓等译，中国轻工业出版社，2009，第 3 页。

一定能够成长起来。儿童的自由意志会令儿童在成长过程中犯下错误，但是，就像永无岛上的孩子们最终在温蒂的带领下回归家园和社会一样，自由意志不可能阻止儿童的成长。因为在人类的道德成长过程中，理性意志就像在人类心灵中铺上的一层沃土。正因为这层沃土的存在，各种美好的道德与情感才能在人类的心灵中生根发芽，结成丰硕的果实，绽放出美丽的花朵。只要家庭与社会坚持这一信念，并辅之以适当的方法，就一定能够帮助儿童成功地用理性意志束缚住自己的自由意志，顺利地实现成长。

每个人内心都有一个彼得·潘，那就是我们的自由意志。而一部优秀的童话作品，一方面固然会运用栩栩如生的人物形象和跌宕起伏的故事情节将这种自由意志加以艺术化地呈现，与儿童形成心灵上的共鸣，使儿童获得阅读的愉悦，另一方面也应该告诉读者，包括儿童读者和成人读者，怎样运用理性意志去控制自己的自由意志，怎样去爱，怎样去承担属于自己的责任，从而以寓教于乐的方式实现文学的伦理教诲功能。《彼得·潘》无疑就是这样一部优秀的作品。

## 第二节　《五个孩子与沙地精》：童话如何帮助儿童实现道德成长

任何一个儿童的成长都是在两个方面同时进行的：一方面儿童必须经历生理意义上的成长，即"按照遗传基因中预先设定的生物程序的发展"[1]，在生理上日益发育成熟；另一方面，儿童也必须经历伦理道德意义上的成长，即习得人类社会的伦理道德规范，让自

---

[1] 〔美〕David R. Shaffer、Katherine Kipp：《发展心理学：儿童与青少年》（第8版），邹泓等译，中国轻工业出版社，2009，第3页。

己的伦理道德观念日益趋向成熟与完善。只有在生理意义上和伦理道德意义上都实现了充分的成长，儿童才能够真正地长大成人，成为合格的人类公民。正如要想使儿童实现生理上的成长，就必须向他们提供足够的营养与健康的生活环境一样，在儿童的伦理道德成长过程中，也必须向他们提供足够的精神给养，而儿童喜闻乐见的童话正是这种精神给养的重要来源之一。

不过，基于儿童在不同成长阶段的成长目标，童话所能发挥的作用也有着细微的区别。当儿童处于伦理混沌阶段时，童话的作用主要是通过对儿童进行伦理启蒙，帮助他们建立初步的伦理道德观念，进而认识到人与动物的本质区别，从而摆脱伦理混沌的状态。在这一阶段，动物童话和变形童话所发挥的作用是无可替代的。但当儿童结束了伦理混沌状态，进入道德成长阶段之后，他们的成长目标就变成了学会运用理性意志去约束自己的自由意志，使自己的伦理意识与道德观念得以不断强化与完善。此时动物童话和变形童话虽然依然可以发挥积极的伦理教诲作用，但其优势已不复存在。而且，此时儿童的理解能力、知识水平都已经比伦理混沌阶段有了很大的提高，因此，童话便可以通过塑造更加丰富多样的人物形象、运用更加灵活多变的叙事手法，进一步帮助儿童加深对各种伦理道德观念的理解，认识到自由意志可能产生的危害，从而帮助儿童顺利实现道德成长阶段的成长目标。

本节拟通过对英国著名儿童文学作家伊迪丝·内斯比特的著名童话《五个孩子与沙地精》的分析，阐释一部优秀的童话作品在儿童实现道德成长的过程中所能够发挥的积极作用。之所以选择《五个孩子与沙地精》作为本节的研究对象，主要是因为在这部作品中同时出现了童话文本中的三个极为常见的叙事元素，即神奇的魔法、"重复式"的叙事结构和"集体人物"形象。这就使得《五个孩子与沙地精》与其他的童话文本相比，具有更强的代表性。通过分析这部作品，不仅能够帮助我们深入理解内斯比特的童话创作，同时也有助于我们理解童话在儿童的道德成长阶段所能发挥的伦理教诲功能，以及实现这一功能的具体方法。

## 一 魔法与儿童的欲望

内斯比特不仅是英国儿童文学史上最伟大的作家之一，同时也是20世纪英国儿童文学的重要开创者。布里格斯称她为"第一位为儿童写作的现代作家"[①]，我国儿童文学研究专家韦苇教授也盛赞内斯比特"是对20世纪英国幻想文学产生过持久而重要影响的女作家"[②]。《五个孩子与沙地精》是内斯比特的代表作"沙地精三部曲"[③]（*Psammead Trilogy*）中的第一部，同时也是内斯比特最为经典、流传最为广泛的一部童话作品。在这部童话中，内斯比特为读者讲述了一个关于神奇魔法的故事。男孩西里尔、罗伯特，女孩安西娅和简兄妹四人带着还是一个婴儿的弟弟小羊羔在沙坑中玩耍时，偶遇了一个自称为沙地精的精灵。沙地精告诉他们，自己可以运用魔法每天满足他们的一个愿望，只是随着太阳下山，自己的魔法也会消失。于是孩子们绞尽脑汁，想出了各种各样的愿望，而沙地精也信守承诺，逐一满足了他们的所有愿望。在沙地精神奇魔法的帮助下，孩子们开始了一段又一段神奇的历险。

在《五个孩子与沙地精》中，沙地精无疑是最受读者欢迎的一个童话形象，也是这部童话最主要的魅力来源。这个童话形象的魅力是如此之大，以至于在三部曲的后两部作品中沙地精压根

---

[①] Briggs，Julia，*A Woman of Passion：The Life of Nesbit*（London：Penguin Books，1987）.

[②] 韦苇：《外国儿童文学发展史》，少年儿童出版社，2007，第51页。

[③] "沙地精三部曲"包括《五个孩子与沙地精》（*Five Children and It*）、《凤凰与魔毯》（*Phoenix and the Carpet*）、《护身符的故事》（*The Story of the Amulet*）三部作品。

没有露面，但人们仍然习惯于将其称为"沙地精三部曲"。通常情况下，一个童话形象要想获得儿童读者的广泛喜爱，要么就得像《彼得·潘》中的温蒂那样拥有靓丽可爱的外貌，要么就得像《女巫》中的姥姥一样具有和善可亲的性格，当然最好是两者兼备，例如《海的女儿》中的小美人鱼，但沙地精显然是个例外。从外形上看，沙地精非但称不上漂亮，甚至可以用丑陋和古怪来加以形容。按照文本的描述，它长着蜗牛一样的眼睛、蝙蝠一样的耳朵，有蜘蛛一样的身体，以及猴子一样的手脚。而且，沙地精的脾气也非常乖谬。它性情多变，生性刻薄，刚才还是和颜悦色，马上就会大发雷霆，而且从不放过任何挖苦和捉弄别人的机会，西里尔兄妹，甚至包括还是婴儿的小羊羔，全都没能逃脱它的调侃或捉弄。但是，所有的这些缺点都不会影响孩子们对沙地精的喜爱，因为它拥有一个令所有的儿童都为之魂牵梦萦的本领，那就是神奇的魔法。

沙地精所拥有的魔法其实是童话中一个常见的叙事元素。在童话作品中，魔法通常体现为一种具有超自然力量的法术，这种法术具有将现实生活中不可能发生的事情变成现实的超凡能力。在古今中外的童话作品中，类似于沙地精这样拥有神奇魔法的童话形象可谓俯拾皆是，而且广受儿童读者的欢迎。例如普希金（Pushkin）的长篇童话叙事诗《渔夫和金鱼的故事》（*The Tale of the Fisherman and the Fish*）中那条可以通过法术实现人们任何愿望的金鱼，《随风而来的玛丽阿姨》中那位能够撑着伞御风行走，可以将难喝的药水变成可口的果汁和牛奶的保姆玛丽阿姨，《神笔马良》中那支能把画出的任何图像都变成实物的神奇画笔，都具有令人难以思议的魔法。而对于儿童而言，童话中这些关于神奇魔法的描写无疑具有一种异乎寻常的魅力，他们不仅对这些魔法深信不疑，甚至会向往不已。就像看过《神笔马良》的儿童都会希望拥有一只神奇的画笔一样，读过《五个孩子与沙地精》的儿童读者也都会希望拥有一个像沙地精一样的朋友，因为无论自己对它提出怎样稀奇古怪的愿望，例如变得非常漂亮，变得特别有钱，马上长出一对翅膀，等等，沙地精都能从容地让这些愿望得以实现。可以说，正是这种神奇的魔法，使得沙地精形象拥有了无穷的魅力——或者换句话讲，沙地精的魅力，其实就是魔法的魅力。

儿童之所以特别容易被童话中神奇的魔法所吸引，一个基本的心理前提就是，在儿童的心目中，魔法并不是虚构的产物，而是真实存在的。在这一点上，儿童与成人是全然不同的。成年人由于已经具备了足够成熟的理性和足够丰富的科学常识，所以习惯于用理性和科学知识对事物的真实性进行判断，就像内斯比特在文本中所说的，"大人们很难相信真正奇妙的事情，除非有他们所谓的证据"[①]。儿童则不然，由于他们的理性并不成熟，也不具备足够的科学常识，因此，他们的思维不会受到理性和科学常识的约束，得以凭借无拘无束的想象力天马行空般地自由驰骋，所以"孩子们几乎什么都信"。也正是成人与儿童的这一显著差异，导致了成人与儿童对待魔法的不同态度。在成人看来，童话中的魔法纯属虚构，在现实生活中绝不可能发生，像沙地精这样先吸一口气再吐一口气，就能把人们所有的愿望全都变成现实的精灵，只可能在想象中存在。但当儿童读到西里尔他们在乡下待了不到一个星期就遇到了沙地精，而且还在沙地精的帮助下实现了自己一个又一个愿望时，却会毫不犹豫地视之为真实的事件，认为这是完全有可能发生在自己

---

① Nesbit, Edith, *Five Children and It* (London：Wordsworth Editions Limited，1993)，p. 12. 本书中所有作品引文均引自该版本，不再一一注明。为保证译文的准确性，译文校对时参考了任溶溶译本《五个孩子和沙地精》（湖南少年儿童出版社，2010）与马爱农译本《五个孩子与沙地精》（人民文学出版社，2014），在此特致谢意。

的生活当中的。内斯比特之所以在文本中自信满满地对读者说"你会对（这部童话中）每一个字都深信不疑"，正是因为她深知，儿童对待魔法的态度是有别于成人的。

　　当然，儿童不可能仅仅因为相信魔法是真实存在的，就对魔法表现出如此之高的热情。就像大多数的儿童读者都会相信达尔笔下的女巫一定是真实存在的，但是他们绝对不可能喜欢上这些可怕的女巫一样。儿童对童话中的魔法深信不疑，这只是他们喜爱魔法的基本心理前提，而要想解释魔法在儿童眼中的特殊魅力，还必须考虑到儿童身上自由意志的特征。任何人，无论儿童还是成人，都会受到自由意志的影响，产生各种各样的欲望，并且追求对这些欲望的无条件满足。成人可以用理性意志去约束自己的自由意志，压抑各种不合理以及不现实的欲望，但由于儿童的理性意志尚不成熟，无法对这些欲望形成有效的遏制，所以，儿童往往会拥有比成人更多，而且更为不切实际的欲望。但是，在现实生活中，儿童很多的欲望却又是无法得到满足的。首先，儿童的很多想法由于违背了现实生活的客观规律，所以是根本无法实现的。例如罗伯特希望还是一个婴儿的小羊羔转眼就变成一个大人，安西娅希望自己能够长出一对美丽的翅膀像小鸟一样自由飞翔，这些愿望在现实生活中是绝无实现的可能的。其次，儿童的能力有限，很多成年人能够做到的事情，例如通过工作获取属于自己的金钱，然后去购买可口的食物、好玩的玩具和漂亮的衣服，对于儿童来讲却是遥不可及的。更重要的是，儿童的各种欲望始终会受到来自家长与社会的外在压抑与约束。在《彼得·潘》中，彼得·潘之所以离家出走，就是为了摆脱成人与社会对自己施加的束缚。事实上，内斯比特也意识到了这一点。就像她在文本中所说的，对儿童而言，日常生活中很多东西都被贴上了"禁止"的标签，规定他们什么地方不能去，什么事情不能做，什么东西不能碰。有的时候这个标签是无形的，"但这也一样糟糕，因为你知道标签在那里，就算你不知道，马上也会有人告诉你"。内斯比特所说的"禁止"的标签，其实就是成人与社会对儿童的各种欲望所施加的束缚的一种形象化的体现。

儿童在现实生活中有很多无法实现的欲望，但是，魔法却可以轻而易举地满足他们的所有欲望，而这正是魔法在儿童眼中最大的魅力所在。在遇到沙地精之前，西里尔兄妹和其他孩子一样，饱受父母和保姆的各种约束。而且，由于家境算不上特别富裕，他们的很多欲望，例如有吃不完的美味糕点、穿不完的漂亮衣服，去遥远的地方旅行，都没有得到充分的满足。但是，自从遇到沙地精之后，一切都改变了。只要他们向沙地精提出要求，沙地精就能马上满足他们的一切欲望：他们希望自己变得特别漂亮，这样就可以得到更多的关注和赞美，沙地精马上就把他们变得像圣诞卡片上的人物一样美丽可爱；他们希望自己有用不完的钱，这样可以随心所欲地购买自己想要的食物、玩具和漂亮的衣服，沙地精马上就变出填满了整个山谷的金币；他们希望拥有一对翅膀，这样他们就可以在天空中自由地飞翔，沙地精马上让他们长出了柔软光滑的翅膀，只要他们轻轻将脚一跺，便能飞到空中，去任何想去的地方。事实上，这些欲望并不只是文本中几个孩子们所独有的，而且是大多数儿童都会拥有的欲望。看到西里尔他们能够轻易地实现自己在现实生活中遥不可及的欲望，儿童读者自然会被沙地精和它所拥有的神奇魔法深深地吸引，并且心向往之。由此便不难发现，魔法之所以对儿童读者具有巨大的吸引力，其根本原因就在于魔法能够实现儿童在现实生活中无法得到满足的欲望。虽然这些神奇的魔法没有出现在儿童读者的现实生活中，但是通过阅读童话文本，他们在日常生活中的无法实现的各种欲望依然可以得到代偿性的满足，从而使他们在阅读过程中收获满足感和愉悦。正如汤锐所说："在深受儿童喜爱的童话人物身上，还有一种常常被大人所忽略的元素，那就是他们触及了儿童内心深处被压抑着的那些欲望。"① 这一论断用于评价沙地精和它神奇的魔法，无疑是非常合适的。

这里需要顺带指出的是，社会上流行着一种普遍的误解，认为童话中的魔法反映了很多不切实际的幻想，如果儿童痴迷于童话中的魔法会影响他们对现实生活的正确认识以及对科学知识的学习。这种担心是完全没有必要的。事实上，儿童相信魔法对他们追求真理、学习知识并不构成障碍，相反还会起到积极的促进作用。著名人类学家弗雷泽在谈到巫术与科学之间的关联时曾指出："巫术同科学一样都在人们的头脑中产生了强烈的吸引力，强有力地刺激着人们对于知识的追求。它们用对于未来的无限美好憧憬，去引诱那疲惫了的探索者，困乏了的追求者，让他穿越对当今现实感到失望的荒野。"② 弗雷泽这里谈的是巫术与科学的关系，但同样也适用于解释魔法和科学之间的关系。儿童对魔法的喜爱其实反映的正是他们对于世界所抱有的好奇心，以及认识世界、改变世界的愿望，而这些心理其实正是驱使儿童在成长过程中不断地求知、求真的动力。的确，魔法在现实世界中是并不存在的，但人类借由文学作品中的神奇魔法表现出的对于未知世界的好奇，对于强大的能力的向往，却足以孕育出可以改变世界的力量。如果没有儿时想像小鸟一样自由飞翔的渴望，人类就不会发明飞机；如果没有幼时对着夜空中一轮圆月产生的无尽遐想，人类就不会做出登月的创举。正如一则有关爱因斯坦的逸事所讲述的，一个母亲想让自己的孩子以后成为一个优秀的科学家，便向爱因斯坦咨询应该给孩子读什么书，爱因斯坦给出的建议是"童话"。于是这位母亲继续追问："那么等孩子再长大一些以后该读什么书呢？"爱因斯坦的答复则是"更多

---

① 汤锐：《童话应该这样读》，接力出版社，2012，第 106 页。
② 〔英〕J. G. 弗雷泽：《金枝》，徐育新、汪培基、张泽石译，新世界出版社，2006，第 52 页。

的童话！"

那么，即便童话中的魔法无碍于儿童求知与求真，但是，如果说这些魔法反映了儿童内心深处的种种欲望，儿童在阅读这类童话时会不会令自己在这些欲望中越陷越深，从而对他们的成长造成不良影响呢？事实上，这种担心同样是完全没有必要的。对于一部优秀的童话作品而言，它不仅应该让儿童读者在阅读时收获愉悦，同时还应该让其在阅读过程中收获有益成长的教益。以《五个孩子与沙地精》为例，如果内斯比特在作品中仅仅只是让沙地精运用自己的魔法无条件地帮助西里尔兄妹实现了一个又一个的欲望的话，那无疑就是在暗示和鼓励儿童放纵自己的欲望，对于儿童的道德成长当然是非常不利的。因此，内斯比特在让沙地精满足了孩子们的各种欲望的同时，也让这些欲望产生了诸多让孩子们始料不及的后果，从而告诉读者不能放纵自己的欲望，而是要约束自己的欲望。而要想深入理解内斯比特的良苦用心所在，就必须进一步分析她在《五个孩子与沙地精》中所使用的一个童话文本常用的叙事技巧，即"重复式"的叙事结构。

## 二 "重复式"叙事结构与儿童道德成长的共性

在《五个孩子与沙地精》中，内斯比特采用了一种在叙事类儿童文学作品中常见的叙事手法，即"重复式"的叙事结构。重复式叙事结构又称"重叠式"或"三叠式"叙事结构，其特点在于采用程式化的叙事方式，对具有类似情节的故事进行反复叙述，以此推动叙事的发展。例如在《五个孩子与沙地精》中，西里尔兄妹先后向沙地精提出过九个愿望，而沙地精也逐一实现了他们的愿望。可是，令他们始料不及的是，这些原本看上去无比美好的愿望一旦真的实现之后，却使他们陷入了无穷无尽的麻烦与苦恼之中。到最后，孩子们每次都因为自己的欲望被弄得狼狈不堪，后悔不迭。从这个意义上说，《五个孩子与沙地精》即可以看作一个长篇童话，同时也可以被分解为九篇相对独立，而且具有固定情节模式的短篇童话。这种"重复式"的叙事结构在儿童文学作品中是广泛存在的，不仅内斯比特的"沙地精三部曲"全部采用的是重复式的叙事结构，而且，约翰·罗斯金（John Ruskin）的《金河王》（*The King of the Golden River*），狄更斯（Charles Dickens）的《圣诞欢歌》（*A Christmas Carol*），民间童话《三只小猪》《狼来了》，中国当代童话《神笔马良》等著名儿童文学作品采用的都是这种叙事结构。

对于重复式叙事结构在儿童文学作品中的大量存在，学术界通常将其解释为民间文学对于儿童文学的影响。重复式叙事结构一开始是民间文学特有的叙事方式，就像钟敬文先生所说的："民间故事在情节上，往往采用重叠反复的形式……这是口头文学的特点。"[1] 丹麦民俗学家阿克塞尔·奥尔里克是西方最早研究重复式叙事结构的学者之一，他认为这种叙事结构是民间故事"重要的叙事结构规则"，"它不仅对于创造紧张气氛，而且对于使叙事文学丰满起来都是必需的"[2]。学者们普遍认为，这种民间文学的常见叙事结构之所以被广泛运用于儿童文学文本之中，主要是因为它比较符合儿童的接受心理。例如中国儿童文学学者汤锐就指出，"（重复）是一种源自于儿童心理年龄特征的故事叙述技巧"，就如同他们会"一遍又一遍要求妈妈重复地讲某一个他特别喜爱的故事"，在发现一个好玩的游戏后"会一遍一遍乐此不疲重复地玩"[3]。我国著名

---

[1] 《钟敬文文集·民间文艺学卷》，安徽教育出版社，2002，第149页。

[2] 阿克塞尔·奥尔里克：《民间故事的叙事规律》，载〔美〕阿兰·邓迪斯编《世界民俗学》，陈建宪、彭海斌译，上海文艺出版社，1990，第187页。

[3] 汤锐：《童话应该这样读》，接力出版社，2012，第90页。

民间文学专家刘守华教授也认为，民间童话中的重复式叙事结构"在隐含的叙事逻辑中融合着民众深沉的文化心理"①。这些学者的研究为我们理解《五个孩子与沙地精》的重复式叙事结构提供了有益的借鉴。但是，前辈学者们的研究普遍忽略了重复式叙事结构的一个显著优点，那就是它非常适于对儿童进行伦理教诲，帮助儿童实现道德成长。

重复式的叙事结构其实是一种"同中有异"的叙事模式。所谓"同"，是指构成文本的若干个小故事具有相同的情节结构，而所谓"异"，是指这些小故事在具体的情节上也会存在明显的差别。以《五个孩子与沙地精》为例。组成文本的九个小故事具有相同的情节结构，那就是首先由孩子们许下愿望，然后沙地精帮他们实现愿望，最后孩子们因为自己愿望的实现而身陷巨大的麻烦之中，这就是文本中的"同"。但是，在每一次许愿中，孩子们许下的愿望和由此引发的后果都各不相同，孩子们在不同的经历中收获的启发与感悟也有所不同，这就是文本中的"异"。正是通过这种"同中有异"的叙事策略，内斯比特深刻地揭示了儿童道德成长的共性所在，即儿童道德成长的关键是学会用自己的理性意志去约束自由意志，而要做到这一点，儿童就必须经历一个循序渐进、反复接受磨砺的成长过程。

儿童道德成长的关键就是学会用自己的理性意志去克服自己的自由意志。这一点在巴里的《彼得·潘》里已经有所体现，而在《五个孩子与沙地精》中则得到了更加充分的展示。正是在自由意志的驱使下，西里尔兄妹产生各种各样的欲望，而沙地精也一一满足了他们的欲望。可是，这些欲望带给他们的不是愉悦和满足，反而是痛苦与懊悔。例如他们希望长出一对可以让自己自由飞翔的翅

---

① 刘守华：《中国民间故事结构形态论析》，《广西民族学院学报》（哲学社会科学版）2002 年第 5 期，第 50 页。

膀，最后却因为玩得得意忘形，把自己困在教堂的顶楼中，又冷又饿差点丢掉性命；他们渴望带有刺激性的冒险，结果却发现自己身陷一个被围攻的城堡，甚至差点被印第安人割去了头皮。沙地精的魔法给西里尔兄妹带来了巨大的麻烦，但这并不是魔法本身的问题，也不是沙地精的问题。魔法本身并无好坏善恶之分，正如英国学者德里克·帕克（Derek Parker）所指出的：“魔法既不好，也不坏，全在于怎么看待它，怎么使用它而已。”① 对于沙地精而言，它也只是按照承诺满足了西里尔兄妹的欲望，甚至还特意告诫过他们许愿的时候一定要非常小心，以免造成恶果。真正给孩子们造成麻烦的是他们的自由意志。正是由于西里尔他们没有用理性意志去约束自己的自由意志，而是放纵了自己的欲望，而且根本没有考虑到放纵欲望后可能导致的不良后果，所以才会给自己带来巨大的麻烦。可以说，内斯比特通过对沙地精和它的魔法的描写揭示了儿童内心的种种欲望，但也通过儿童因为放纵欲望所遭到的惩罚告诉读者：欲望并不如想象的那么美好，放纵欲望更是有可能给自己和他人带来麻烦，甚至造成伤害。这就使得读者在阅读文本的过程中能够意识到放纵自由意志的危害，以及用理性意志去束缚自由意志的重要性，从而帮助儿童实现道德成长。其实，大多数儿童文学作品都采取了和《五个孩子与沙地精》类似的叙事策略，让那些滥用魔法满足自己无节制的欲望的人最终受到了惩罚，例如《神笔马良》中想用神笔画出聚宝盆、大金山的大官和皇帝，《渔夫和金鱼的故事》中贪得无厌、妄图成为海上的女霸王、让金鱼服侍自己的渔夫妻子等人物形象，莫不如是。事实上，深受中国读者和观众喜爱的日本漫画《哆啦A梦》及同名动漫采取的也是这种叙事模式，小男孩野比大雄总是利用哆啦A梦那个神奇的口袋来满足自己稀奇古

---

① 〔英〕德里克·帕克、朱丽亚·帕克：《魔法的故事》，孙雪晶、冯超、郝轶译，陕西师范大学出版社，2005，第9页。

怪的欲望，但每一次都弄巧成拙，让自己吃尽了苦头。

儿童道德成长的最终目标是能够用理性意志有效地约束住自己的自由意志，用理性意志来指导自己的思想和行为。但是，要想实现这一目标，必须经历一个循序渐进的过程，不可能一蹴而就。细读文本便不难发现，西里尔他们对沙地精提出的愿望其实一直在发生变化，也正是在这种变化中，我们可以清楚地看到他们的理性意志逐渐增强，而自由意志则被逐渐削弱的过程。

一开始，由于理性意志的缺乏，西里尔他们对沙地精提出愿望时，丝毫都没有意识到应该节制和约束自己的欲望。不管是想要变得漂亮，还是希望变得有钱，一旦内心产生了任何欲求，他们就立刻许下愿望，希望这些欲求马上能够得到满足。当然，他们也因为放纵欲望而付出了代价。在他们如愿变得绝顶漂亮后，先是小羊羔拒绝承认他们是自己的哥哥姐姐，然后家人又把他们当作冒名顶替的陌生小孩赶出家门，害得他们只能在外四处游荡，忍饥挨饿，等到太阳下山魔力消失之后才能够回家。在变得有钱之后，他们原本打算跑到城里去大肆挥霍，结果却遭到了很多贪财商贩的欺诈与勒索，还差点被警察误认为窃贼而送进管教所，最后幸亏保姆玛莎及时出现才帮他们解了围。但是，孩子们的代价没有白白付出，因为他们从这些经历中汲取了足够的教训。当饥肠辘辘的他们狼吞虎咽地吃着家人早已准备好的丰盛晚餐时，罗伯特感叹道："我们一定要非常小心，再也不要遇到他们（那些漂亮孩子）"。而且，他们也明白了金钱绝非万能，而且有时还会像"压在身上的石头，或者是绑在身上的锁链"。正是通过这几次教训，西里尔他们才明白了放纵欲望的危害以及节制欲望的重要性，懂得了与其毫无节制地去追逐各种欲望，还不如好好珍惜自己已经拥有的东西，例如亲情、友爱和家庭的温暖。

经历了前几次的教训，孩子们已经明白了放纵欲望所具有的危害性。所以他们约定，任何愿望都必须在经过集体商议，大家一起权衡利弊之后才能向沙地精正式提出。这一行为本身就体现出了一种理性的色彩，说明他们的理性意志已经得到了增强。但是，接下来他们又犯下了一个在儿童身上常见的错误，那就是冲动。冲动也是自由意志的一种体现，具体是指"一种感情脱离理性控制的心理现象，主要依靠本能推动，有时也依靠激情推动，带有强烈的情绪色彩"，体现出"行为缺乏理性判断，表现出感情用事，草率鲁莽不计后果的特点"。①儿童只有在理性极其淡薄的情况之下才会完全依据本能与欲望行事，但是，即便儿童具有了一定的理性，能够比较有效地遏制自己的各种欲望，也难免会因一时冲动犯下错误——事实上，即便是具备了成熟的理性意志的成年人也会冲动，只不过冲动的程度和频率不如儿童强罢了。西里尔兄妹在飞过果园时看到压弯了树枝的诱人果实，便情不自禁地从空中俯冲而下，摘走了别人的水果；在被大孩子欺负后一怒之下希望变成身材魁梧的巨人去报复对方。这些都是在一时冲动之下所犯的错误。而最典型的一个例子是罗伯特有一次因为无法忍受小羊羔的顽皮和哭闹，一向对弟弟很耐心的他突然情绪失去了控制，怒气冲冲地许下了"真希望每个人都想要得到他，这样我们的日子就能轻松点了"的愿望。很快，孩子们就因为自己的冲动付出了代价。他们发现所有的人都喜欢上了小羊羔，而且处心积虑地要把小羊羔抢走或者骗走。为了保护弟弟，他们不得不东躲西藏、提心吊胆地度过了一整天。但是，正所谓吃一堑长一智，孩子们事后也充分认识到了冲动的危害，正如他们事后对自己的行为进行反省时所说的，"在正常情况下，我们是真心爱他的，今天早上我们都昏了头"。意识到自己是"昏了头"，说明他们已经明白了冲动的危害，进一步意识到了用理性意

---

① 聂珍钊：《文学伦理学批评导论》，北京大学出版社，2014，第247页。

志控制自由意志的重要性，理性意志也进一步得到了增强。

与之前因为自己的主观过失而许下不当的愿望不同，西里尔兄妹在最后两次许愿中犯下的错误其实主要是出于一时大意，不小心放松了对自己自由意志的警惕。例如西里尔在读《最后的莫希干人》时对印第安人产生了浓厚的兴趣，情不自禁地说"我希望英国也能有印第安人，我想和他们打上一仗"，结果沙地精马上便让他们身陷印第安人的团团包围之中。简也只是因为偶然得知齐腾顿夫人拥有大量的珠宝饰品，而自己的妈妈却连一件像样的首饰都没有，才会发出希望这些首饰全归妈妈所有的感慨，结果沙地精立刻就将齐腾顿夫人的首饰全都变到他们妈妈的卧室里。事实上，当这些愿望一说出口时，孩子们马上就意识到自己犯下了错误。西里尔兄妹之所以会一时大意犯下这些错误，其实责任并不在于他们，主要是因为自由意志作为人类兽性因子的一个组成部分，是人类动物本能的残留，永远不可能完全消失。西里尔希望能和印第安人战斗，反映了男孩对于冒险与战斗的欲求，而简希望妈妈能有大量珠宝饰品，也反映了女孩对于美丽饰品的渴望。即便儿童具备了比较成熟的理性意志，也懂得了应该运用理性意志去约束自由意志，克制自己的各种欲望与冲动，但自由意志还会存在，只要理性意志稍有松懈，它便会在人类的思想和行为上得以体现。从这个意义上说，每个人，无论是成人还是儿童，都会不可避免地因为自由意志的客观存在而犯下过失。

而且，和之前犯下错误后便手足无措、狼狈不堪相比，西里尔兄妹在应对最后两次错误所引发的危机时采取了正确的方式。他们先是坦诚地承认了自己的错误，而后又勇敢地承担起来弥补过失的责任。面对以割人头皮为乐的印第安人时，他们先是说服玛莎带走小羊羔，让弟弟脱离险境，然后又沉着地和印第安人交涉谈判以拖延时间，还想出了用黑棉布流苏代替自己头皮的好主意，最终安然脱险。由于沙地精把齐腾顿夫人的首饰全都变到妈妈的卧室里，这就使得妈妈成为盗窃案的嫌疑人。为了让妈妈免遭牢狱之灾，他们密切配合、分工合作，西里尔和罗伯特负责在家安抚母亲情绪，阻止母亲报警，避免事态进一步恶化，安西娅和简则找到沙地精，机智地说服它收回魔法。西里尔兄妹能够马上意识到自己的错误，并且采取正确的应对方式去化解因为错误引发的不良后果，说明他们的理性意志较之前已经有了显著的增强，而西里尔兄妹也在成长的道路上取得了长足的进步。纵观孩子们向沙地精提出的愿望，以及面对愿望引发的不良后果的处理方式，我们可以清晰地看到他们日益走向理性与成熟的成长轨迹。著名儿童文学专家彼得·亨特曾指出，在内斯比特的作品中，"他们（儿童）的历险带给他们的与其说是欢乐，还不如说是智识上的进步"[1]。这个概括是非常准确的。

就像科林·曼诺夫所说的，内斯比特的作品擅长"描写人物在精神层面上的持续改变，以及性格上的不断成长"[2]。通过反复式的叙事结构，内斯比特一方面告诉读者要学会运用理性意志去约束自由意志，这是人类道德成长的根本目标所在；另一方面也向读者说明，儿童道德成长的过程不可能是一蹴而就的，而是一个在不断的磨砺中逐渐得以成长的过程。儿童必须首先学会控制因为强大的自由意志而产生的各种欲望，然后还要学会运用理性进行冷静的思考，克服自己的冲动。即便如此，由于自由意志的客观存在，儿童在道德成长的过程中依然会不断地犯下错误。但是，孩子们也正是从这一次次的错误与挫折中汲取了教训，经受了磨砺，从而使自己

---

① Hunt, Peter, eds., *International Companion Encyclopedia of Children's Literature* (New York: Routledge, 1996), p. 296.

② Manlove, Colin, "Fantasy as Witty Conceit: E. Nesbit", *Mosaic*, Vol. 10, No. 2 (1977), p. 118.

的理性意志日益趋向成熟与完善。

## 三 "集体人物"与儿童个体道德成长的特殊性

儿童道德成长的关键是学会用理性意志约束自由意志，而要做到这一点，儿童必须要在成长的道路上经历一个循序渐进、反复磨砺的过程，这是儿童道德成长的共性所在。但是，不同的儿童个体在性格特征、思维方式、生活经历等方面也会存在着明显的差异，因此，他们的道德成长过程也必然会体现出各自的特殊性。内斯比特显然清楚地意识到了这一点，并且在她的创作实践中通过塑造"集体人物"的方式对儿童个体道德成长的特殊性进行了探讨。

"集体人物"是瑞典儿童文学专家玛丽亚·尼古拉耶娃提出的一个概念。尼古拉耶娃认为，集体人物是儿童文学中特有的一个现象，具体指"所有在叙述中具有同样角色地位或起同样作用的人物"①。简单地说，集体人物在文本中经常一起行动，起到一个行动元（action element）的作用。在《五个孩子与沙地精》中，西里尔、安西娅、罗伯特和简就是典型的集体人物。他们一起偶遇沙地精，一起向沙地精许下愿望，一起承受这个愿望所引发的后果，一起在磨砺中得以成长。事实上，内斯比特也是英国儿童文学史，乃至是世界儿童文学史上第一个大量使用集体人物的作家，不仅是"沙地精三部曲"，在她的《魔堡》（*The Enchanted Castle*）、《铁路边的孩子们》（*The Railway Children*）、《寻宝者》（*The Story of the Treasure Seekers*）等大量作品中，都出现了集体人物形象。内斯比特在集体人物形象塑造上取得的成功引起了后继作家的争相效仿，例如在格雷厄姆（Kenneth Grahame）的《柳林风声》（*The Wind in the*

---

① 〔瑞典〕玛丽亚·尼古拉耶娃：《儿童文学中的人物修辞》，刘洊波、杨春丽译，安徽少年儿童出版社，2010，第67页。

Willows)、刘易斯（Lewis）的《纳尼亚传奇》（*Chronicles of Narnia*）、
艾伦·加纳（Alan Garner）的《艾尼朵尔》（*Elidor*）、罗琳的《哈
利·波特》，包括在下一节将要重点研究的《随风而来的玛丽阿姨》
等大量优秀儿童文学作品中，都出现了集体人物的身影。

　　尼古拉耶娃认为，集体人物之所以成为儿童文学中一道特有的
风景，与儿童文学受众的特殊性有关。因为虽然"个体人物自然要
比几个同等重要的人物得到更多的关注"，但是却"比集体人物的
任何组成部分都要复杂"。[①] 言下之意，由于儿童读者的理解能力与
人生阅历有限，因此，在儿童文学作品中不应出现过分复杂的人物
形象。但是，为了让儿童意识到人性本身所具有的复杂性，作家便
采取了一个折中的方法，即塑造若干个相对简单的人物形象，让他
们以集体人物的形式存在于文本之中。由于单个人物形象身上的性
格特征都是比较单一且突出的，所以儿童读者接受起来就会更加容
易，但如果将这些人物的性格聚合起来，还是能展示一种复杂的人
性。尼古拉耶娃的这一观点考虑到了儿童读者的接受特点，其结论
自然是令人信服的。不过，如果从童话的伦理教诲功能的角度去研
究集体人物，我们就能发现集体人物除了易于被儿童读者理解接受
之外，还有一个明显的优点，那就是照顾到了不同儿童个体道德成
长的特殊性，从而可以让更多的儿童读者在阅读文本的过程中收获
有益于成长的启迪。

　　儿童固然有其共性，但不同的儿童个体也有其各自的特殊性。
儿童发展心理学已经通过大量的实证研究和跟踪调查表明，由于性
别、年龄、种族、生活经历、家庭环境以及所处社会文化背景的不
同，不同儿童在个性特点、思维模式以及行为特征上，都会显示出
明显的差别。《五个孩子与沙地精》中的几个孩子便是如此。初识

---

　　① 〔瑞典〕玛丽亚·尼古拉耶娃：《儿童文学中的人物修辞》，刘洊波、杨春丽译，安徽少
　　年儿童出版社，2010，第 68 页。

沙地精时，安西娅希望沙地精把他们变得特别漂亮，这也是她和简共同的愿望。她们之前从没把这个秘密愿望告诉给西里尔和罗伯特，因为她们知道"男孩根本不在乎这些"。而罗伯特许下的第一个愿望则是变得特别有钱，可是当他的愿望刚一说出口，就被简指责为"贪心"。同样是基于强烈的欲望脱口而出许下的愿望，女孩是希望变得漂亮，男孩则是希望有钱，这就体现出儿童因性别的不同而产生的心理差异。在五个孩子中，西里尔是老大，安西娅是老二，所以，和罗伯特与简相比，他们遇事要更为冷静，考虑问题也更加周全，这是由儿童年龄上的差异和生活经历的丰富程度所决定的。而且，每个儿童都有其与生俱来的个性特点，这些个性有时与儿童后天的成长环境并不存在直接的关联，例如西里尔和罗伯特都是男孩，也在同样的家庭中长大，但是西里尔个性腼腆，言语不多，而罗伯特则活泼好动，有极强的表现欲，这种与生俱来的个性上的差异显然与后天因素没有太多关联，其在更大程度上是由一些先天的因素所决定的。

每个儿童都有自己的个性特征，正是不同的个性特征决定了他们会拥有不同的优点，而且，每个人的缺点也肯定各不相同。这也就意味着，儿童的道德成长历程会有共同之处，但不同儿童个体的成长过程也会有特殊性，因为他们有不同的优点需要坚持与发扬，也有不同的缺点需要纠正和克服。内斯比特笔下的儿童形象正是如此。安提娅·莫斯曾经敏锐地指出，维多利亚时期文学作品中的儿童形象身上更多的是在展示理想中的完美人性，而内斯比特笔下的儿童形象则彻底颠覆了这种将儿童理想化、神圣化的倾向，也正是这种改变赋予她笔下的儿童形象极大的魅力。[①]

---

[①] 具体论述请参见 Moss, Anita, "E. Nesbit's Romantic Child in Modern Dress," in Holt, James, and Athens, Jr., eds., *Romanticism and Children's Literature in Nineteenth-Century England* (University of Georgia, 1991), pp. 225 – 247.

我国儿童文学专家彭懿也认为，在内斯比特的文本中，"理想化的
少年不见了，取而代之的是鲜活、洋溢着现实感的少年形象"①。中
外学者之所以一致认为内斯比特没有将儿童理想化，原因就在于她
笔下的儿童形象普遍存在着优点与缺点并存，而且各自的优缺点都
不尽相同的特征。

在《五个孩子与沙地精》中，除了还是婴儿的小羊羔外，其余
的四个孩子都有其鲜明的个性特征，他们都有自己显而易见的优
点，但每个人身上也都有明显的缺点。西里尔作为五个孩子中的老
大，他最大的优点就是遇事冷静，有较强的理性意识和判断能力，
所以，每一次被沙地精的魔法折腾得够呛之后，带领大家总结教训
的都是西里尔，而且他的总结也总能抓住问题的关键。可是西里尔
的缺点也是显而易见的，那就是他缺乏足够的责任感，以及身为哥
哥应该给弟弟妹妹做出积极表率的意识，最典型的例证就是在城堡
保卫战中，身为大哥的西里尔始终缩在弟弟妹妹后面，表现远远不
如勇敢果决的弟弟罗伯特；老二安西娅在五个孩子中心思最为细
密，而且生性善良，懂得体贴他人，就连生性刻薄的沙地精都禁不
住夸她是个善良体贴的好孩子。但她的缺点就是心思细密得过了
头，无论做任何事情都要思前顾后，以至于犹豫不决、拖拖拉拉；
老三罗伯特最显而易见的优点就是勇敢，每当大家身处危难之时，
总是罗伯特率先挺身而出。但是，做事草率鲁莽的他也经常容易因
为冲动犯下错误，并因此而给自己和兄弟姐妹们带来巨大的麻烦。
简最大的优点是勤劳，虽然比其他三个孩子年龄都要小，但她却是
承担家务劳动最多的一个孩子，小羊羔也主要由她照顾。而简的缺
点则在于做事完全没有自己的主见，经常盲从于哥哥姐姐的一切
主张。

---

① 彭懿：《内斯比特的传统——〈五个孩子和一个怪物〉》，《文艺报》2012 年 2 月 3 日，
第 6 版。

在这些性格各异，优点与缺点同样突出的孩子们的成长轨迹中，我们可以清楚地看到不同儿童个体道德成长的不同特点。虽然西里尔兄妹始终是在一起接受磨砺，一起实现成长，但是每个人的成长都体现出了各自的特点。西里尔一如既往地冷静与机智，而且在罗伯特的榜样示范和两个妹妹的激励下，原本缺乏足够责任感的他慢慢地学会了担当。在面对割人头皮的印第安人部落时，西里尔不仅想出了假扮印第安人去和对方谈判斡旋以拖延时间的主意，并且还勇敢地走在了谈判队伍的最前面。在由于自己的犹豫拖沓使得大家数次贻误脱险的良机后，安西娅也意识到了自己的缺点所在。当沙地精把齐腾顿夫人的珠宝首饰全部变到妈妈的卧室里，使得母亲有盗窃的嫌疑时，是安西娅当机立断，镇定自若地安排西里尔和罗伯特与妈妈周旋，自己则和简去说服沙地精收回魔法。安西娅此时表现出的果断和冷静令她与此前表现出的自己判若两人，甚至让简惊讶得目瞪口呆，不敢相信眼前这个冷静果断的女孩就是自己的姐姐。罗伯特在因为冲动而屡次犯下错误后，也逐渐汲取教训，变得越来越冷静。他主动向哥哥学习，尝试着和哥哥一起总结成长中的经验教训，而且为了避免自己因为冲动而祸及大家，他还主动将自己许愿的权利让渡给了其他孩子。简在成长过程中也慢慢具备了独立判断和思考的能力，开始在面对问题时提出自己的独到看法。有一次在和哥哥姐姐一起讨论应该如何管教顽皮的小羊羔时，简提出"我们要用爱来驯服他"的观点，让人刮目相看。而且，孩子们对沙地精提出的最后一个愿望，即让她们有机会再次见到沙地精这一绝妙的主意，就是由安西娅和简一起协商决定的。虽然孩子们经历的都是用理性意志战胜自由意志的过程，但是在这个过程中他们各自所发扬的优点和所改正的缺点，显然也是不同的。

　　由此便不难发现，在实现童话的伦理教诲功能的过程中，集体人物相较于个体人物存在着明显的优势。儿童个体的特殊性决定了童话在对儿童进行伦理教诲时，必须一方面考虑到儿童身上的共性，另一方面也必须考虑到儿童各自的不同特点。童话作品中当然存在众多经典的个体人物形象，例如《长袜子皮皮》（*Pippi Long stocking*）中的小女孩皮皮，《尼尔斯骑鹅旅行记》（*The Wonderful Adventures of Nils*）里的小男孩尼尔斯，《爱德华的奇妙之旅》（*The Miraculous Journey of Edward Tulane*）中的陶瓷兔子爱德华，等等。但是，这些个体人物或是从属于某一个年龄阶段、某一个种族，或是具备某种特定的性别和个性特征，这就很难保证文本中个体人物能引起儿童读者的广泛共鸣。但是集体人物则不同，就像尼古拉耶娃所说的，集体人物"为不同年龄，不同性别的读者提供了合适的主体地位"①。西里尔、安西娅、罗伯特和简分属于不同的年龄、不同的性别，也拥有各自不同的性格特征，这就使文本能够适用于更大范围的受众群体，让更多的儿童读者在文本中发现与自己类似的人物形象，从而与文本中的人物形象产生共鸣，进而反躬自省，反思自己身上的优点与缺点，与文本中的儿童一起实现道德成长。史密斯认为内斯比特有一个独特的才能，那就是"让儿童在阅读中极容易产生认同感，从而参与到人物的历险中去"②，而内斯比特的作品之所以能在不同年龄阶段、不同性别、个性各异的儿童读者中取得广泛的认同感，实际上正是得益于她在集体人物塑造上的卓越技巧。

内斯比特是一个始终对儿童的道德成长保持着高度关注和深切关怀的作家。在谈到自己从事儿童文学创作的动机时，她曾经说道："我们已经遗忘了上帝，所以，我们也遗忘了上帝赐予我们的

---

① 〔瑞典〕玛丽亚·尼古拉耶娃：《儿童文学中的人物修辞》，刘洊波、杨春丽译，安徽少年儿童出版社，2010，第 87 页。

② 〔加拿大〕李利安·H. 史密斯：《欢欣岁月》，梅思繁译，湖南少年儿童出版社，2014，第 198 页。

那些高贵的品质，那就是宽容、博爱、公正、正直与善良。"① 言下之意，她之所以从事儿童文学创作，就是要在儿童的心灵中播撒下这些美德的种子。在《五个孩子与沙地精》中，她之所以将魔法、重复式叙事结构以及集体人物这三个叙事元素融合到一部作品之中，目的就是能让更多的读者在阅读过程中受到有益的教诲，在更多的读者心目中播撒下美德的种子。当然，魔法、重复式的叙事结构以及集体人物作为童话中极为常见的叙事元素，其蕴含的价值与意义也是十分丰富的，以上解读只是以《五个孩子与沙地精》为例，从童话伦理教诲功能的角度对其中的一些问题进行了初步探讨，还有大量的问题有待进一步的挖掘与研究。

## 第三节　《随风而来的玛丽阿姨》：成人在<br>儿童道德成长中的作用

一个值得玩味的现象是，在《彼得·潘》、《五个孩子与沙地精》和其他大多数童话文本中，当儿童经历神奇的事件时，那些与儿童存在亲密关系与紧密联系的成人形象——例如父母、老师、保姆等，总是处于缺席状态。童话中成人的缺席自有其理由。一方面，从叙事的角度看，成人的存在会对儿童顺利地进入童话世界造成阻挠，不利于童话奇幻叙事的展开。试想，如果彼得·潘进入温蒂他们的卧室时达林夫妇在场，西里尔他们是和自己的父母一起遇见沙地精，那么所有的神奇事件就都无法发生了。另一方面，从童话的伦理教诲功能的角度看，由于成人与儿童相比具有更为成熟的

---

① Nesbit，Edith，*Wings and the Child：Or，The Building of Magic Cities*（New York：Hodder and Stoughton，1913），p. 97.

理性意志，也更清楚自由意志的危害，而且通常会对儿童进行管控和约束，这就不利于童话文本充分地展现儿童的自由意志及其危害，自然也就无法让儿童因为放纵自己的自由意志而闯下祸端、吃到苦头。这就既不利于儿童读者对童话中的人物和事件产生感同身受的认同感，也无法顺利地实现童话的伦理教诲功能。

但是，文学毕竟不能等同于现实。在现实生活中，儿童的成长过程是必须有成人参与其中的。儿童伦理道德观念的培育与成长是一个漫长而艰难的过程，在成长的道路上，儿童需要得到来自成人的帮助与引导，进而帮助他们更快更好地实现自己的成长目标。也正是基于成人在儿童成长过程中所能发挥的重要作用，很多童话作品在给予儿童有益于成长的教诲的同时，还通过塑造一些在儿童成长过程中起到不同作用的成人形象，就成人应该如何正确有效地帮助儿童实现成长提出了很多富有启发价值的建议。本节通过对英国童话作家帕·林·特拉芙斯的代表作《随风而来的玛丽阿姨》的分析，就成人在儿童成长过程中所肩负的责任，以及成人应该如何在儿童道德成长过程中发挥积极有效的引导作用进行一定的探讨。

## 一 成人的身份及其道德责任

特拉芙斯起初并不是一个专业作家，她曾经当过演员、秘书和记者，文学创作只是她的业余爱好。但是，1934年出版的童话作品《随风而来的玛丽阿姨》彻底改变了特拉芙斯的人生。这部童话乍一问世便在英国和美国引起了轰动，而后迪士尼公司又将它搬上银幕，更使得玛丽阿姨成为欧美家喻户晓的人物形象。《随风而来的玛丽阿姨》取得的成功激发了特拉芙斯的创作动力，此后她又接连写出了六部以玛丽阿姨为主人公的系列童话，即所谓"玛丽·波平斯系列童话"。① 特拉芙斯凭借这七部作品一举跻身于英国一流儿童文学作家的行列，而这七部系列作品中的第一部，也就是特拉芙斯的成名作《随风而来的玛丽阿姨》，也当之无愧地被视为英国儿童文学史上最重要的经典之一。

不过，和《随风而来的玛丽阿姨》所具有的经典地位以及在读者中受到欢迎的程度相比，学术界对这部作品的关注显然是不够的。和已经蔚为大观的《彼得·潘》研究、达尔研究、内斯比特研究相比，对特拉芙斯和她的"玛丽·波平斯系列童话"的研究显得要冷清得多，不仅研究论文数量偏少②，而且很多重要的童话研究专著，例如曼诺夫的《英国童话小说发展史》和齐普斯的《童话何以永恒》（*Why Fairy Tales Stick*）等，对特拉芙斯和她的作品也只是一笔带过。而在中国学术界，更是连一篇研究特拉芙斯的论文都没有。究其原因，并非是学术界无视特拉芙斯和"玛丽·波平斯系列童话"的经典地位，③ 而是因为这部作品在众多儿童文学经典中显得非常特别。由于儿童文学以儿童为主要目标受众，因此，通常儿童文学作品中最重要的人物形象都是儿童形象，或是以儿童为原型的拟人化动物形象。但是，在《随风而来的玛丽阿姨》和"玛丽·波平斯系列童话"的其他作品中，玛丽阿姨这一成人形象

---

① 作品按照出版顺序依次为 *Mary Poppins*（1934），*Mary Poppins Comes Back*（1935），*Mary Poppins Opens the Door*（1943），*Mary Poppins in the Park*（1952），*Mary Poppins from A to Z*（1962），*Mary Poppins in the Kitchen*（1975），*Mary Poppins in Cherry Tree Lane*（1982），*Mary Poppins and the House Next Door*（1988）。这一系列作品又被统称为 *Mary Poppins*。在中文语境中，人们习惯于将第一部童话称为《随风而来的玛丽阿姨》，以示与系列童话统称的区别。

② 以 Gale 网络数据库子库 Literature Resource Center（文学资源中心）检索为例，输入 Mary Poppins 进行关键词检索，仅能检索到 80 篇相关参考文献，输入 Peter Pan 则可以检索到相关文献 276 篇。

③ 西方学术界对特拉芙斯和她的作品的评价一直很高，例如杰克·齐普斯就曾在《剑桥童话研究指南》中将特拉芙斯和她的作品列为专门的词条并加以盛赞，详见 Zipes, Jack, eds., *The Oxford Companion to Fairy Tales: The Western Fairy Tale Tradition from Medieval to Modern*（Oxford: Oxford UP, 2000），p. 528.

却"喧宾夺主"，成为作品的中心人物。与她光彩熠熠的形象相比，作品中的儿童形象则明显处于从属地位，显得黯然失色。科林·曼诺夫认为，在《随风而来的玛丽阿姨》里，儿童形象甚至可以忽略不计，因为他们已经"被弱化为一个神奇的、天使般的保姆阿姨身边的可有可无的角色"①。曼诺夫的观点基本上代表了学术界对《随风而来的玛丽阿姨》的共识。

确实，按照惯常的儿童文学研究思路，无论是从儿童性的角度研究，还是从儿童受众心理的角度研究，或是从文本游戏精神的角度研究，都很难在一部以成人形象为中心人物的文本中找到特殊的研究价值。因为这些研究思路都是以"儿童"作为研究的出发点和重心，所以一旦文本中的儿童形象处于边缘化的地位，就难以找到合适的研究切入点。从这个意义上说，以往学术界对《随风而来的玛丽阿姨》的冷落也是情有可原的。但是，如果调整一下切入的角度，我们就能发现这部作品的特殊价值：正因为《随风而来的玛丽阿姨》是以塑造成人形象为创作重心，所以它的受众就不仅仅包括儿童，还包括成人。所以，这部童话不仅能让儿童读者在阅读的时候收获阅读的乐趣，更能让成人读者获得有益的启发，认识到成人在儿童成长过程中应该如何发挥积极有效的作用，从而帮助儿童顺利地实现成长。

玛丽阿姨是班克斯先生家的保姆。事实上，在各类儿童文学作品当中，保姆形象并不少见，例如《彼得·潘》里的南娜和《五个孩子与沙地精》里的玛莎都是塑造得非常成功的保姆形象。如果将视野拓展到儿童文学之外，我们还能找出《飘》（*Gone with the wind*）里被斯嘉丽称为妈咪的玛格丽特，以及《喧哗与骚动》（*The Sound and the Fury*）中被昆丁兄妹视为母亲的迪尔西等经典的保姆

---

① Manlove, Colin, *From Alice to Harry Potter*: *Children's Fantasy in England* (Christchurch: Cybereditions, 2003), pp. 77 – 78.

形象。但是，即便是和这些经典的保姆形象相比，玛丽阿姨也显得毫不逊色，甚至可以说是魅力独具，因为她拥有其他保姆所不具备的一项神奇的能力，那就是魔法。通过对《五个孩子与沙地精》的分析可以发现，童话中的魔法之所以对儿童具有强大的吸引力，就是因为它能够满足儿童在日常生活中无法满足的各种欲望和好奇心。对于已经习惯了平淡无奇的日常生活的孩子们而言，当他们看到玛丽阿姨撑着一把雨伞从天而降，从她那个空空的手提袋中依次拿出一条围裙、一块肥皂、一把牙刷、七套睡衣，甚至还有一张行军床时，马上就能明白"将要发生不同寻常的事情了"①。玛丽阿姨没有让孩子们失望，在来到班克斯先生家后，她一次又一次地施展了自己的神奇本领：她能听懂动物的语言，她能随心所欲地在空中飞翔，还能在晚上将孩子们白天吃剩的姜饼用糨糊刷到天上，变成一颗颗明亮的星星。正是这些神奇的本领让班克斯家的孩子们和所有的儿童读者都被玛丽阿姨深深地吸引住了。玛丽阿姨之所以成为儿童文学史上最受读者喜爱的一个保姆形象，她的魔法可谓是功不可没的。

那么，玛丽阿姨是否也像沙地精那样，仅仅是因为神奇的魔法而受到众多读者的喜爱呢？显然不是。这里不妨将玛丽阿姨和沙地精做一个简单的对比。沙地精虽然和玛丽阿姨一样可以使用魔法，但它只是一个被动的魔法的施放者，至于施放怎样的魔法，儿童试图通过魔法满足的欲望是否合理，自己施展的魔法是否会产生不良后果等问题，沙地精从不过问，也不会负责。但玛丽阿姨不同，在文本中，她拥有一个特定的身份，那就是班克斯先生家的保姆，正是这一特定的身份赋予了玛丽阿姨特定的责任。任何一个社会个体都身处于一个由各种人际关系编织而成的社会关系网络中，并且通

---

① Travers，P. L.，*Mary Poppins*（New York：Houghton Mifflin Harcourt，1997），p. 14. 所有文本引文均译自该版本，不再一一注明。

过与其他社会个体的社会关系获取自己的身份，例如父母、子女、教师、学生，等等。人的身份是在与他人的关联中建立的，这也意味着任何一种身份其实都承载着对他人的责任，例如父母的身份承载着抚养和教育子女的责任，子女的身份承载着孝敬父母、赡养老人的责任。简单地说，身份就意味着责任。所以，责任并不是一个空洞的口号，而是由一个人所拥有的不同身份所承载的各项具体责任所构成的，而且，切实履行与自己身份相匹配的责任也是一个人应该遵守的最基本的伦理规范。玛丽阿姨的身份是班克斯家的保姆，而她是否切实履行了这一身份所赋予她的责任，才是读者们对她做出褒贬评价的最重要的依据。

顺着这一思路就不难发现，玛丽阿姨的魅力其实不仅来自她神奇的魔法，同时也来自她对自己责任的恪尽职守。作为一个保姆，照料和陪伴班克斯家的孩子们是玛丽阿姨的基本责任，而玛丽阿姨也完美地履行了自己的职责。她与孩子们共同起居，形影不离，而且还特意把自己的床架设在芭芭拉和约翰的两个小床之间，以便夜间能随时起身照料这两个婴儿。在孩子们晚上睡觉之前，她会给他们讲一个动听的故事，还会给他们喂上一勺有助于健康的神奇药水。为了孩子们能够快乐地生活，玛丽阿姨甚至主动承担起不应由一个保姆来承担的额外职责，例如她会自掏腰包为孩子们购买美味的食物，利用休息时间带孩子们出去游玩。当然，更重要的是，玛丽阿姨用她神奇的魔法给孩子们带来了无穷的快乐。就像朱自强教授所说的，在幻想类文学作品中，"魔法总是达到一定目的的手段"①。而在《随风而来的玛丽阿姨》中，玛丽阿姨显然是将魔法当作给孩子们带来快乐的重要手段。她把孩子们带到自己的叔叔贾透法先生家，让他们享受了一顿悬浮在天花板上的晚餐。在自己生

---

① 朱自强、何卫青：《中国幻想小说论》，少年儿童出版社，2006，第174页。

日的那天晚上，她带着孩子们来到了动物园，让他们与会说话的动物们一起玩耍。玛丽阿姨还有一个神奇的指南针，只要她报出一个方向，指南针就能带着孩子们飞快地环游世界，刚刚还在北极，马上就来到了中国。正如有位学者指出的，班克斯家的孩子"从玛丽阿姨那里得到的关爱与照料比从他们父母那里得到的还要多"①。对于这样一个对儿童关怀备至，而且会时不时给孩子们带来意料之外的惊喜的保姆，无数的儿童读者为之痴迷自然也就是情理之中的事情了。

保姆是玛丽阿姨在班克斯家的特定身份，除此之外，她还拥有另一个更加具有普遍性的身份，那就是"成人"。如果说任何一个身份都承载着一定的责任的话，那么，"成人"这一身份又赋予了玛丽阿姨怎样的责任呢？要想解释这个问题，首先就必须弄清成人这一身份所具有的特定伦理内涵。儿童与成人是一组二元对立的身份概念，两者的区别既是生理上的，也是伦理上的。从文学伦理学批评的角度说，成人和儿童身上都是同时存在兽性因子和人性因子的。但是，由于成人具备比儿童更为成熟的理性意志和伦理道德观念，所以，在正常情况下，成人的人性因子作为主导因子可以有效地约束和压抑兽性因子，即用自己的理性意志去约束和控制自己的自然意志和自由意志，从而使自己的行为合乎伦理，而不是像儿童那样放纵自己的自然意志和自由意志。这既是成人与儿童的一个重要区别，同时也是成人这一身份所具有的特定伦理内涵。

成人身份的伦理内涵决定了成人对儿童承担着不可推卸的道德责任。儿童道德成长的过程从本质上说就是学会用理性意志约束自然意志和自由意志的过程。但是，由于儿童的理性意志尚不成熟，而他们的自然意志和自由意志又是来自人类的动物天性，代表了一

---

① Valverde, Cristina Perez, "Magic Women on the Margins: Eccentric Modelsin Mary Poppins and Ms Wiz", *Children's Literature in Education*, Vol. 40, No. 4 (2009), p. 264.

种本能的力量，所以极易摆脱理性意志的控制。因此，如果成人在儿童成长过程中采取放任和不作为的态度，儿童是无法独立接受伦理启蒙，并且实现道德成长的。这也就意味着，在儿童的伦理启蒙和道德成长过程中，具备成熟的理性意志的成人必须承担起给予儿童正确的教导和培养，帮助他们顺利成长的责任。所谓"养不教，父之过，教不严，师之惰"说的正是这个道理。事实上，很多童话作品都表达了类似的观点，例如在《五个孩子与沙地精》中，内斯比特就讲过类似的故事。有一天，孩子们一时冲动，向沙地精提出了希望小羊羔马上就长大成人的愿望。于是，原本只有两岁的小羊羔一下子就变成了一个年轻的壮汉。突然长大的小羊羔对哥哥姐姐的各种规劝和告诫嗤之以鼻，一心要去赌博酗酒，路上还和陌生女孩搭讪，简直"就是一个恶棍"。小羊羔突然长大之后表现如此恶劣的原因，正如罗伯特事后感叹的，"如果他按正常的方式长大，就有足够的时间去慢慢调教他。今天之所以出现这么可怕的事情，就是因为他突然长大，根本来不及调教"。内斯比特其实是借罗伯特的口吻陈述了儿童无法独立完成伦理道德意义上的成长的客观事实，并且强调了成人的正确引导和培养在儿童成长过程中的不可或缺的重要作用。

班克斯家的孩子们无疑是幸运的，因为玛丽阿姨承担起了一个成人对于儿童应该负有的道德责任。在童话中，玛丽阿姨在儿童的道德培育与养成上倾注了大量的心血。她一方面以身作则，为儿童树立了可以效仿的道德榜样，从而给予儿童正面的道德示范，另一方面，她还结合儿童斯芬克斯因子的具体特征，对他们进行了有针对性的教育和引导，从而给文本的成人读者就如何帮助儿童顺利实现成长的问题提供了有益的参考和借鉴。

## 二 作为道德榜样的玛丽阿姨

玛丽阿姨是一个寡言少语的人。在文本中，我们很少看到她通过言语对儿童进行道德灌输和训导，仅有的几次对迈克和简的训诫，也都只是言简意赅的一句话。就像特拉芙斯在一次接受访谈时所说的，"我不会让玛丽阿姨告诉你该做什么"，"我所做的一切，只是让她去暗示，去提醒"①。更多的时候，玛丽阿姨都是以身作则，通过自己的言行举止，为儿童做出道德榜样，从而给予儿童无言的教导，在潜移默化中帮助儿童形成正确的伦理道德观念。

玛丽阿姨给儿童做出的最重要的榜样就是她对待生活的乐观态度。玛丽阿姨是一个神通广大的女巫，只是因为风向的原因被困在了班克斯先生一家居住的小镇。拥有无所不能的法力的玛丽阿姨并不觉得拿着微薄的薪水，做一个伺候人的保姆是一件丢人的事情。相反，她随遇而安，很乐意在班克斯家一直待到风向变了为止。班克斯家的生活单调而平淡，但玛丽阿姨总能想出一些方法让自己的生活变得多姿多彩。她会带着孩子们去造访自己的叔叔贾透法先生，一边呼吸着让人开心的"笑气"，一边飘在天花板上享受丰盛的晚餐。她会在带着迈克和简到广场上游玩时顺便和鸽子们聊天，还会在带着约翰和芭芭拉出门晒太阳时和路过的小狗愉快地交谈。而且，她还忙里偷闲，在小镇上结识了令她心仪的异性赫伯特先生。赫伯特是一个卖火柴的贫穷小贩，甚至赚不到足够的钱请玛丽阿姨吃她最喜欢的木莓果酱蛋糕，但玛丽阿姨对此毫不介意。虽然没有优越的物质条件，但这对情侣却依然能够想方设法在生活中为自己创造快乐，例如他们曾运用魔法钻到赫伯特画在墙上的一幅风

---

① Plimpton, George. eds., *Women Writers at Work* (New York: Modern Library, 1998), p. 136.

景画中去度过了一个愉快的下午。在给孩子们讲述这段风景画中的经历时，玛丽阿姨特意提醒他们："每个人都应该有自己的童话世界。"这就是说，任何一个人，无论他拥有的财富是多是少，社会地位是高是低，都应该努力在生活中寻找快乐，创造快乐。事实上，乐观的生活态度是每一个人都应该具备的一个最基本的品质，也是成人能够给予儿童的最宝贵的精神财富。成人对于儿童的未来会有很多期许，但所有这些期许其实都指向了一个目的，那就是希望儿童以后能够拥有幸福快乐的生活，而积极乐观的生活态度正是人类幸福与快乐最重要的源泉。很多家长非常重视对子女的教育，对子女要求也很严格，但却一味地鼓励子女勤奋上进，告诉他们唯有吃得苦中苦，方能成为人上人，却相对地忽视了引导孩子发现生活中的美好，体味生活中的快乐。这种失之偏颇的教育倾向，对儿童而言，其实未见得是一件好事。

　　除了积极乐观的生活态度，玛丽阿姨还有着对于是非善恶非常明确的判断。对于友善的人们，玛丽阿姨总是彬彬有礼。当接收到善意的问候时，她总是微笑着点头致意，如果对方是长者，她还会向对方深深地鞠上一躬。在他人遇到困难的时候，她总是乐于提供力所能及的帮助，哪怕是身为动物的流浪狗威洛比和孤独的椋鸟先生，都得到过她的帮助。但是，面对一些人的恶德败行，玛丽阿姨也会嗤之以鼻，甚至会毫不手软地加以惩戒。在遭遇肉铺老板和鱼铺老板的轻佻搭讪时，玛丽阿姨厉目以对，不怒自威，让对方恨不得地上有个洞可以钻进去。拉克小姐为人势利，连家里的门都开了两扇——一扇留给自己和其他"高贵"的朋友，另一扇则是留给"卑微"的仆人。在她的眼中，连狗都有社会地位的区分，它的宠物狗安德鲁是自己的心肝宝贝，而其他狗全部都是下流的贱种。为了惩罚拉克小姐，同时也为了帮助流浪狗威洛比找到新家，玛丽阿姨在安德鲁的帮助下，好好地教训了拉克小姐，让她在邻居们面前颜面尽失，而且迫使她收留了威洛比。海军上将布姆先生为人粗鲁，对待仆人和邻居都极不友善，他人的言行稍微违背他的心愿，他便会大发雷霆。为了惩罚布姆先生，玛丽阿姨干脆施展法力，将他变到动物园的笼子里，任凭他像野兽一样在笼子里号叫。儿童道德成长的关键是增强儿童的理性意志，而理性意志的核心便是分辨善恶的能力。因为只有具备了分辨善恶的能力，儿童才能以此为基础，对自己和他人的行为进行道德判断，从而扬善避恶。通过自己惩恶扬善的举动，玛丽阿姨不仅告诉儿童如何区别善恶，还告诉他们善恶各自有报，行善能够得到他人的认可与尊重，而作恶则一定会遭到惩罚。这就强化了儿童关于是非善恶的观念，使他们在面对是非善恶时能做出正确的选择。

李利安·史密斯认为玛丽阿姨"总是出人意料，却有着正直的道德观"[1]，这个评价是非常准确的。玛丽阿姨不仅用她神奇的魔法给孩子们带来了无数的欢乐和意外的惊喜，同时也通过自己的以身作则，为儿童做出了良好的道德表率，起到了一个道德榜样在儿童成长过程中应该发挥的积极作用。虽然她并没有通过语言对儿童进行道德观念的灌输，但是，由于儿童有模仿的本能，所以成人在行为上的示范往往比口头上的说教具有更强的感染力与说服力，[2] 著名教育家苏霍姆林斯基在探讨教师职责时也强调了榜样的力量，他说："儿童的心灵是敏感的……如果教师诱导儿童学习好的榜样，鼓励仿效一切好的行动，那么，儿童身上所有缺点就会没有痛苦和

---

① 〔加拿大〕李利安·H. 史密斯：《欢欣岁月》，梅思繁译，湖南少年儿童出版社，2014，第 4 页。

② 现代心理学已经通过大量实证研究证明了成人的榜样在儿童的技能学习和道德养成上的重要性，并用"观察学习"（observational learning）这一术语指称儿童通过观察学习知识和伦理道德观念的行为。而且不只人类，很多动物，例如鸽子、章鱼、座头鲸等，都能在观察同类乃至其他物种个体的表现后改变自己的行为。详见〔美〕理查德·格里格、菲利普·津巴多：《心理学与生活》（第 16 版），王垒、王甦译，人民邮电出版社，2012，第 187 页。

创伤地，不觉得难受地逐渐消失。"① 事实上，中国古代的教育理念对成人在儿童成长中的作用一直有着清楚的认知和主张，无论是孔子所说的"其身正，不令则行；其身不正，虽令不从"②，还是孟子所说的"教者必以正"③，还是《颜氏家训》中所说的"夫风化者，自上而行于下者也，自先而施于后者也，是以父不慈则子不孝"④，都是在强调"身教"要胜于"言传"的主张。但是，无论是在文学文本中，还是在现实生活中，总有一些成人，虽然勤于对儿童进行道德说教，但自己却没有以身作则，为儿童做出良好的表率。一些家长教导子女不要整天玩手机，自己却捧着手机和平板电脑玩个不停；一些家长告诫子女要用心读书，自己却通宵达旦地混迹于牌桌之上；一些家长告诉孩子要孝顺父母，自己却对父母不闻不问……这些不良的示范不仅会让父母对子女言语上的教导徒劳无功，而且还会引起儿童的效仿，对儿童的成长造成极大的不良影响。

当然，玛丽·波平斯也并非是一个十全十美的人物形象。她脾气比较火爆，而且一旦忙碌起来就更容易发脾气。玛丽阿姨还特别喜欢时尚的衣着，总想让别人看到自己最漂亮的样子。作为一个年轻的女性，玛丽阿姨爱美与追求时尚显然是无可厚非的，但问题在于玛丽阿姨做得有些过了头，几乎可以说是有些"臭美"了。每次路过商店的橱窗时，她都要对着镜子照上半天，特别是在自己穿上漂亮的衣服时，她会"高兴得直叹气，越看越觉得自己可爱漂亮"，甚至觉得"从来没有人能像这样漂亮"，以致孩子们每次陪她路过橱窗时心里都会发毛。玛丽阿姨还有些爱贪小便宜，特别是在购物

---

① 〔苏〕瓦·阿·苏霍姆林斯基：《要相信孩子》，王家驹译，教育科学出版社，1981，第6页。
② 杨伯峻译注《论语译注》（第2版），中华书局，1980，第136页。
③ 杨伯峻译注《孟子译注》，中华书局，1960，第178页。
④ 王利器集解《颜氏家训集解》，上海古籍出版社，1980，第53页。

的时候，会显得过分斤斤计较，甚至在圣诞节这样一个美好的日子里，她都会因为一块肥皂的价格问题和装扮成圣诞老人的售货员争得面红耳赤，引得路人侧目。学界对玛丽阿姨的原型多有揣测，希腊神话中的地母盖亚，基督教的圣母马利亚，甚至包括特拉芙斯的母亲，都被视为玛丽阿姨潜在的原型。对于这些揣测，特拉芙斯一律予以了否定。在一篇自述中，特拉芙斯说道："你在任何一个地方都可以找到她（玛丽阿姨）。在大街上随便挪个步子，就能碰到玛丽阿姨。"[①] 这其实就是在告诉读者，如果真要给玛丽阿姨找一个原型的话，那么，这个原型就是现实生活中所有的成人。玛丽阿姨就像现实生活中的人一样，有优点也有缺点。但是，正所谓人无完人，也正是因为这些缺点的存在，才使得玛丽阿姨这一人物形象显得格外真实与鲜活，而不至于沦为一个抽象的道德符号。

如果说成人高尚的道德行为能给儿童正面的道德引导的话，那么，成人身上的种种不良行为同样也会被儿童模仿，从而给儿童的成长造成负面影响。在很多文学作品中，我们都清楚地看到不良的成人榜样对儿童施加的不良影响。例如《女巫》里的布鲁诺、《哈利·波特》里的达力、《简·爱》里的约翰·里德，以及《呼啸山庄》里童年时期的哈里顿，这些儿童形象的不良行为和品质，其实都是源于对身边成人的效仿。事实上，即便是堪称道德榜样的玛丽阿姨，她身上的一些缺点也依然会给儿童造成不良影响。在去商店采购过圣诞节所需的物品时，玛丽阿姨只顾着给自己挑选作为圣诞礼物的漂亮衣物，将其他人完全抛在脑后。她的不良示范也引起了孩子们的效仿。迈克想买一辆玩具火车，却说要将这个礼物送给爸爸，然而在爸爸上班时候他可以代为保管；而简则为自己选中了一辆童车，却说想把这个礼物送给妈妈，但是妈妈可以借给她。这

---

① Travers, P. L., "If She's not Gone, She Lives there Still", *Myth Tradition and Search for Meaning*, Vol. 3, No. 1 (1978): 89.

时，他们遇到了七姊妹星团①（Pleiades）里的玛雅。由于其他的姊妹在天上忙着为人类制作和储存春雨，玛雅特意来到人间为她们购买圣诞礼物。玛雅为所有的姊妹都挑选了礼物，却唯独没有考虑到自己。玛丽阿姨看到玛雅无私的举动，为自己的行为感到羞愧。于是，她将自己最心爱的毛皮手套当作圣诞礼物送给了玛雅。成人也有自由意志，也会在自由意志的驱使下犯下错误，玛丽阿姨身上的缺点，例如挑选礼物时显示出的自私，就是她的自由意志的体现。成人固然无法避免犯下错误，但一定要正确面对自己的错误，并且积极地反思和改正错误。玛丽阿姨在意识到了自己的自私之后，马上改正了自己的错误，并且通过向玛雅赠送礼物表达了对于玛雅无私行为的敬意，以及对于自己错误行为的忏悔，从而为孩子们做出了正确的道德示范，告诉他们要勇于正视和改正自己的错误，用理性意志去反思和纠正自己因为自由意志犯下的错误。从这个角度看，成人对于自身错误的忏悔与纠正，本身也起到了道德榜样的作用。

成人的自由意志是客观存在的，这就决定了成人要想为儿童树立正确的道德榜样，履行自己对儿童负有的道德责任，并不是一件容易的事情。因为这要求成人高度自律，对自己的自由意志时刻保持高度的警惕，运用严格的道德标准来衡量自己的行为，用萨特的话说，就是"不管什么人，也不管碰上什么事情，总好像全人类的眼睛都落在他的行动上，并且按照这种情况约束他的行为"②。即便是偶尔犯下错误，也一定要勇于承认，积极改正，从而使自己的道

---

① 七姊妹星团又称昴宿星团，位于金牛座，是距离地球最近的疏散星团之一。一般肉眼能看到六颗星，受天气等条件影响，第七颗星时隐时现，所以在西方出现了第七颗星星经常会离开天空来到人间的传说，特拉芙斯显然是借用了这一典故。中国古代也有类似传说。中国古人将这七颗星视为七个仙女，因为其中一颗星会突然消失，民间便开始流传所谓"七小妹下嫁人间"的传说。

② 〔法〕让-保罗·萨特：《存在主义是一种人道主义》，周煦良、汤永宽译，上海译文出版社，1988，第11页。

德不断趋向完善。唯有如此，成人才能够在儿童面前起到良好的道德表率的作用。从这个意义上说，成人帮助儿童实现道德成长的过程，其实也是一个在伦理道德层面进行自我提升，自我修炼，和儿童一起成长的过程。

### 三　理解儿童的自然天性

当然，在帮助儿童顺利地实现道德成长的过程中，如果成人仅仅只是起到以身作则的示范作用，显然也是不够的。无论是在儿童的伦理混沌阶段，还是在儿童的道德成长阶段，成人都必须给予儿童具体的帮助与指导，唯有如此，才能帮助儿童顺利实现成长。事实上，几乎所有的成年人都能够清楚地意识到这一点，并且愿意努力帮助儿童实现成长。然而，无论是在文学文本中，还是现实生活中，很多成年人在培养儿童方面投入了大量的时间和精力，却没有收到应有的成效，甚至有时还会引发成人与儿童之间的矛盾和对立。那么，成人到底应该采取怎样的教育与指导方式，才能在儿童成长过程中提供积极有效的帮助？这就成为每一个成人在培养儿童的过程中都必须面对的问题。对此，《随风而来的玛丽阿姨》给出了自己的解释，那就是成人在帮助儿童成长的过程中，必须充分理解儿童的自然天性，并且结合儿童的自然天性对他们进行因势利导的培养，否则便难以取得良好的教育效果。

什么是儿童的自然天性？本书在分析《维尼·菩的世界》、《女巫》以及《彼得·潘》时，已经对这个问题有所论及，这里不妨做一个简要的回顾与总结。儿童身上既有兽性因子，也有人性因子。兽性因子是人类在进化过程中动物本能的残余，包括自然意志和自由意志，而人性因子则是人类通过接受后天的教化和培养而形成的伦理意识，其核心是能够辨别善恶的理性。对于处于伦理混沌阶段的儿童而言，他们只是通过生物性选择而具备了人的外在形式，还没有通过伦理启蒙获取人类应有的伦理意识，因此，他们的行为主要受自然意志的驱使。而对于已经接受了伦理启蒙的儿童而言，由于他们的理性意志还不成熟，所以还无法对自己的自由意志形成有效控制，其思想和行为主要由自由因子所决定。我们通常所说的儿童与生俱来的自然天性，其实就是儿童身上的兽性因子，也就是他们的自然意志和自由意志。

《随风而来的玛丽阿姨》对儿童的自然天性进行了清楚的展示。约翰和芭芭拉是一对还处于伦理混沌阶段的双胞胎婴儿，他们的自然天性主要表现为兽性因子里的自然意志。这对双胞胎和大自然之间有着神奇的亲密关系，他们能够听懂风的语言，还能和照进卧室的阳光愉快地交谈。他们会将自己的饼干拿出来和椋鸟先生一起分享，而后又和它发生争执，吵得不亦乐乎。"树说的话，还有太阳和星星的语言"，他们都能听得懂。玛丽阿姨告诉他们，其实每个人在儿时都能听懂这些大自然的语言，只是后来都丧失了这种能力，"因为他们长大了"。通过这段带有奇幻色彩的描写，文本向读者讲述了一个道理。人类来自自然，而且在大自然中经历了漫长的进化过程，长期与自然的亲密接触使得人类的兽性因子，尤其是人类的自然意志，一直保留着对大自然出于本能的强烈亲近感。就像爱默生所说的，人类可以在自然中"看到某种与他自己的本性一样美丽的东西"，"这种快乐的力量不在自然当中，而在人身上，或者说，在于二者的和谐之中"①。人类对大自然的本能亲近会作为儿童的一种自然天性表现出来，约翰和芭芭拉能够与大自然中的万事万物亲密地交谈，正是儿童亲近自然的天性的一种形象化的展示。

迈克和简则与约翰和芭芭拉不同。由于他们接受了伦理选择，

---

① 〔美〕R. W. 爱默生：《自然沉思录》，博凡译，上海社会科学院出版社，1993，第6页。

所以他们的自然天性主要体现为兽性因子里的自由意志。迈克和简都很顽皮，尤其是迈克，甚至可以说他非常顽劣。有一天，迈克醒来之后，"觉得心里有一种古怪的感觉"，"他知道他在变得淘气"。于是，迈克特意穿上了只有节假日才会穿上的最好的衣服，然后将衣服弄得脏兮兮的。他下楼的时候故意用脚踢楼梯的栏杆，因为他知道这样可以吵醒屋里所有的人。他把安德鲁的尾巴拴到了栏杆上，还故意撞翻了艾伦手中的水杯，踢了布丽太太一脚，将父亲的办公桌搞得一塌糊涂。迈克并不是一个坏孩子，他做出的这些坏事也不是刻意为之，当他做出那些无法无天的事情时，"连他自己都感觉到吃惊"。但是，由于理性意识的淡薄，他无法遏制自己的自由意志，也就无法遏制淘气的冲动。每当他做出淘气的事情时，他就感受到一种自由意志得以宣泄的快感，这让他"觉得非常痛快"。可见，迈克的顽劣其实就是儿童自然天性中自由意志的一种展现。

在自然天性的驱使下，儿童的思维方法和行为方式都与成人有着很大的区别。然而，很多成人都忽视了儿童的天性，将成人的思维方式和伦理标准不加变通地运用到儿童身上，在教育和培养儿童的过程中采取了错误的方式。约翰和芭芭拉得知自己长大后将会失去和大自然顺畅沟通的能力，难过得哭了起来，但班克斯太太却自以为是地认为孩子们是因为正在长牙而感到难受。结果她越是温柔地抚慰孩子，孩子就越是因为遭到误解而哭得更加厉害。在迈克淘气时，班克斯太太也只是简单粗暴地通过叱责和罚站来对他加以惩罚。成年人犯了错误当然应该接受惩罚，但是迈克只是一个儿童，他犯错是因为无法遏制自己的自由意志，所以这时最重要的是采取有效的方式帮助他遏制自己的自由意志，而不是简单地加以惩罚。事实证明，这些惩罚非但没有让迈克停止淘气，反而激发了他的逆反心理，让他"凭着他的淘气劲做出更多可怕的事情"。姜饼店的老板科里太太做事严谨，一丝不苟。对于成人来讲，这是一个优点。但科里太太的问题就在于忽略了儿童自由活泼的天性，将要求自己的标准套用在两个女儿身上，只要女儿犯一点错误，她便加以责备和怒骂。结果，她的两个女儿做什么事情都畏畏缩缩，连说话都"透着一股忧伤的气息"，脸上也满是忧愁，完全没有了少女应有的朝气与活力。这些例证充分说明，成人对儿童的教育必须以尊重儿童的自然天性为前提，否则非但无法取得预期的教育效果，甚至还有可能对儿童造成不良影响乃至伤害。卢梭（Jean-Jacques Rousseau）对于成人这种不加变通地将适用于自己的思维方式和伦理标准强加在儿童身上的行为打过一个形象的比方："（成人）要强使一种土地滋生另一种土地上的东西，强使一种树木结出另一种树木的果实……必须把人像花园中的树木那样，照他喜欢的样子弄得歪歪扭扭。"①

玛丽阿姨则不同，她了解儿童的自然天性，而且总是结合儿童的自然天性，采用有针对性的方法对他们进行培养和教育。第一天到班克斯先生家时，玛丽阿姨就展现出她对儿童自然天性的理解与尊重。在晚上给孩子们喂药水时，孩子们表现出明显的排斥情绪。玛丽阿姨知道怕苦不愿吃药是儿童的天性，所以她没有用成人的权威迫使孩子们服从自己的命令，而是将药水变成了他们各自喜欢的口味：迈克喝到的是冰草莓汁，简喝到的是橙汁，而双胞胎婴儿喝到的则是牛奶。结果，原本不愿吃药的孩子们马上改变了态度，从此不再排斥吃药。玛丽阿姨知道儿童对大自然有着本能的亲近，所以，尽管身处城市之中，她依然努力地给孩子们提供亲近大自然的机会。她不仅把孩子们带到广场去喂鸽子，而且还施展法力，让迈克和简懂得了动物的语言，带他们参加动物们的狂欢节，让孩子们在和动物们愉快玩耍的过程中明白了大自然中的万事万物都享有平

---

① 卢梭：《爱弥儿》，李平沤译，商务印书馆，1978，第5页。

等的权利，人类无权凌驾于其他生灵之上的道理。在童话的结尾，当玛丽阿姨离开班克斯家时，孩子们对她依依不舍，甚至难过得号啕大哭。孩子们之所以对玛丽阿姨如此留恋，就是因为玛丽阿姨从不压抑他们的自然天性，而是结合他们的自然天性给予他们正确的引导和培养，让他们得以在快乐中成长。《礼记·学记》中陈述过一个重要的教育理念，那就是"不陵节而施之谓孙"①，意即教育活动不能超过受教育者的接受能力。正所谓人同此心，心同此理，可以说，来自英国的玛丽阿姨无意中为中国古代的一个教育理念做出了生动的诠释。

当然，由于儿童还没有能力有效地对自由意志实现自我控制，所以，当他们的自由意志泛滥的时候，成人对儿童施加适度的批评和惩罚也是有必要的。班克斯先生作为孩子们的父亲，他最大的问题就在于对自己的子女过分放纵。他整天忙于工作，和孩子们唯一的交流就是每天下班之后将零花钱交给孩子们，让他们放到存钱罐里去。在班克斯先生看来，自己的主要责任是赚钱养家，只要给了孩子足够的零花钱，他就尽到了作为父亲的责任，所以完全忽略了对孩子的约束和管教。对于迈克和简的顽皮，身为父亲的班克斯先生是负有不可推卸的责任的。玛丽阿姨则与班克斯先生不同。在处理儿童的自由意志时，她没有采取放任的态度，而是有赏有罚，即一方面借助一定的奖励来强化他们的理性意志，另一方面也通过无害的惩戒来削弱他们的自由意志。在迈克淘气时，她首先明确地告诉迈克，"你今天早晨在错误的一边下了床"，"而每张床都有一边对和一边错"。这其实就是在暗示迈克，他在自由意志和理性意志中做出了错误的选择，放纵了自己的自由意志。当天晚上，在迈克试图偷拿她的指南针环游世界时，玛丽阿姨并没有直接阻拦，而是

---

① 王文锦译解《礼记译解》，中华书局，2001，第517页。

采取欲擒故纵的策略，任凭迈克擅自使用魔法并令自己身处险境，让他从惩罚中接受教训。而就在迈克意识到了自己的错误并且大声呼救时，一直暗中守护在他身边的玛丽阿姨及时出现，将他带回了温暖的卧室。通过这次无害的惩罚，迈克意识到了放纵自由意志可能产生的危害，此前让他忍不住要淘气的那种"古怪的感觉"，也就是他的自由意志，也随之消失。作为对迈克知错能改的奖励，玛丽阿姨将那个神奇的指南针当作奖品送给了迈克，通过奖励来强化了他的理性意志。

正是得益于玛丽阿姨对儿童自然天性的尊重，以及她赏罚分明的教育策略，班克斯家的孩子们都在快乐中实现了成长。童话的结尾处有一段非常温馨的情节。由于看到迈克因为玛丽阿姨的离开而无比难过，所以简在他睡着之后，偷偷把玛丽阿姨送给自己的画像塞到他的手里。尽管这张画像是简无比珍视的礼物，但她还是告诉自己，"赶紧放，免得自己后悔"。然后，简帮弟弟塞好了被子，就像玛丽阿姨以前做的那样。简长大了，其他几个孩子也长大了，而他们的成长也正是得益于玛丽阿姨正确的帮助和引导。当然，儿童的道德成长是一个复杂的过程，特拉芙斯也不可能仅仅通过一部童话作品，就对儿童的道德成长中的诸多问题提出一个系统而完整的解决方案。更何况，在现实生活中，没有谁能够拥有玛丽阿姨这样神奇的魔法。但是，《随风而来的玛丽阿姨》中展示的一个基本教育思路，即理解儿童的自然天性，针对儿童的自然天性进行赏罚得当的教导和培养，无疑对于儿童教育是有着重要的启发意义的。而且需要特别指出的是，虽然《随风而来的玛丽阿姨》主要展现的是对处于道德成长阶段的儿童的教育方法和教育思路，但这些方法和思路对于教育处于伦理混沌阶段的儿童，其实同样也是适用的。

正如学界所公认的，一部真正优秀的儿童文学作品不仅应该适合于儿童读者，同时也应该适合于成人读者。只不过细分起来，这些优秀的作品适合于成人的原因并不相同。有的儿童文学文本是将成人读者带回到童年的欢欣岁月，让他们在对儿时的追忆中收获温馨与怀念，而有的儿童文学文本则是令成人读者在阅读过程中收获富有教益的启迪，告诉他们应该如何教育和引导儿童，帮助儿童顺利地实现成长。《维尼·菩的世界》和《彼得·潘》明显属于前者，而《随风而来的玛丽阿姨》则显然属于后者。

# 第三章

## 童话与伦理环境的净化

　　童话的一个重要功能就是帮助儿童形成正确的伦理道德观念。因此，童话作品的一个基本要务便是对各种美德与善行加以描写和称颂，在儿童心中播撒下美和善的种子。不过，这并不意味着童话应该回避现实生活中真实存在的各种丑恶现象。在王尔德的童话《快乐王子》中，快乐王子就发出过这样一段哀叹：

　　　　以前当我有颗人的心而活着的时候，我不知道眼泪是什么，因为那时我住在"无忧宫"里，那是一个悲伤无法进入的地方。白天，人们陪我在花园里玩耍，晚上我在大厅里领舞。沿着"无忧宫"的花园有一堵高高的围墙，可我从没去想过围墙外面的世界是怎样的，因为我身边的一切都太美好了。我的臣仆们都管我叫"快乐王子"，的确，如果欢乐就是快乐的话，那我真的是非常快乐。我就这么活着，也就这么死去。现在我死了，他们把我高高地竖立在这里，使我得以看见自己所处的城市中所有的丑恶与贫苦。虽然我的心是用铅做的，但我还是忍不住要哭泣。①

---

① Wilde, Oscar. *The Happy Prince and Other Stories* (London: Wordsworth Editions Limited, 1993), pp. 13 – 14. 所有作品引文均译自该版本，不再一一注明。为保证译文的准确性，译文校对时参考了巴金先生的译本《快乐王子集》（四川人民出版社，1981）和汤定九女士译本《快乐王子》（二十一世纪出版社，2014），特致谢意。

这段独白可以看作是关于儿童成长中一个必经过程的隐喻。儿童降生之初，对社会一无所知，大多是在成人的精心呵护与照料下度过无忧无虑的童年的。对儿童而言，他们的生活就像快乐王子所说的那样，被一堵堵高墙围了起来，成为一片逍遥自在，悲伤与哀愁无法进入的乐园。而家人的呵护与疼爱，世人对于儿童的普遍友善，以及童话作品对于美好世界的描述，就是这一堵堵高墙。但是，儿童必定会逐渐长大，迟早有一天，他们要面对真实的社会与人生。一旦他们走出童年时期环绕着自己的那些高墙，就会接触到许多此前不曾知晓的现实生活的真相，包括现实生活中的种种不良道德现象，从而发现世界并不像一些童话所描写的那么完美。因此，在儿童具备了比较成熟的伦理意识，对于是非善恶有了较强的辨别能力之后，童话便有责任告诉儿童现实生活其实并不完美，并且告诉儿童应该怎样去正确面对不完美的现实生活。本章拟通过对《快乐王子与其他童话》（*The Happy Prince and Other Tales*）、《北风的背后》（*At the Back of the North Wind*）以及《驯龙高手》（*How to Train Youtr Dragon*）三个童话文本的分析，探讨童话如何通过对各种社会不良伦理道德现象的批判，帮助儿童认识到现实生活中恶与丑的客观存在，并在此基础之上引导儿童运用正确积极的态度去面对现实生活中的不良伦理道德现象，同时激发他们的道德潜能，鼓励儿童成为净化现实生活伦理环境的积极力量，为人类的未来带来光明与希望。

## 第一节　《快乐王子与其他童话》：童话中的伦理批判

在世界文学史上，王尔德是少有的认为艺术不应该涉及伦理道德的作家之一。他曾经明确指出"艺术与道德之间不存在关联"①。

---

① Ellmann, Richard, eds., *Artist as Critical Writings of Oscar Wild*（New York: Vintage Books, 1970），p. 380.

但正如刘茂生教授所说的："任何艺术最终都不能回避道德，王尔德在进行艺术创作时仍然不自觉地以人生和社会中的伦理道德问题作为自己的基本主题，即使是他在艺术中所塑造的所谓的唯美形象，其艺术的审美也仍然以伦理的价值为基础。"① 更何况，童话是以儿童作为主要的目标受众。所以，任何一个有良知的作家在进行童话创作的时候，都不可能忽视自己作为成人对儿童所负有的道德责任。② 更重要的是，王尔德本人也坦言，他之所以写童话，目的就在于"反映现代生活"，"以一种理想的模式而非模仿的方式来解决当下的问题"③，而一旦在作品中涉及对现实生活的反映以及解决各种社会问题的尝试——不管是用所谓理想的模式还是模仿的方式，王尔德就无法回避对社会伦理道德现状的反映与思考。也正是基于这个原因，评论界才会将王尔德的童话称为控诉社会不合理现象的"真正的公诉状"④。本节拟以王尔德童话集《快乐王子与其他童话》为例，分析王尔德的童话对 20 世纪末英国社会现实生活中各种丑恶现象的批判与揭露，并在此基础之上对儿童文学的伦理批判功能及其特点进行初步的辨析。

## 一 美德无报：王尔德童话中的伦理批判

伦理教诲功能是童话必备的功能，这就决定了童话应该塑造理想化的道德榜样，通过他们身上的美德给予读者感动和启发，从而

---

① 刘茂生：《王尔德创作的伦理思想研究》，华中师范大学出版社，2008，第 23 页。
② 根据美国学者高布里斯的研究，王尔德是在 19 世纪 80 年代中期，也就是他初为人父的时候开始创作童话集《快乐王子》，所以高布里斯认为正是出于父亲对孩子的责任感，王尔德才开始了童话创作。详见 Galbrith, *Reading Lives: Reconstructing Childhood, Books, and Schools in Britain* (New York: St. Martin's Press, 1997), p.49.
③ Murray, Isobel, eds., *The Complete Short Fiction of Oscar Wilde* (Oxford: Oxford UP, 1979), p.9.
④ 〔英〕王尔德：《快乐王子集》，巴金译，四川人民出版社，1981，第 174 页。

实现童话引人向善的功能。和其他作家的童话一样，王尔德的童话中不乏具有高尚品德的道德榜样。在《快乐王子》中，王尔德就塑造了快乐王子和小燕子这两个理想化的道德典范。快乐王子是一尊华丽的雕像，在目睹了城市里穷人们贫苦的生活处境之后，他决心帮助那些身处苦难中的人们。原本准备南下越冬的小燕子也被快乐王子的善良与博爱所感动，决定留下来帮助快乐王子，将王子身上的宝石和金片分发给那些需要帮助的人们。最后，原本美丽华贵、珠光宝气的快乐王子变得灰暗而难看，而且由于小燕子在严寒的冬夜被冻死，他的心也碎成了两半。拥有同样的美好品德与牺牲精神的还有《夜莺与玫瑰》（*The Nightingale and the Rose*）中的夜莺。夜莺得知一个年轻学生因为无法找到一枝红玫瑰，将要与自己梦寐以求的爱情擦肩而过，于是决定帮助他去寻找红玫瑰。可玫瑰树告诉夜莺，要想在寒冬中得到红玫瑰，就必须用它胸中的鲜血来染红花瓣。出于对真挚爱情的信仰和对年轻学生的同情，夜莺不惜牺牲自己的生命，用自己的鲜血与绝唱灌注了一枝鲜红的玫瑰。在《忠诚的朋友》（*The Devoted Friend*）中，小汉斯将磨面师大修视为自己最好的朋友。在他看来，朋友就应该共享一切，所以，无论大修向他提出任何要求，汉斯都会无条件地加以满足。在一个大雨倾盆的夜晚，小汉斯摸黑为大修的儿子请医生，结果不幸淹死在沼泽里。这些艺术形象的一个共同点，就是拥有高尚的品德，为了帮助他人不惜奉献自己的一切，用生命践行了富于同情心和牺牲精神的美德。

按照童话通常的叙事策略，美好的品德往往会给美德的拥有者带来丰厚的回报，这就形成了童话中常见的"美德有报"的叙事模式。例如在英国作家罗斯金的童话《金河王》中，格鲁克先是因为热心地接待了暴风雨中挨饿受冻的老人而得到金河王的青睐，而后又在寻找金河的路上搭救了奄奄一息的老人、小孩和小狗，从而通过了金河王的考验，找到了金河，从此过上了幸福富足的生活。显然，格鲁克正是因为自己的善良和无私而获得了巨大的回报。而且，值得注意的是，有时童话人物所拥有的美好品德和他们最终收获的回报之间并不存在事理上的必然联系。就如同在《灰姑娘》中，虽然灰姑娘拥有恭谦、勤劳与善良的美德，但她受到王子垂青的关键却是她的美貌，而非她的美德。由此便不难发现，童话之所以强调美德有报，其目的并非一定要在美德与回报之间建立起必然的逻辑关联，而是意在体现对善行的褒奖与肯定，鼓励读者行善去恶，从而实现自身的伦理教诲功能。因此，在大多数童话中，美德与回报之间本身就构成了一个固定的因果关系。换句话说，在童话的世界里，只要拥有美德，便必然会因为美德而获取丰厚的回报，这几乎成了童话世界中一个颠扑不破的真理。

但是，王尔德的童话却彻底颠覆了这一常见的情节模式。虽然王尔德的童话中不乏道德榜样，但在他的童话作品里，那些拥有高尚道德情操的道德榜样非但没有获得应有的褒奖与感激，恰恰相反，还会无一例外地遭到轻贱与践踏。当快乐王子失去了黄金和宝石的装饰，变得灰暗难看之后，原本那些爱慕与敬仰他的人们开始对他加以唾弃，觉得他"真是难看极了！""比一个要饭的乞丐强不了多少"。所以，他们推倒了快乐王子的雕像，还把小燕子的尸体和快乐王子那颗破碎的心一起扔到了垃圾堆里。在《夜莺与玫瑰》中，当年轻学生将夜莺用生命染红的红玫瑰献给自己的爱人时，却依然遭到了无情的拒绝。因为，他爱的姑娘已经接受了宫廷大臣的侄儿赠送的珍贵珠宝，而"人人都知道珠宝要比花更加值钱"。心灰意冷的年轻学生也明白了"这年头，什么事情都要讲实惠"，于是将玫瑰扔到了路边的水沟里，任其被过往的马车碾得支离破碎。在金钱与物欲面前，夜莺不惜用生命献祭的所谓"爱情"遭到了无情的践踏。在《忠实的朋友》中，汉斯用生命兑现了自己对于忠诚和友谊的承诺。可是，直接导致小汉斯之死的大修却没有感到丝毫的难过与内疚。相反，他只是觉得，"小汉斯的死的确对每一个人都是个大损失"，"无论如何对我是个大损失"，因为他再也不可能找到像小汉斯这样只求奉献不图回报的所谓"朋友"了。对村子里的其他的人而言，小汉斯的死也仅仅是满足了他们卑微的哀怜癖与感伤癖。在葬礼刚刚结束，他们就马上"舒适地坐在小酒店里，喝着香料酒，吃着甜点心"，他们的生活并没有因为汉斯的死而发生任何的改变，他们的心灵更没有因为汉斯高贵的牺牲而受到任何的感染与净化。贾斯汀·琼斯认为王尔德的童话对传统童话最大的颠覆就在于"摒弃了传统童话中主人公'从此开始了幸福生活'（happily-ever-after）的传统结局"。[①] 其实琼斯还没有完全说到点子上去，王尔德对传统童话结局的颠覆，就其实质，只是他打破"美德有报"叙事模式后衍生出的副产品而已。

毋庸置疑，美德之所以能被称为美德，就是因为它本身是不求回报的。否则，美德便堕落成了一种带有功利性质的利益交换。快乐王子和小燕子之所以愿意帮助那些穷苦的人们，也并非是希求得到人们的回报与肯定，而是因为他们在帮助他人的过程当中，感受到了由衷的快乐。就像快乐王子告诉小燕子的，虽然天气很冷，"但是因为你做了好事"，"就会感到很暖和"。其实夜莺也知道，无论对谁而言，生命都是非常宝贵的，所以"用死亡去交换一朵玫瑰，这代价实在是太大了"。但是，在夜莺看来，爱情是这个世界上最可贵的东西，甚至比生命还要重要。正是出于对真挚爱情的坚定信仰，夜莺才宁可牺牲自己的生命，去成全年轻学生的爱情。而夜莺所希求的，也只是让年轻学生"去做一个真正的恋人"，去实

---

① Jones, Justin, "Morality's Ugly Implications in Oscar Wilde's Fairy Tales", *Studies in English Literature*, Vol. 51, No. 4 (2011), p. 886.

践它所信仰的爱情。小汉斯之所以对大修有求必应，也只是出于对友情的忠诚，因为他觉得大修是自己最好的朋友，而且他相信"世界上再没有任何事情比为他人付出更快乐的了"。由此可见，美德之所以成为美德，正是因为这些美德的施行者是以践行美德本身作为自己行善的目的，而非带有任何其他的杂念。尽管他们为了自己所信仰的理念或情感无私地奉献出了自己的一切，甚至是生命，但是，在奉献的过程中，他们是快乐的。

其实，对王尔德童话中的这些道德榜样而言，他们真正的悲哀并不在于美德没有得到回报本身，而是在于美德没有得到回报的原因。著名学者、童话作家托尔金的童话理论有助于我们理解这一问题。托尔金曾在《论童话》（*On Fairy-Storys*）中提出过一个影响深远的观点。在托尔金看来，文学作品所描写的世界可以分为两个类型：其中一个类型是对现实生活的模仿与再现，这一类型的世界通常出现于写实性的文学作品中，例如《哈姆雷特》中的丹麦宫廷、福克纳小说中的约克纳帕塔法镇，托尔金称之为"第一世界"（The Primary World）；而另一个类型的世界是纯由幻想虚构出来的世界，这个世界"按其自身的规则运转，当你身处这一世界时，你相信它的一切都是真实的"①。显然，这个世界就是童话中的童话世界和幻想小说中的幻想世界，例如《维尼·菩的世界》中的百亩林、《彼得·潘》里的永无岛，托尔金称之为"第二世界"（The Secondary World）。或者，简单地说，第一世界即文学中的现实世界，第二世界即文学所描绘的童话世界与幻想世界。

如果按照托尔金的理论分析《快乐王子》等文本，便不难发现，在王尔德的童话中，童话世界和现实世界是同时存在的，而且

① Tolkien, J. R., *The Tolkien Reader*（New York：Ballantine Books, 1966），p. 60.

拥有不同的伦理环境。文本中的童话世界遵循的是童话的规则，例如小燕子和夜莺会说话，作为雕塑的快乐王子却有着人的灵魂和情感。而现实世界则遵循现实世界的规则，人们不认为动物与雕像会有人的思想和情感。这两个世界拥有不同的伦理环境，童话世界中的人物形象大多拥有高贵的品德，他们对真善美有着执着的信仰，乐于助人，甘于牺牲，但现实世界却充斥着物欲、冷漠和不公，童话世界与现实世界的伦理环境存在着鲜明的对比和极大的落差。更重要的是，童话世界中的人物虽然具有高尚的品德，但却无法对现实世界的道德现状造成任何的影响，在《快乐王子》中，城市里所有的人，甚至包括那些得到了快乐王子和小燕子恩惠的人们，都丝毫没有察觉到来自童话世界的高贵美德。小燕子为了救济穷人，不惜在寒冬中奔波时，人们只是觉得"这真是一件奇怪的事情，在冬天居然会有燕子"。剧作家得到快乐王子馈赠的红宝石后，却认为这一定是他的崇拜者送给他的。快乐王子和小燕子为了帮助他人奉献了自己的一切，但现实世界却没有因为他们无私的奉献而发生丝毫的改变，相反还把他们扔进了垃圾堆。同样，在《夜莺与玫瑰》中，处于童话世界的夜莺用她的美德感动了花园所有的植物，然而，现实世界中的年轻学生却丝毫没有意识到夜莺为自己做出的牺牲，因为他听不懂夜莺的话，他觉得夜莺"只是外表上好看，却没有情感。她不会为了别人牺牲自己"。而且，他所爱的女孩也毫不珍惜夜莺用生命换来的红玫瑰，在她看来，一朵花远远没有金银珠宝来得实惠。夜莺牺牲自己的生命，只是希望年轻学生能去践行真正的爱情，可是在故事的结尾，年轻学生却发现"爱情是多么无聊的东西"，与其追求虚无缥缈的爱情，还不如去做些有利可图的事情。由此不难发现，在王尔德的童话中，在伦理道德层面上，童话世界与现实世界之间存在着一条无法逾越的鸿沟。童话世界的伦理环境无法给现实世界的伦理环境产生任何的影响，童话世界的道德榜样也无法给现实世界中的人们带来任何的感动和激励。而这，正是王尔德童话中的那些道德榜样真正的悲哀所在。因为他们所有的美德和牺牲，全部都只是白白做了无用功而已。

《忠实的朋友》与《快乐王子》等篇章略有不同。在这篇童话里，王尔德并没有将童话世界和现实世界加以对比，而是用反讽的笔法表达了他对现实生活伦理道德状况的批判。从表面上看，小汉斯是一个普通的人类形象，生活在现实世界之中，他的故事也没有任何的奇幻色彩。但是，这并不意味着王尔德将汉斯塑造成了一个现实世界中的道德榜样。细究这篇童话的叙事结构便能发现，尽管小汉斯的事迹占据了文本的绝大部分篇幅，但却只是童话世界中梅花雀给河鼠讲的一个故事，整篇故事其实都是在童话世界的背景下展开的。这就意味着，在小汉斯身上体现出的忠诚善良、无私奉献的美德，只存在于童话世界所流传的一个故事当中，在现实世界中压根就是不可能存在的。

在大多数时候，童话总是让文本中的人物因为美德而获得丰厚的回报，并借此培养儿童正确的伦理道德观念，鼓励他们将童话中的美德付诸现实生活之中。但是，王尔德却反其道而行之。他的童话清楚地向儿童读者表明，这个世界绝对不像很多童话所描写的那么完美，并不是所有的美德都会得到回报，也不是所有的恶行都会遭到惩罚。童话中所宣扬的道德理想是一回事，但现实生活的道德现状则是另外一回事。虽然王尔德沿袭了童话文体的传统，在作品中塑造了令人感动的道德榜样。但他同时也毫不留情地揭示了童话所表达的道德理想与社会的道德现状之间的落差，在歌颂了各种美好品德的同时，也对这些美好品德是否能见容于世，能否为社会伦理道德现状带来积极的改变表示了质疑，从而使得读者在被童话中的美德所感动的时候，也会对现实生活的伦理道德状况产生莫名的悲哀。正如周作人在评价王尔德童话时所说的："王尔德的作品无论是哪一篇，总觉得很是漂亮，轻松，而且机警，读来极为愉快，但是有苦的回味。"①

## 二 王尔德童话中儿童对成人的拯救

通过《快乐王子》、《夜莺与玫瑰》等童话，王尔德揭示了童话里的道德理想与现实生活中的道德现状之间的隔阂与落差，并借此对现实生活中的种种不良伦理道德现象给予了深刻的批判。但是，这并不意味着王尔德创作童话的初衷是让儿童放弃对美好道德的向往与追求，或者是要儿童学会冷漠、功利与伪善，与社会上各种不良现象同流合污。恰恰相反，在王尔德看来，儿童正是改变现实生活中种种不良伦理道德现象的希望所在。

在王尔德看来，儿童拥有比成人更为纯洁高尚的心灵。在《快乐王子》里，几乎所有人都只是看到了快乐王子华美的外表，却没有意识到他拥有高尚的灵魂，只有一群孩子发现"他真像一个天使"。正是因为孩子拥有一颗天使般纯净的心灵，所以他们才能发现快乐王子真正的可贵之处。但是，孩子们的这一发现马上遭到了老师皱着眉头、板着面孔的训斥，因为在成人看来，这个世界上根本就不可能存在天使。在《忠实的朋友》中，当大修在家中慷慨陈词，证明自己之所以不去帮助因为受困于大雪而生活难以为继的小汉斯，其实正是出于他对汉斯的"友谊"和"忠诚"时，大修的儿子提出了不同的看法："难道我们就不能请小汉斯到家里来吗？""如果可怜的汉斯遇到困难的话，我会把我的粥分一半给他，还会把我那些小白兔给他看"。虽然他因此遭到了父亲的斥责，被指责是"多么愚蠢的傻孩子"，但显而易见的是，大修的儿子比他的父

---

① 赵景深：《童话评论》，新文化书社，1934，第 240 页。

亲更清楚什么是真正的友谊，什么是真正的忠诚。就像王尔德用充满反讽的语气所说的，"他年纪这么小，你们还是要原谅他"。因为大修儿子的年幼恰恰是他能一眼洞穿友谊真谛的原因所在。儿童在接受了伦理启蒙，逐渐实现了自己的道德成长之后，已经具备了比较成熟的伦理道德观念。而且，由于儿童涉世未深，没有过多地接受各种社会不良伦理道德现象的污染，所以他们的心里不会有对财富的贪婪，对权利的追逐，更不会像大修那样用伪善来掩饰自己的种种恶德败行。因此，相比那些精于算计、自私自利的成人，儿童无疑会显得很"傻"。但恰恰是这种傻，体现出了儿童单纯善良的心灵的可贵。王富仁先生曾经指出："恰恰由于一代代儿童不是在成人实利主义的精神基础上进入成人社会的，而是带着对人生、对世界美丽的幻想走入世界的，才使成人社会的实利主义无法完全控制我们的人类、我们的世界，才使成人社会不会完全堕落下去。"[①] 诚哉斯言。

不过，单纯善良的儿童也会慢慢长大。在儿童道德成长的过程中，成人的榜样作用是至关重要的。正如本书第二章第三节曾经证明的，如果说成人高尚的道德行为能给儿童正面的道德示范，引导儿童去恶向善的话，那么，成人的种种不良道德行为同样也会被儿童模仿，从而给儿童的道德成长造成不良影响。事实上，所有的成人，包括大修，也都曾经是儿童，也都曾经拥有单纯的心灵，问题是，如果现实生活中的道德状况一如既往地丑陋和混乱不堪，那么，在经过社会这个大染缸的浸染之后，单纯的儿童也会变得不再单纯。以大修的儿子为例，我们很难想象，在像大修这样一个鲜廉寡耻、自私自利的父亲日复一日的言传身教之下，这个单纯善良的孩子还能"傻"到什么时候。那么，这是否就意味着人类社会的道

---

① 王富仁：《把儿童世界还给儿童》，《读书》2001 年第 6 期，第 20 页。

德状况永无改善的可能了呢？王尔德的答案显然是否定的。因为在他看来，儿童并不仅仅只是在被动地接受社会不良伦理环境的影响，相反，他们可以凭借自己的天真、单纯与善良，成为改变社会各种不良伦理道德现象的积极力量。而这也正是王尔德在他的童话作品中对儿童提出的美好期望。

王尔德对儿童所抱有的美好期望在《自私的巨人》（*The Selfish Giant*）中得到了集中的体现。《自私的巨人》是《快乐王子与其他童话》中篇幅最短的一篇童话，也是较少受到关注的一篇童话。按美国学者科琴的说法，相对于《快乐王子》和《夜莺与玫瑰》等名篇，学术界对这篇童话的关注简直"少得可怜"①。事实上，这篇童话对于我们理解王尔德童话有着至关重要的意义。因为正是在这篇童话中，王尔德表现出了自己对于儿童所抱有的殷切期望，以及对于人类社会未来道德状况的乐观展望，如果忽视了这篇童话，就会导致我们对王尔德的童话做出片面的理解。

《自私的巨人》讲述了一个自私狭隘的巨人在儿童的帮助下，实现了道德上的升华，变得慷慨与无私的故事。巨人拥有一个非常美丽的花园，孩子们都特别喜欢去这个花园玩耍。美丽的花园带给儿童极大的快乐，而儿童也成为花园中一道美丽的风景。直到有一天，自私的巨人访友归来，将儿童全部从花园里赶了出去。但是，自从儿童离开巨人的花园，花园便陷入了凋敝的状态。"春天再也没有莅临巨人的花园，夏天也不见踪影。秋天把金色的硕果送进了千家万户的花园，唯独巨人的花园，什么都没有得到"，取而代之的是终年的寒冬，"只有北风、冰雹，还有霜雪在花园里的树丛中上蹿下跳"。直到有一天，几个孩子壮着胆子从花园墙壁上的一个小洞爬进了花园。随着孩子的到来，花园的春天也到来了。"树木

---

① Kotzin, Michael, "The Selfish Giant as Literary Fairy Tale", *Studies in Short Fiction*, Vol. 16, No. 4（1979）: 301.

都非常开心，因为孩子们回来了。它们用鲜花将自己覆盖起来，在孩子的头顶上拂动自己的臂膀。小鸟也很高兴，叽叽喳喳地到处飞舞。花朵儿从草丛中探出头来，愉快地笑了。"巨人被眼前欢快的场景所打动，于是他推倒了花园的围墙，和孩子们一起分享花园中的美景。最后，巨人得到了上帝的救赎，他的灵魂也进入了天堂。

正如有学者指出的，"《自私的巨人》是一篇有着较浓宗教色彩的故事"①。显然，这种宗教色彩来自王尔德在儿童和上帝这两个形象之间建立起的关联。在童话的结尾，当巨人遇到那个令他朝思暮想的孩子的时候，两人之间有过这样一番对话：

> 巨人兴奋地跑下楼，出门径直朝着花园奔去。他飞快地越过草地，跑向那个孩子。当他跑到孩子的跟前时，巨人愤怒地问道："是谁胆敢把你伤成这个样子？"原来，在孩子的手掌心上有两个明显的钉痕，他的脚上也是如此。
>
> "是谁胆敢把你伤成这个样子？"巨人吼道，"告诉我，我要用我的剑去杀死他。"
>
> "不！"孩子回答说，"这些都是爱的伤痕啊。"
>
> "你是谁？"巨人问道。这时，一股奇怪的敬畏感涌上他的心头，令他不由自主地跪在了这个孩子的脚下。

显然，当巨人跪倒在这个孩子面前的时候，他已经知道站在自己面前的就是上帝本人，因为孩子掌心和脚底的伤痕已经清楚地表明了他的身份。王尔德在童话中突出上帝身上的钉痕，并将之称为"爱的伤痕"，是耐人寻味的。在西方文化背景中，上帝这一形象具有多重身份。他既是《创世记》（*Genesis*）中天地万物的造物主，也是《出埃及记》（*Exodus*）中迷途的人们的引路者，还是《启示

---

① 刘茂生：《王尔德创作的伦理思想研究》，华中师范大学出版社，2008，第38页。

录》（Revelation）中善与恶的最终仲裁者。但是，在《自私的巨人》中，王尔德特别写到了上帝掌心和脚底的伤痕，无疑是在强化福音书（Gospel）中上帝作为拯救者的身份。因为在福音书里，耶稣正是为了宣传教义，拯救自己的子民，才被钉在了十字架上，而且，上帝正是以自己被钉死在十字架上为代价，让他的子民"奉他的名传悔改、赦罪的道"①，为了救赎子民的罪恶而牺牲了自己。

在《自私的巨人》中，拯救者的身份在儿童的身上有着明显的体现。首先，儿童不仅拯救了巨人的花园，也拯救了巨人的心灵。巨人这一形象固然具有多重的意蕴，可以对其做出不同的解读。但是，巨人是以一个成年人的身份出现在文本之中的，这一点是确定无疑的。当巨人独占花园的时候，花园陷入了永久的寒冬之中。在王尔德的童话中，寒冬是一个常见的意象。《快乐王子》的故事发生在冬天，小燕子正是因为严寒而被冻死。《夜莺与玫瑰》中的故事也是发生在冬季，寒冬中玫瑰花不能盛开，所以只能靠夜莺的歌声与鲜血去染红。在《忠诚的朋友》里，小汉斯也是死于一个寒冷的冬夜。在王尔德的童话中，出现如此频繁的寒冬这一意象，绝不可能是一个偶然。显然，王尔德正是在用寒冬来喻指冰冷、严酷的社会伦理道德现状。由是观之，巨人独占的花园陷入寒冬，也就暗示着成年人的自私与狭隘将会使整个社会的伦理道德状况犹如寒冬一般冰冷而严酷。而给花园带来春天的则是儿童，是儿童用他们纯洁无瑕的欢声笑语将温暖与欢乐带进了花园。其次，也正是因为受到了儿童的感召，巨人才意识到了自己此前的自私与狭隘。在学会了无私与分享之后，巨人不仅获得了前所未有的快乐，他的灵魂也得到了上帝的救赎，得以进入天堂。在这里，王尔德显然是将儿童当作了人类社会与成人的拯救者，同时也是改良人类社会道德状况

---

① 《圣经》（和合本），第103页。

的希望和动力所在，在他看来，儿童可以用自己的单纯与善良为人类社会带来光明与温暖，同时促使成人自省，让成人意识到自己道德观念上的缺陷从而加以改正。

在《圣经》中，耶稣牺牲自己的生命为人类赎罪。而在现实生活中，当成人因为自己的自私狭隘、贪婪与冷漠而导致了混乱而败坏的社会伦理道德现状，从而对儿童造成不良影响，将儿童的道德观念引入歧途时，又何尝不是在让儿童为成人的过错做出牺牲，又何尝不是让儿童为成人的过失而赎罪。卢梭在论及成人对儿童造成的不良影响时，曾经提出过一个重要的观点："出自造物主之手的东西，都是好的，而一到了人的手里，就全变坏了。"① 儿童是不是如卢梭所说，天生就全然是"好"的，这个自然是值得商榷的，因为卢梭显然忽视了儿童身上客观存在的兽性本能及其潜在的危害。但是，儿童到了成人手里就"变坏了"，这种例证在现实生活中确实是俯拾皆是的。所以，当巨人因为儿童身上的伤痕而难过地怒吼道"是谁敢把你弄成这样？"时，每个成人读者都应该有所警醒，因为正是成人行为与道德观念上的不堪，将儿童单纯、善良、美好的心灵弄得伤痕累累。

所以，《自私的巨人》完全可以被解读成一个寓言，一个关于成人与儿童之间良性互动关系的寓言。儿童以自己单纯、善良的美好品质给予成人感召，促使成人对自己的道德与行为进行反思和改良。而在成人对自己的道德与行为进行了反思和改良之后，整个社会的伦理环境也能够得以净化和改善，这样就可以为儿童的成长营造出一个更加和谐、更加洁净的伦理环境，使儿童的美好童心得到更多的呵护，发挥出更大的价值。于是，在儿童与成人之间就可以形成一个良性的循环，而人类社会也将借由儿童与成人之间这种良

---

① 〔法〕卢梭：《爱弥儿》，李平沤译，商务印书馆，1978，第 1 页。

性的互动而拥有一个更加美好的未来。

## 三　有所为有所不为：儿童文学伦理批判的特点

对种种社会不良伦理道德现象进行针砭与批判，是文学的伦理批判功能的重要体现。但是，包括童话在内的儿童文学作品是否应该真实地描写现实生活的种种不良伦理道德现象，履行文学的伦理批判功能，这个问题一直存在着比较大的争议。有很多论者认为，儿童文学应该回避对现实生活中各种丑恶现象的直接描写，以免这些丑恶现象污染儿童的心灵。例如高尔基就曾指出："儿童的精神食粮的选择应该极为小心谨慎。父辈的罪过和错误儿童是没有责任的"，"真实是必需的，但是对于儿童来说，不能和盘托出，因为它会在很大程度上毁掉儿童"①。但是，也有部分论者指出，儿童文学必须告诉儿童现实生活的真实状况。例如和高尔基（Gorky）同为俄国作家的特罗耶波利斯基（Troyepolsky）就认为："我主张写全面，不能只写相同的一面。后一种写法是有害的。你想想吧，如果只写善，那么恶就会成为绚丽的珍品；如果只写幸福，人们就不再去注意不幸的人，最后对他们也都麻木不仁了。"② 显然，特罗耶波利斯基是主张儿童文学作品应该直视现实生活的阴暗面的。

从表面上看起来，这两种观点是截然对立的。但是，通过对王尔德童话的分析便可以发现，这两种观点其实是可以统一的。儿童文学的确可以像特罗耶波利斯基所说的那样，描写现实生活的全貌，揭露现实生活的阴暗面。但是，在揭露现实生活的阴暗面的同

---

① 〔苏〕高尔基：《为外国儿童图书目录作的序》，载周忠和编译《俄苏作家论儿童文学》，河南少年儿童出版社，1983，第232页。

② 〔苏〕特罗耶波利斯基：《白比姆黑耳朵》，李文厚等译，人民文学出版社，1999，第2页。

时，儿童文学也必须采取高尔基所说的那种小心谨慎的态度，不能像很多以成人为受众的文学作品那样让读者直面惨淡的人生，正视淋漓的鲜血。通过辨析不难发现，与以成人为受众的文学作品相比，儿童文学作品在伦理批判功能上有着以下三个显著的特点。

首先，儿童文学可以反映社会各种不良伦理道德现象，但不会对导致这些不良现象的深层次原因进行细致的探讨与剖析。王尔德在自己的童话中，并没有对现实生活加以美化，而是直面现实中的诸多丑恶现象：女裁缝为了挣钱给发烧的儿子治病，不顾疲惫连夜为王后宠爱的宫女缝制参加舞会所需的礼服，但自私虚荣的宫女却只想着自己的衣服能够早点送来，以免耽误自己参加舞会，还抱怨女裁缝消极怠工。当乞丐们衣着单薄地坐在街上挨冻，饥饿的孩子们在污秽的街道上挤作一团取暖以抵御冬夜的寒风时，那些金钱多到可以用秤去称的有钱人却在金碧辉煌的居室里宴饮作乐，没有给这些贫穷的人们提供任何的帮助。大修将小汉斯的忠诚、善良、无私等美德全部当作了利用小汉斯的工具，无耻地践踏了这些人类最美好的品德。但是，王尔德对这些丑恶现象也只是进行了揭露，并没有对造成这些丑恶现象的深层次原因进行更加深入的探讨，这与成人文学显然是不同的。

一部优秀的成人文学作品在对社会不良伦理道德现象进行批判时，不仅要对这些不良现象本身加以揭示，同时还应该进一步深入探讨造成这些不良现象的原因，以帮助读者深化对于社会人生的认识与理解。以巴尔扎克（Balzac）的经典小说《高老头》（*Old Man Goriot*）为例，在这部作品中，巴尔扎克不仅描写了波旁王朝复辟时期法国社会物欲横流、道德败坏的社会现实，而且还通过对拉斯蒂涅的堕落历程以及高里奥晚年悲惨境遇的详细书写，深入剖析了导致这些不良伦理道德现象的深层次原因，即金钱的诱惑力和人类的贪欲。这就使得不同国家、不同时代的读者在阅读《高老头》时都能有所感悟、收获警示。对于这样的作品，儿童不是不该读，而是暂时还没有足够的能力去读。在文学阅读活动中，读者必须具备与文本所讲述的内容相匹配的生活阅历和分析能力，才能在阅读中有所收获。显然，儿童相对贫乏的人生阅历和相对薄弱的理解能力不足以帮助他们充分理解《高老头》之类的成人文学文本。更何况，儿童文学之所以书写社会的阴暗面，其目的主要是让儿童读者认识到社会的全貌，不至于因为儿时对社会的片面认知而导致长大成人之后面对真实的社会生活措手不及，或是产生严重的心理落差。所以，只要儿童通过阅读儿童文学文本，知道这个世界上除了光明还有黑暗，除了美好还有丑恶，这也就足够了。

其次，儿童文学作品可以书写社会的阴暗面，但前提是必须以恶作为善的映衬，即通过恶的映衬来凸显出善的可贵，不能专注于揭示社会的阴暗面。王尔德固然在童话中对现实生活中的各种丑恶现象进行了揭露，但其根本目的是通过对这些恶德败行的书写，映衬出童话中那些道德榜样所拥有的宝贵美德，从而实现儿童文学引人向善的根本旨归。例如在《快乐王子》中，正是城市里达官贵人的冷漠，才衬托出快乐王子和小燕子的博爱与慈悲。而在《夜莺与玫瑰》中，正是女孩的薄情和功利，才衬托出夜莺对爱情的执着和信仰。在《忠诚的朋友》中，也正是大修的贪婪与自私，才衬托出小汉斯的善良与无私。有学者认为王尔德的童话是通过"对丑化生命恶习的揭露，从反面增加了作品的情感美"[①]。这个评价是非常准确的。

需要特别指出的是，有些成人文学作品通篇专注于对社会阴暗面的展示与剖析，例如威廉·福克纳（William Faulkner）的《圣殿》（*Sanctuary*）、安东尼·伯吉斯（Anthony Burgess）的《发

---

① 张竹筠：《以艺术的精神看待生命——谈王尔德的童话美》，《河北师范大学学报》（社会科学版）1996年增刊，第170页。

条橙》（*A Clockwork Orange*）、芥川龙之介（Ryunosuke Akutaga-
wa）的《竹林中》（*In a Bamboo Grove*），都属于这一类的作品。
这些作品之所以集中揭示社会的阴暗面，并非是如一些研究者所
言，是以恶为美，或是宣扬暴力美学，而是为了促进读者的反思
与警醒，警示读者不要放纵自己的欲望与恶念，其根本目的依然
是引人向善。但是，由于儿童缺乏足够的善恶辨识能力，而且天
性善于模仿，如果接触这些作品的话，有可能对作品中所描写的
内容产生道德误判，甚至模仿作品中的不良行为。所以，这类文
本是绝对不适合儿童读者阅读的。

　　最后，成人文学为了实现对社会的伦理批判，可以在文本中采
用悲剧性的结局，但儿童文学则是尽量避免悲剧性的结局的。而
且，即便故事以悲剧结尾，作者也往往会通过一些手段来缓冲其悲
剧效果。鲁迅先生在《再论雷峰塔的倒掉》一文中说过一句被广为
引用的名言：“悲剧将人生的有价值的东西毁灭给人看。”① 在这
里，鲁迅先生与其说是在给悲剧下定义，毋宁说是在探讨悲剧所具
有的伦理批评功能。在成人文学作品中，悲剧性的情节与结局往往
是实现文学的伦理批判功能的有效手段，例如在《祝福》中，鲁迅
先生正是借祥林嫂的惨死表达了对于封建礼教的强烈控诉与批判。
但是，对于儿童文学而言，由于其根本创作旨归在于引导儿童扬善
去恶，因此势必要让拥有美德的人物形象拥有一个美好的结局，借
此体现对美德的肯定与褒奖，从而达到引导读者扬善避恶的目的。
如果让那些善良、可爱的人物形象遭受悲惨的命运，且不说有可能
对儿童的善恶观念造成影响乃至使其动摇，单就受众的接受心理而
言，也会引起儿童读者心理上的反感与不适。就像亚里士多德说

---

① 鲁迅：《再论雷峰塔的倒掉》，载《鲁迅全集》（第 1 卷），人民文学出版社，1981，第
203 页。

的，文学作品"不应写好人由顺境转入逆境，因为这只能使人厌恶"①。虽然这句话反映的是亚里士多德对于悲剧的理解，但对于儿童文学其实也是非常适用的。正是因为以上多方面的原因，所以在大多数的儿童文学作品中，都会以善良的主人公"从此过上了幸福的生活"（happily-ever-after）作为作品的结局。

当然，不可否认，也有一些儿童文学作品为了使作品对现实的批判更具力度，其结局往往带有明显的悲剧性特征，王尔德的童话便是如此。但是值得注意的是，尽管这些作品采用了悲剧性的结局，但王尔德也采取了一些方法来缓冲作品的悲剧色彩，其中最常见的就是用在天国中获得永生来弥补童话人物在现实生活中遭受的苦难与不公。例如在《快乐王子》中，快乐王子和小燕子虽然在人间遭受了不公正的待遇，但是，上帝却认为他们是整个城市中最珍贵的两件宝物，而且让天使将快乐王子破碎的心和小燕子的尸体带到了天堂，以便"让小燕子从此在天堂的花园里歌唱，让快乐王子在金城中赞美我"。这就是说，尽管快乐王子和小燕子的美德在人间没有得到应有的褒奖，但却在永生的天国得以延续与永恒，这就在一定程度上缓解了作品的悲剧效果。事实上，很多带有悲剧特征的儿童文学作品在结尾处都采用了与《快乐王子》类似的处理方法。例如在《海的女儿》中，小美人鱼变成泡沫向天国飞去，"获得了不灭的灵魂"②。而在《卖火柴的小女孩》（Little Match Girl）中，小女孩最后和她的祖母"在光明和快乐中飞走了，越飞越高，飞到既没有寒冷，又没有饥饿，也没有忧愁的那块地方——她们和上帝在一起"③。事实上，这也就解释了为什么在中国的儿童文学作

---

① 〔古希腊〕亚里士多德、〔古罗马〕贺拉斯：《诗学·诗艺》，罗念生、杨周翰译，人民文学出版社，1997，第37页。
② 〔丹〕安徒生：《安徒生童话故事集》，叶君健译，人民文学出版社，1992，第19页。
③ 〔丹〕安徒生：《安徒生童话故事集》，叶君健译，人民文学出版社，1992，第274页。

品中很少出现悲剧性的结局。因为在中国的文化传统中缺少这种彼岸世界的关怀，无法让人物形象在天堂中的永生对其在现实世界中承受的苦难构成缓解和补偿，如果作品的结局是悲剧性的，那就真的只能是一悲到底了。

当然，儿童文学的伦理批判功能是一个非常复杂的问题，绝非以上三点可以完全涵盖。本书也只是以王尔德的童话作为切入点，对这个问题进行了初步的探索，很多问题还有待进一步的探讨与研究。

## 第二节　《北风的背后》：童话对伦理环境的净化

王尔德在自己的童话中对儿童寄予了美好的期望，将儿童视为改变现实生活中种种不良伦理道德现象的希望所在，同时也对成人与儿童之间的良性互动进行了美好的展望。但是，儿童在面对现实生活中的种种不良道德风气时，如何才能做到少受，甚至不受其负面影响，进而以其纯良的品德为改善社会的道德风气做出自己的贡献——对这个关键问题王尔德在童话中却只是浅尝辄止，并没有做出明确的说明，也没有提出任何行之有效的建议。这也成为王尔德童话留给读者的一个小小的遗憾。

有幸的是，王尔德童话中留有的遗憾在麦克唐纳的童话中得到了弥补。麦克唐纳和王尔德无论是在生平上还是在创作上，都有很多的类似之处。① 在经典童话《北风的背后》中，麦克唐纳不仅和

---

① 齐普斯曾经对王尔德和麦克唐纳在生平和童话创作上的共同点和差异进行过详细辨析，可参见 Jack Zipes, *Fairy Tales and the Art of Subversion*：*The Classical Genre for Children and the Process of Civilization*（London：Routledge，1985），pp. 118 – 119.

王尔德一样对 19 世纪末的英国社会中种种不良伦理道德现象进行
了揭露与批判，而且还就儿童应该如何抵御现实生活中不良道德风
气的影响，为净化社会伦理道德环境做出自己的贡献等问题提出了
富有启发价值的建议。本节拟通过对《北风的背后》文体模糊性以
及作者通过作品模糊的文体属性意欲实现的叙事意图的分析，阐述
这部童话是如何引导儿童运用正确积极的态度去面对现实生活中的
各种不良道德风气，并且激发儿童的道德潜能，帮助他们成为净化
社会伦理环境的积极力量。

## 一 是童话还是小说：《北风的背后》文体的模糊性

乔治·麦克唐纳出生于苏格兰，是维多利亚时期著名的作家与
诗人，被誉为"维多利亚时期童话之王"。麦克唐纳是一位多产的
作家，在他四十多年的写作生涯中，总共创作出三十多部中长篇作
品，其中绝大部分都是童话，包括《幻想故事集》（*Phantastes：A
Fairie Romance for Men and Women*）、《公主和柯迪》（*The Princess
and Curdie*）、《莉莉丝》（*Lilith：A Romance*）等传世童话经典。
《北风的背后》是麦克唐纳的第二部童话作品，也是他的代表作。
自 1871 年出版以来，《北风的背后》影响了一代又一代的读者。麦
克唐纳也因这部作品所取得的巨大成功而和《水孩子》（*The Water
Babies*）的作者查尔斯·金斯莱（Charles Kingsley）、《爱丽丝梦游
奇境记》（*Alice's Adventures in Wonderland*）的作者刘易斯·卡罗尔
（Lewis Carroll）一起，被并称为"维多利亚时期三大儿童文学作
家"，正是这三位作家合力为 19 世纪末开始的英国儿童文学的黄金
年代拉开了序幕。

《北风的背后》讲述了一个非常温馨感人的故事。故事发生在
19 世纪的伦敦，主人公小钻石是一个马车夫的孩子。有一天晚上，

小钻石遇到一个叫作"北风"的女士,这位女士有着神奇的魔力,此后的每天晚上,小钻石都会跟着北风一起出去旅行,见识人间百态。而且,北风还指引小钻石来到了一个叫作"北风的背后"的神奇仙境。北风的背后是一片神奇的净土,那里没有罪孽,只有爱和光明,"那里的人们过着自由自在的生活,每个人都那么正直善良、每个人都那么快乐健康"。跟着北风旅行的经历以及在北风的背后的所见所闻培养了小钻石高尚的品德,也让他明白很多做人和做事的道理,例如任何事物都有美与丑的两面,但一定要多看事物美好的一面;要用仁善的态度对待他人和整个世界;要坚定地去做自己认为正确的事情;等等。从北风的背后回来之后,小钻石有了明显的成长,他不仅主动承担了照顾自己小弟弟的任务,帮助父母打理各种家务,还在父亲生病的时候毅然挑起了家庭的重担,代替父亲驾起出租马车挣钱养家。虽然自己的生活已经非常贫困,每天连粗茶淡饭都难以保证,但小钻石依然热心地帮助身边每一个需要帮助的人。小钻石的勤劳与善良赢得了所有人的喜爱,大家把他叫作"上帝的孩子"①。有一天,人们发现小钻石冰冷的身体躺在自己房间的门口。大家都以为他死了,但其实他只是去了北风的背后。

《北风的背后》一直都被视为维多利亚时期英国童话的代表作,同时也是英国童话的奠基之作。童话与写实性的文学作品最明显的区别就在于文本中是否出现了超自然的幻想元素,例如神奇的魔法、宝物、仙女、精灵、巫师等童话形象,以及像永无岛那样的神奇仙境。就这一点而言,《北风的背后》无疑是符合童话的文体特征的。北风原本是一个自然现象,但在《北风的背后》中,她却是以一个拟人化的仙子形象出现的。在文本中,北风是一位美丽的女

---

① MacDonald, George, *At The Back of the North Wind* (Philadelphia: David McKay, 1919), p. 169. 所有作品引文均译自该版本,不再一一注明。为保证译文准确性,译文校对时参考了李聆译本《北风的背后》(湖南少年儿童出版社,2010),特致谢意。

性，而且拥有强大的法力。她可以自由地在天空中翱翔，而且还能随意变换自己的形象：当微风吹拂的时候，她就像一个小巧精灵，而在狂风大作的时候，她就成了一个参天的巨人；在善良的小钻石面前，她是一个美丽迷人的女性，而在邪恶的保姆面前，她就变成了一只凶狠残忍的灰狼。而北风的背后则更是一个神奇的地方。早在古希腊时期，就流传着一个美好的神话。在遥远的北方，有一片叫作"北风的背后"的地方，那里四季如春，风景如画，是一片疾病与忧愁都无法进入的神圣净土，人们顺着缪斯女神的歌声就能到达那里。麦克唐纳笔下的"北风的背后"显然是借用了希腊神话中的这一典故，不过也融入了很多自己的想象与创造。在他的作品中，如果想要到达北风的背后，首先要来到地球的最北端，也就是北风的家。北风就端坐在自己家里一个冰脊的裂缝前，只要穿过她的身体，就能够到达北风的背后。有鉴于北风这一超自然的精灵形象，以及北风的背后这一神奇仙境在文本中的存在，将《北风的背后》归为童话应该是笃定无疑的事情了。

　　然而，当代西方学术界在研究《北风的背后》时却对其文体归属产生了很大的争议。虽然大部分学者仍然将《北风的背后》视为童话，但也有不少学者对此提出了不同意见，例如齐普斯教授就认为这部作品绝非一部童话，甚至连幻想小说（fantasy）都算不上，只能算是一部普通的小说（novel）。[1] 而《大英百科全书》则干脆和起了稀泥，在谈到《北风的背后》时只说这是一部"儿童读物"[2]（book for children），压根就没有对它的文体归属做出判断。那么，一部好端端的童话，怎么连其文体归属都遭到了质疑呢？这

---

[1]　Zipes，Jack，*The Oxford Companion to Fairy Tales：The Western Fairy Tale Tradition from Medieval to Modern*（Oxford：Oxford UP，2000），p. 309.

[2]　见《网络版大英百科全书》http：//academic. eb. com/EBchecked/topic/354102/George - Macdonald

是因为在那些反对将《北风的背后》归为童话的学者看来，北风和北风的背后这两个赋予《北风的背后》童话文体特征的关键元素在文本所描绘的世界并不是真实的存在，他们仅仅只是小钻石在梦境中虚构的产物而已。中国台湾学者游镇维的观点应该说反映了这部分学者的普遍共识，他认为："（童话中）所有的事情全部是在小钻石上床入睡之后才发生的……而且北风也明确告诉小钻石：'你必须首先上床。如果你不睡觉，我就没法带你走，这是小孩子必须遵守的法则'。"[①] 在游镇维看来，这些证据足以证明北风和北风的背后都只是小钻石梦境的产物。

如果北风真的只是小钻石在梦境中虚构出的一个人物形象的话，那么，《北风的背后》确实应该被视为一部写实性的儿童小说，而不是童话。文本中的人物、场景或是事件体现出超自然的幻想色彩，这是童话必须具备的基本文体特征。而在人的梦境中，虽然也会出现很多超自然的想象，但梦本身是不具备超自然色彩的。换句话说，作品中如果出现对人物梦境的描写，那么，无论梦里的内容有多么天马行空、光怪陆离，对梦的描写本身却是写实性的。因此，即便北风这一人物形象以及北风的背后这一神奇仙境具有超自然的色彩，但如果他们只存在于小钻石的梦中的话，其超自然的色彩就会被梦的现实属性所抵消，整部作品的基调就变成了写实而不是幻想，这就从根本上违背了童话文体的基本要求。这里不妨做个简单的类比。在《红楼梦》的第五回《游幻境指迷十二钗　饮仙醪曲演红楼梦》中，贾宝玉曾经梦游太虚幻境。太虚幻境无疑是一个超自然的仙境，它位于离恨天之上、灌愁海之中的放春山遣香洞，由身为仙人的警幻仙子司掌。但是，没有任何一个读者会因为

---

① Yu, Chen-Wei: "Mise En Abyme and the Ontological Uncertainty of Magical Events in at the Back of the Northwind", *Explorations into Children's Literature*, Vol. 18, No. 2 (2008): p. 50.

太虚幻境在文本中的存在而把《红楼梦》视为一部童话或者幻想小说，因为这一切都只是发生在贾宝玉的梦中。

由此便不难发现，要想彻底解决学术界对于《北风的背后》文体归属上的争议，其实只需要解答一个问题，那就是北风和北风的背后到底是小钻石梦境的产物，还是真实地存在于文本所描绘的现实世界之中。然而，这个问题恰恰又是仁者见仁，智者见智的。因为无论我们就北风和北风的背后是否出自于小钻石的梦境做出怎样的判断，在文本中都能找到足够有力的证据来佐证自己的观点。事实上，除了游镇维列举的论据外，文本中还有很多细节向读者暗示了北风和北风的背后只是出自于小钻石的梦境或幻觉。例如无论小钻石跟着北风去哪里游历，经历了怎样的神奇事件，第二天早上醒来时都会发现自己其实就躺在居室的床上。小钻石的爸爸妈妈也都不相信小钻石遇见过北风，因为他们从未看见小钻石晚上离开过居室。而当小钻石到北风的背后游历时，按文本中其他人物的说法，他其实正因为重病而昏迷了几天几夜，一直躺在床上接受医生的治疗，而且他的母亲也一直都守护在小钻石的床边，须臾都没有离开。

除此之外，麦克唐纳似乎还在文本中有意识地提示读者，北风和北风的背后只是小钻石幻想的产物。有一次小钻石夜间误打误撞闯入科尔曼先生家的花园，看到了科尔曼小姐。接下来文本便出现了这样一段描写："科尔曼小姐长得非常漂亮，尽管还不如北风漂亮；她的头发很长，一直垂到了她的膝盖，尽管和北风的长头发相比，那算不了什么；当小钻石进门时，科尔曼小姐扭过头来，一头长发飘逸舒展。小钻石心中突然闪过了北风的影子，于是他挣脱了克鲁普太太的手，向着科尔曼小姐怀里奔去。"麦克唐纳在此处明显提到了科尔曼小姐的外貌特征和北风有很多相似的地方，这也就意味着，科尔曼小姐很有可能就是北风的原型。小钻石的父亲是科尔曼先生家的马车夫，所以小钻石平时见过科尔曼小姐并不为怪。如果科尔曼小姐美丽的容貌给小钻石留下了深刻的印象，那么，小钻石在梦中以科尔曼小姐为原型，杜撰出一个叫作北风的美丽仙子的形象，也不是没有可能的。而在描述北风的背后时，麦克唐纳非常明显地表明了北风的背后和天堂之间的关联。例如他说："有一个小女孩是花匠的女儿，她爸爸误以为她死了，其实她在北风的背后生活得很好。"人死之后灵魂应该进入天堂，但小女孩的灵魂却来到了北风的背后，这显然是在暗示北风的背后就是天堂。更重要的是，麦克唐纳在作品中写到，曾经有一个诗人去过北风的背后，而且在自己的诗歌中描绘了这个世界，"这个诗人出身于意大利贵族家庭，已经死去五百多年了"。《北风的背后》出版于 1871 年，意大利诗人但丁逝世于 1321 年，时间上正好如作品所说，相隔五百多年。因此，文本中的这段描写很难让人不联想到但丁（Dante）和他的《神曲》（*Divine Comedy*），尤其是《神曲》的《天堂篇》（*Paradise*）。照此说来，如果北风的背后真的是天堂的话，那么小钻石游历北风的背后的经历也就成了他在濒死状态下对天堂的下意识想象，而小钻石在童话结尾处去了北风的背后，也只不过是文本对于小钻石死亡的如实描写，只不过添加了一份诗意罢了。

但问题是，我们同样可以在文本中找到很多证据用于证明北风并不是小钻石梦境中的产物。例如有一天小钻石和北风一起在伦敦的上空游荡时，看到了一个被冬夜的寒风被吹得东倒西歪的小女孩。出于对这个小女孩的同情，小钻石便在天空中要求北风将自己放到地面上，并且陪这个女孩在寒风中度过了一夜。结果一个星期之后，小钻石陪父亲去钉马掌时在大街上又碰到了这个叫作南妮的女孩，此后两人还成为非常要好的朋友。再比如，有一天晚上小钻石亲眼看见北风掀翻了一艘邮轮。而就在第二天，科尔曼先生家便得到消息，满载他们家货物的邮轮因为遭遇暴风雨的袭击而沉没了，而这艘船恰好就是北风所掀翻的那条船。南妮也好，装载科尔曼先生家货物的轮船也好，都确凿地存在于文本所描绘的现实世界之中，而小钻石又是在北风的帮助之下才结识了南妮，目睹了沉船。这就充分说明，北风绝不可能仅仅只是小钻石梦中杜撰的产物。由此可见，不管是主张《北风的背后》是一部童话，还是认为它是一部小说，其实都没有抓住这部作品的文体特征。因为它既像是一部童话，又像是一部小说，其文体属性其实是模糊不清的。

## 二 文体模糊的原因：第一人称叙事视角

文本所述内容的"自相矛盾"已经使得《北风的背后》的文体属性显得模糊不清，而麦克唐纳为《北风的背后》选择的叙事者则更是使这部作品的文体归属成为一个无法解开的谜。从叙事学的角度看，《北风的背后》采取的是典型的内聚焦的叙事视角，即由文本中的一个人物形象"我"来充当文本的叙事者。采用第一人称内聚焦叙事是作者在文学创作中经常使用的一种叙事模式，本不足为奇，但问题的关键在于，在大多数采用内聚焦叙事视角的文本中，第一人称叙事者"我"都是文本所讲述事件的亲历者——例如达尔的《女巫》、加缪的《局外人》、鲁迅的《孔乙己》等，莫不如是。但是，在《北风的背后》中，叙事者"我"却只是小钻石所经历的事件的转述者。"我"是雷蒙德先生的一个邻居。在小钻石一家被雷蒙德先生收留之后，"我"偶然地结识了小钻石，并和他成为要好的朋友。在得到小钻石的信任后，小钻石便将自己和北风的故事，以及他在北风的背后的经历告诉了"我"，然后"我"再以叙事者的身份将小钻石讲述的故事转述给读者。

通常情况下，文本的第一人称叙事者都能够保证自己所讲述的事件是真实可靠的，但在《北风的背后》中，作为事件转述者的

"我"恰恰不能保证其叙述的可靠性，而这正是《北风的背后》文体属性显得模糊不清的根本原因所在。布斯曾经在他那部经典的理论著作《小说修辞学》中将文本的叙事者分为"可靠的叙事者"（reliable narrator）和"不可靠的叙事者"（unreliable narrator）。《北风的背后》中的"我"显然属于"不可靠的叙事者"。只不过"我"的叙述之所以不可靠，并不是像布斯所说的那样，是因为没有"为作品的思想规范（亦即隐含的作者的思想规范）辩护或接近这一准则"①，而是因为"我"实在没有能力告诉读者事实的真相。唯一知道事实真相的只有事件的亲历者小钻石，而"我"只是转述了小钻石所讲述的故事，所以，作为叙事者的"我"无法向读者保证自己所讲述的内容是否真实准确，自然也就无法向读者说明关于北风和北风的背后的故事到底是出于小钻石的虚构还是小钻石的亲身亲历。试想，如果将作品的叙事者由"我"换成小钻石，即便依然采用第一人称叙事，《北风的背后》便笃定无疑是一部童话了。因为由小钻石亲自讲授自己经历的事件，他的讲述必然是权威而且可靠的，读者自然会相信北风和北风的背后在文本中是真实存在的。就像在《女巫》当中，尽管读者从来没有在现实生活中见过女巫和能将儿童变成老鼠的药水，但由于叙事者"我"是事件的亲历者和药水的受害者，所以读者自然会相信"我"所说的一切绝对是真实地发生于文本所描绘的世界中。由此便不难引申出一个结论：对于一个童话文本来说，第一人称叙事者"我"必须是事件的亲历者，最起码也应该是事件的目睹者，唯有如此才能保证叙事者讲述的事件具有可信性，否则，童话中那些神奇瑰丽的幻想就真的成了"镜中花，水中月"，童话文体的标志性特征也会随着叙事者权威性的消失而遭到削弱。

---

① 〔美〕W. C. 布斯：《小说修辞学》，华明、胡晓苏、周宪译，北京大学出版社，1987，第178页。

那么，麦克唐纳是因为在创作时考虑不周，才会选择了作为转述者的"我"这个不可靠的叙事者来为读者讲述小钻石与北风的故事，以至于令文本的文体属性都因此变得模糊不清吗？显然不是。因为在文本中有很多细节可以表明，麦克唐纳不仅清楚地意识到了"我"的叙述的不可靠性，而且还刻意地在文本中凸显了这种不可靠性。例如在讲到小钻石在北风的背后的经历时，麦克唐纳特别让"我"提示读者，"现在到了我的故事当中最难讲的部分了。为什么呢？因为我对这些事情也不太了解"，"如果小钻石没有告诉我，我当然就没法知道到底发生了什么事情，而当他从北风的背后回来后，很多事情他都记不起来了，即便是记得的内容他又很难说清楚"。这就相当于是让"我"主动向读者强调了自己的转述者身份，告诉读者"我"其实也不知道事情的真相，"我"只负责将小钻石讲述的故事转述给你们，所以"我"只能姑妄言之，你们也就姑妄听之吧。这就足以证明，麦克唐纳选择让"我"充当文本的叙事者，绝非无心之过，纯属刻意为之。那么，麦克唐纳选择"我"作为文本的叙事者，故意将文本的文体属性弄得模棱两可，究竟意图何在呢？

德国学者安斯加·纽宁（Ansgar Nunning）曾经针对"不可靠的叙事者"提出过一个发人深省的观点。在纽宁看来，应该把"（叙事者的）不可靠性看作读者的一种阐释策略，而不是叙述者的人物特征"。[①] 也就是说，除了从文本的角度来考虑叙事者的不可靠性之外，我们还可以从读者接受的角度去分析叙事者的不可靠性及其产生的叙事效果。纽宁的观点为我们理解《北风的背后》的文体归属以及麦克唐纳对于文本叙事者的选择提供了一个很好的思

---

① 安斯加·F. 纽宁：《重构"不可靠叙述"概念：认知方法与修辞方法的综合》，载 James Pholan、Peter J. Rabinowitz 主编《当代叙事理论指南》，申丹等译，北京大学出版社，2007，第 88 页。

路。由于"我"是一名不可靠的叙事者,所以,单就文本中"我"所讲述的故事本身进行的分析,是根本无法确定《北风的背后》的文体归属的。但是,也正因为叙事者无法证明自己的叙述是完全真实可靠的,所以,读者在阐释文本的过程中反而拥有了更大的自主权,能够根据自己的意愿自行决定是否相信叙事者的叙述。这也就意味着,真正能够对《北风的背后》的文体归属做出最终判断的其实是文本的读者:如果读者相信真的有一个叫作北风的善良仙子曾经带着小钻石一起旅行,还把他带去了一片叫作北风的背后的神奇净土,那么,《北风的背后》就是一部唯美的童话;相反,如果读者觉得北风和北风的背后都只是小钻石的一场梦,那么,《北风的背后》就只能是一部写实性的小说。

麦克唐纳为文本选择了一个不可靠的叙事者,从而将决定作品文体归属的权利全盘交付给了读者,这一举动在整个世界童话史上都是极为罕见的。但是,正所谓得失相半,正因为失去了对于文本文体归属的决定权,麦克唐纳才得以额外收获了一项新的便利,那就是他既可以通过"我"来讲述关于小钻石的故事,又可以通过"我"来表达自己对于童话的一个基本态度,那就是相信童话。正如阿德里安·古瑟所指出的,在《北风的背后》中"明显存在着两个世界,一个是'现实世界',一个是'童话世界'"[1]。"我"和小钻石同处的世界显然属于现实世界,而北风和北风的背后则无疑属于童话世界。"我"虽然是文本的叙事者,但我同时也是小钻石所讲述的那些发生在童话世界的故事的聆听者,从这个意义上说,叙事者"我"其实也跟文本的读者一样,可以选择相信小钻石所讲述的事情,也就是相信童话世界的存在,也可以选择将小钻石所说的一切当作是小钻石对于自己梦境的陈述,拒绝承认童话世界

---

[1] Gunther, Adrian, "The Multiple Realms of George MacDonald's Phantastes," *Studies in Scottish Literature*, Vol. 29, No. 1 (1996): 174.

的存在。而在麦克唐纳的笔下，"我"选择了相信小钻石、相信童话世界的存在。

叙事者"我"虽然承认自己不是那些神奇事件的亲历者，但从始至终都没有对小钻石对于童话世界的描述产生过丝毫的怀疑。在文本的开篇，"我"就强调，即便是历史学家希罗多德所说的话"也未必有小钻石所说的那么可信"。而在文本的结尾，面对小钻石冰冷的尸体，"我"再一次强调"我知道他一定是去了北风的背后"。在童话文本中，现实世界中的人物在经历神奇事件之后，往往需要通过一些证据来证明这些神奇事件的真实存在。例如在《随风而来的玛丽阿姨》中，迈克和简是因为看到了眼镜蛇大王送给玛丽阿姨的蛇皮腰带后，才确认头天晚上在动物园里和动物们一起狂欢的经历并不是一场梦。但是，和这些童话不同的是，在《北风的背后》中，"我"之所以相信童话世界的存在，并非是因为我拥有能够证明北风与北风的背后真实存在的证据，而是因为我从情感上愿意无条件地相信他们的存在。事实上，"我"的态度也正是麦克唐纳试图传达给读者，尤其是儿童读者的态度，那就是无论在现实生活中能否找到童话世界真实存在的证据，无论现实世界和童话世界之间存在着多大的差距和隔阂，我们都应该无条件地相信童话世界的存在，相信童话世界里那些可爱的人物、高贵的品德和美好的情感的存在。而通过叙事者来向读者表明这种坚定不移地相信童话的态度，才是麦克唐纳选择将"我"作为文本叙事者的根本目的所在。

当然，理性地说，童话所描写的那些神奇的人、事、物在现实生活中当然是不可能真实存在的。而且，就像王尔德在他的童话中所揭示的，童话中所宣扬的道德理想是一回事，而现实生活中的道德状况则是另外一回事。其实，对于童话世界和现实世界之间的道德落差，麦克唐纳和王尔德一样有着清楚的认识。在《北风的背后》中，一旦涉及对现实世界的描写，麦克唐纳便展现出了自己高超的写实技巧，而且毫不避讳地对现实生活中种种丑恶现象给予了揭露与批判。就像他的传记作者雷斯所说的："作品的社会背景十分真实……如实地再现了伦敦 19 世纪中叶的场景。"① 这是一个贫富悬殊的社会，而且充斥着冷漠与势利。小钻石一家贫困潦倒，食不果腹，而就在小钻石家的隔壁，戴夫先生一家却过着锦衣玉食的生活。南妮从小失去了父母，由于生活所迫，不到九岁的她不得不一年四季不分白天黑夜地扫街以养活自己。为了果腹，南妮时常会向马车上的富人们乞讨，但她得到的通常却只是无情的驱赶和大声的呵斥。小吉姆一出生就被自己的母亲视为累赘，被母亲打断双腿后被迫流落街头。科尔曼先生一家在富裕的时候经常高朋满座，但破产后却门庭冷落，一家人蜗居在街头的小公寓里无人问津。这就产生了一个问题：既然麦克唐纳明明知道童话里讲述的故事在现实生活中绝不可能发生，而且童话中所宣扬的道德理想在现实生活中又难得一见，那么，他为什么还要建议读者无条件地相信童话呢？在《北风的背后》中，麦克唐纳通过小钻石这一人物形象向我们做出了解释。

## 三 童话如何净化伦理环境：相信童话与实践童话中的美德

在麦克唐纳看来，正因为现实生活中的伦理环境是不完美的，所以更需要通过童话向儿童传递正确的道德理想，以此来帮助儿童树立正确的伦理道德观念。如果按照古瑟的观点，将《北风的背后》中的世界划分为现实世界和童话世界，我们便不难发现小钻石的特殊之处就在于他既生活在现实世界之中，同时又面对着北风和

---

① Reis, R. H., *George Macdonald* (New York: Twayne. 1972), p. 82.

北风的背后组成的童话世界。这就类似于一个儿童生活在现实世界中，但同时手里拿着一个童话文本。换句话说，北风和北风的背后就是小钻石面对的一本童话。儿童的人性因子决定了他们具有向善的潜能，而兽性因子也决定了他们具有作恶的心理前提。因此，儿童在成长过程中是向善还是习恶，完全取决于他们所受的教导，以及周遭的伦理环境对他们施加的影响。实事求是地说，现实生活并没有给小钻石的成长提供一个良好的伦理道德氛围，而他之所以能够具备高尚的品德，完全是得益于他在童话世界中的收获。因为正是得益于北风的正确教导以及他在北风的背后看到善与美，小钻石才得以出淤泥而不染，拥有了一颗和他的名字"钻石"一般纯洁美好的心灵。在小钻石身上，我们不难发现童话在儿童成长过程中发挥的特殊价值。其实，童话的价值并不在于展现真实的现实的伦理环境是怎样，而在于展现理想的伦理环境应该是怎样。而且，也正是由于童话所描绘的伦理环境在现实生活中难以得见，才使得童话在儿童的道德养成过程中具有了无法取代的作用。

当儿童从童话中接受了正确的伦理道德观念的熏陶后，就能用这些美德指导自己的行为，将童话中的美德付诸实践。由于在北风的背后看到过那里的人们是怎样善待他人，而且北风也告诉过他，"我对你好是因为我喜欢被别人善意相待"，这就让小钻石明白了，要想收获他人善意的回报，首先就要对他人善意地付出，用博爱仁善的心灵去对待他人。虽然自己的生活已经非常贫困窘迫，但他依然对所有的人抱有善意，而且竭尽全力去帮助其他需要帮助的人们。他非常同情南妮，不仅在南妮生病时悉心地照顾她，而且还说服父母收留了南妮，让南妮感受到了家庭的关爱。住在小钻石家隔壁的马车夫每天都喝得醉醺醺的，回家之后"不是和老婆吵架，就是打孩子"，所有人都对这个蛮横的马车夫唯恐避之不及，但小钻石却主动跑到马车夫家，帮助马车夫夫妇抚慰啼哭的孩子，还劝告马车夫不要酗酒，应该善待家人。在打理家务和赚钱养家之余，小钻石还会跑到雷蒙德先生资助的儿童医院去陪伴那里的孤儿，和他们一起念诗，听童话故事，将自己在北风的背后的经历讲给他们听。尽管身处一个人情冷漠的社会，富人们大多为富不仁，穷人们为了填饱肚子也是自顾不暇，但小钻石却以他美好的品德给他身边所有的人带去了温暖和慰藉。人们都说他是上帝的孩子（The God's baby），这个称呼其实并不准确，因为他并不是从上帝那里，而是从童话那里学到了这些美好的品德。

　　童话帮助儿童掌握了正确的伦理道德观念后，还能增强他们对是非善恶做出准确判断的能力，让他们更加善于发现现实生活美和善的一面。当小钻石的妈妈有感于生活的艰难和不公，哀叹"这是个令人悲哀的世界"时，小钻石却说"我并不这么觉得"。因为他从北风那里学到了一个道理，生活总是存在美好和丑陋的两面，而"一个善良人，总能够看到生活好的一面"。而且，由于北风的背后这个美好的世界在小钻石头脑中留下了深刻的印象，所以他无时无刻不在现实世界中寻找北风的背后的影子，这就让他发现了现实生活中很多善良的人和美好的事。他在温柔体贴的科尔曼小姐身上看到了友善，在辛勤拉车的老钻石身上看到了勤恳，在将老钻石廉价卖给父亲的约翰先生身上看到了慷慨，在随时向他敞开橱柜的姨妈身上看到了无私的亲情。更重要的是，正因为小钻石总是乐于去发现生活美好的一面，所以他经常能够发现那些旁人没有察觉到的美好的人和事：所有人都觉得酗酒的马车夫对家庭毫无责任心，但小钻石却看到了他努力工作、辛苦养家的勤劳；在所有人都觉得南妮是一个沾染上了社会不良风气的"小大人"时，小钻石却从她对小吉姆的关怀和照顾中看到了南妮性格深处的无私与善良。在小钻石的眼中，生活里到处都是友善和美好，这就越发坚定了他用善意去面对世界、面对他人的决心。

正因为小钻石总是用善意对待他人，所以他总能从他人那里得到善意的回应。当小钻石冒险去治安混乱的天堂街看望生病的南妮时，一名警官被他的善良所打动。由于怕小钻石遭遇危险，这位警官一直暗中跟随着他，并且在小钻石遭遇一群恶毒妇人劫持时搭救了他。小钻石在驾车时因为和乘客聊天而忘记了记录行车里程，于是他在估算车费时特意少算了一段里程。结果这位乘客被小钻石的诚实所打动，非但没有趁机少付车费，反而额外多给了小钻石一笔钱让他去给父亲治病。小钻石驾车养家、为父治病的举动感动了其他马车夫。每天早上他驾车出发之前，其他的车夫都默默地守候在一旁，唯恐他在套马时出错，并且在他套完马具之后仔细检查每一个扣带。有一次小钻石在街头巧遇善良的雷蒙德先生，并将雷德蒙先生给他的一个便士交给了更需要钱的南妮，正是这一举动让雷蒙德先生对小钻石产生了好感。此后，雷蒙德先生不仅教小钻石读书识字，还在生活上给了他很多的帮助。可以说，正是在童话中学到的那些美德让小钻石拥有了纯洁善良的心灵，而他的纯洁和善良又让他接触到越来越多善良的人和美好的事，这就让小钻石进一步坚定了一心向善的信念。就像他在自编的一首歌谣中所唱到的，象征着生活中阴暗一面的寒夜只是一个可以随时可以驱散的幻影，而象征着生活中光明和温暖一面的太阳迟早都会升起。（原词为：Sure is the summer,／Sure is the sun；／The night and the winter／ Are shadows that run。）

　　童话不仅培养了小钻石优良的品德，还赋予了他积极乐观的生活态度。面对贫困的家境，小钻石的父母一直郁郁寡欢。小钻石一开始也和父母一样难过，但正因为他相信自己去过北风的背后，相信自己看见过美好的生活应该是什么样子，所以，他很快就打起了精神，并且告诉自己："我去过北风的背后。那里的一切都很美好，所以我一定要让这里的一切也变得美好起来。"儿童文学理论家方卫平教授认为，童话提供给儿童的是一个"心灵憧憬之邦"①。这个概括是非常准确的。正因为童话能够为儿童勾画出一幅美好世界的图景，才会令儿童对这个美好的世界心向往之，并由此产生为了实现这一美好图景而努力的动力。在《北风的背后》中，显然正是童话世界中的北风的背后给了小钻石坚定的信心，让他相信生活一定会变得好起来，并且愿意为了改变生活的现状而努力。当看到妈妈因为家务辛劳而憔悴不堪时，小钻石想起了自己在北风的背后学到的一个道理，"无论多么的困难，我们都应该做我们该做的事情"。于是，他产生了"我必须试着做些事情让妈妈可以轻松一点"的念头，主动承担起了几乎所有的家务。在父亲因病卧床不起，家里的积蓄已经所剩无几时，小钻石想起了自己在北风的背后听到的一首诗。这首诗讲述了一只勤劳的小鸟为了不给妈妈增添负担，自己早起去抓虫子。于是，小钻石告诉自己，"我就是那只早起的小鸟"，此后他便架起了父亲的马车，承担起了赚钱养家的重任。小钻石的母亲自豪地夸赞自己的儿子就像一个仙子（fairy），事实的确如此。因为小钻石正是在童话（fairy tale）世界里学到了善良、博爱、勇敢、乐观与坚强，并将这些美德运用于自己的生活实践之中。

更重要的是，当小钻石将童话中的美德付诸现实生活的实践之后，他所改变的不仅仅是自己，还有他身边的成人。面对小钻石这样一个纯洁善良的孩子，很多成人都感到非常羞愧，进而对自己的不良思想和行为进行了反省。小钻石的父亲就数次感慨，小钻石比自己更明白什么是真正的爱，更懂得做人的道理。酗酒的马车夫也觉得小钻石就像一个没有长翅膀的天使，而他自己则像是"被魔鬼钻进了身体"。国王十字车站是出租车夫们的聚集地，平时车夫们

① 方卫平：《逃逸与守望——论九十年代儿童文学及其他》，作家出版社，1999，第270页。

在候客时总是彼此开着污言秽语的玩笑，还经常因为争抢客人而发生争斗。但是，当小钻石加入了车夫们的行列后，车夫们都开始约束自己的言行，因为他们觉得在上帝的孩子面前，自己应该表现得更像一个绅士。中国古人在谈及提升个人修养的方法时强调应该"以人为镜"。如果说每个人都是他人的一面镜子的话，那么，成人这面镜子由于饱经世事，难免会沾染上一些污垢与尘埃，早已模糊不清。所以，成人以彼此为镜，往往难以发现自己身上存在的一些道德缺陷。但是，像小钻石这样从童话中学到了高贵的品德，一心向善、心境纯良的儿童则是一面光洁明亮的镜子，成人以这些儿童为参照，就能清晰地发现自己在思想行为和道德观念上存在的问题，进而反躬自省，改过迁善。

此外，当这些成人因为受到小钻石的感染而反躬自省，并且效仿小钻石将美好的品德付诸实践之后，他们发现自己的生活也因此发生了很多积极的变化。国王十字车站门前再也没有了争吵与厮打，车夫们的生意也比原来好了很多。酗酒的马车夫对自己的行为十分懊悔，戒掉了酗酒的恶习，他的家庭也因此再也没有了吵闹与哭声。由于被小钻石的乐观自信所打动，本来已经对生活失去了信心的爸爸妈妈也开始振作起来，开始用乐观和感恩的心态面对生活，他们不仅收留了无家可归的南妮，还善待了雷蒙德先生寄养的马匹，从而通过了雷蒙德先生的考验，成为雷蒙德先生的私人车夫，一家人也从此过上了安稳富足的生活。身边的人们发生的这些积极变化令小钻石觉得非常开心。有一次"我"问小钻石是否会想念北风的背后时，小钻石回答道："我觉得我从来就没有离开过北风的背后。"换句话说，小钻石通过自己的努力，让自己生活的现实世界也变得和童话世界一样美好。

事实上，每个人都有人性因子和兽性因子，换句话说，每个人的心灵都有善恶两面。问题的关键在于人类应该在现实生活中做出怎样的伦理选择：是行善，还是作恶。从这个意义上说，将童话中的道德理想付诸日常生活的实践并不是一句空洞的口号，也不应该仅仅是一个存在于人们头脑之中的美好憧憬，而是有着非常重要的现实意义和实践价值的。亚里士多德（Aristotle）曾经提出过一个引人深省的观点，他认为人类的道德主要是通过道德实践养成的，"自然赋予我们接受德行的能力，而这种能力通过习惯而完善"，"我们先运用它们（道德）而后才获得它们"①。也就是说，人类不仅仅能够因为拥有了美德而将这些美德付诸实践，人类还可以在对美德的实践中铸就自己高尚的品德。小钻石选择了相信童话，相信童话中的美德，并且将他在童话世界中学到的美德付诸日常生活的实践。小钻石对于童话中高尚品德的实践不仅强化了自己的美德，而且带动了身边越来越多的人去相信和实践这些美德，从而使得自己所处的现实生活中的伦理环境得到了极大的净化和改良，而最终作品中的每个人也都因为所处伦理环境的改观而受益匪浅。

就像保罗·阿扎尔说的，儿童的任务"就是带给世界新的信仰和希望……在他们的力量下，维系着避免让人类走入腐朽溃烂的理想主义的力量"。② 如果从儿童给世界带来新的信仰和希望的角度看，我们完全可以将《北风的背后》看作是一个关于童话与现实世界之间的关系的寓言：童话不仅能让儿童从中学到美德，还能通过儿童对于童话中的道德理想的习得与实践去净化现实生活的伦理环境。童话世界其实离我们并不遥远，因为我们可以通过自己的努力让现实世界变得和童话世界一样美好。所以，无论身处何时何地，我们都应该无条件地相信童话，并将童话所弘扬的道德理想付诸日

---

① 〔古希腊〕亚里士多德：《尼各马可伦理学》，廖申白译注，商务印书馆，2003，第36页。
② 〔法〕保罗·阿扎尔：《书，儿童与成人》，梅思繁译，湖南少年儿童出版社，2014，第131～132页。

常生活的实践之中。这或许就是《北风的背后》带给读者的最深刻的启示了。

## 第三节 《驯龙高手》：旧伦理的
## 弊端与新伦理的产生

毋庸置疑，儿童的伦理意识的成熟程度是由儿童对社会既定伦理观念的认知和接受程度所决定的。如果儿童能够充分理解各种伦理观念，并以此来指导自己的思想和行为，那么，他就成为一个成熟的人类个体。所以，在儿童成长的过程中，童话所发挥的作用就是帮助儿童掌握各种伦理观念，使他们成为伦理意义上的成熟个体，成为合格的人类公民。但是，人类社会是在不断发展的，因此，人类社会的伦理观念也需要伴随着人类社会的发展而不断地进步与更新。而且，随着时代的发展，许多陈旧的伦理观念也会逐渐显示出其缺陷和弊端，例如鲁迅先生就曾在《祝福》、《药》、《风波》等作品中深刻地揭示了封建社会腐朽的伦理观念对于中国社会发展造成的障碍。所以，人类固然要对社会现有的伦理观念持有尊重与敬畏之心，同时也应该用发展的眼光对现存的各种伦理观念加以审视，不断地对其加以更新和完善，以使其与时俱进，适应社会发展的需求。很多童话作家，尤其是当代童话作家显然意识到了这个问题，因此，他们在作品中不仅向儿童说明了遵守社会现有伦理规范的重要性，同时也告诉儿童，要学会用发展的眼光看待现有的各种伦理观念。在这一方面，克蕾熙达·柯维尔的《驯龙高手》便是一个很好的范例。

克蕾熙达·柯维尔是当代英国最重要的儿童文学作家之一，被普遍认为是"后《哈利·波特》时代"最优秀的幻想文学作家。

柯维尔的作品，例如《艾米丽·布朗家的小兔子》（*That Rabbit Belongs to Emily Brown*）、《世界上压根没有鬼！》（*There's No Such Thing as a Ghostie！*），都是深受英国儿童喜爱的作品。不过，真正令柯维尔被全世界儿童读者熟知的还是她的著名童话《驯龙高手》。这部童话不仅长期在儿童读物畅销排行榜上占据一席之地，而且已经被梦工厂（Dream Works）翻拍成了全球热映的同名动漫电影，童话主人公小咔嗝和他驯养的龙"无牙"也成了当下最受儿童欢迎的童话形象。在这部童话中，柯维尔讲述了维京儿童小咔嗝战胜巨龙，拯救部落，并且帮助部落建构了全新伦理观念的故事。本节拟通过对文本中维京部落旧伦理的合理性与弊端，以及身为儿童的小咔嗝战胜强大巨龙、建构部落新伦理的原因的分析，阐述这部作品对于人类个体与社会伦理观念之间的关系所进行的深层次思考。

## 一 旧伦理的合理性与权威性

童话的叙事开始于主人公小咔嗝和霍里根部落的其他孩子们接受的一场严酷，甚至可以说是残忍的考验——他们被要求参加"驯龙者入门培训项目"（Dragon Initiation Program）的第一阶段考核。要想通过这项考核，这些平均年龄不到十岁的孩子必须深入一个黝黑的洞穴，并且从洞穴中偷取一只幼龙。在洞穴中，有三千只龙正在冬眠。这些龙生性凶残，有着锋利的爪子和牙齿，嘴里还能喷出炙热的火球，能将一个成年人轻易地烧成灰烬。一旦参加考核的儿童们惊醒了任何一条龙，洞穴中所有的龙都会被唤醒，而这些儿童也将成为"这三千只龙春天里的第一顿美餐"[①]。即便是这些儿童能够从这个充满了杀机的洞穴中全身而出，但如果他们没有成功地

---

① Cowell, Cressida, *How to Train Your Dragon*（New York：Hachette Book Group, 2010），p. 7. 以下文本引文全部译自该版本，不再一一注明。

偷到属于自己的龙，也要被永远地放逐出霍里根部落。而在这片"举目所及，寸草不生，只有大海和雪原"的北欧原野上，被放逐出部落无异于让他们走向死亡。

但是，要想成为一个霍里根部落的正式成员，这些儿童所要接受的考验还只是刚刚开始。在偷到属于自己的龙后，他们还必须在四个月的时间内完成对自己的龙的训练，这也是"驯龙者入门培训项目"的第二阶段考核。他们必须学会"将自己的意志施加在这些龙的身上，让这些龙明白谁是它们的主人"。四个月后，霍里根和米特海这两个维京部落的人们将聚集在一起，举办一个叫作"托尔神星期四庆祝日"（Thor'sday Thursday Celebration）的维京传统节日，而节日仪式的重头戏就是让参加考核的孩子们在众人面前展示自己驯龙的能力。他们必须让自己训练的龙服从自己发出的各种指令，还要让这些龙在自己的指挥下完成捕鱼的任务。只有在测试中顺利通过了所有维京部落长老的检验，证明自己已经完全具备了驯龙的能力后，他们才能正式成为一个维京人。而一旦他们无法在四个月内完成对自己的龙的训练，或是在"托尔神星期四庆祝日"那天的测试中没有拿出令人信服的表现，等待他们的命运依然是被放逐，也就是走向死亡。

显然，对于包括小咔嗝在内的每一个维京儿童而言，"驯龙者入门培训项目"都是一项非常残酷的考验，稍有不慎便会付出生命的代价。但是，儿童必须经过"驯龙入门培训项目"的考验，才能成为维京部落的正式成员，这却是《驯龙高手》中维京人千百年来一直沿袭的习俗。无数的维京人通过这项测试，成为真正的维京勇士——当然，也有无数的维京儿童因为无法通过测试而失去了自己的生命。那么，为什么在漫长的岁月中，从来没有一个维京人对这项有可能让儿童付出生命代价的残酷习俗提出过公开质疑，或者试图改变这一习俗呢？

这是因为"驯龙者入门培训项目"派生于维京部落的一个根深蒂固的伦理观念，那就是只有强壮的个体才能获得生存的权利，而弱小者只能接受被淘汰的命运。他们还将这种伦理观念简化为一句口号——不成英雄毋宁死（Death or Glory）。维京人之所以让自己的孩子冒着生命危险去偷龙，目的就在于"测试儿童的勇气和偷袭的技巧"，看儿童有没有足够的胆量深入龙穴，并且在不惊醒龙群的情况下成功地偷取幼龙。而他们让儿童在规定的时间内完成对龙的训练，则是为了"测试他们的个人魄力"，即看他们能不能在龙的面前体现出足够的威慑力，使龙屈服于自己的意志，服从自己的指挥。只有顺利通过这两个阶段的测试，维京儿童才能证明自己有潜力成为一个骁勇善战的维京勇士。显然，维京人之所以设置"驯龙入门培训项目"，其目的就是要让有潜质成为强壮勇士的儿童脱颖而出，而让勇气不足，能力不够的儿童接受被淘汰的命运，因为按照他们的伦理观念，"只有强者才能够留在部落，只有英雄才有资格成为维京部落的成员"。

维京人的这种只有强者才能生存的伦理观念不仅体现在"驯龙者入门培训项目"上，同时也体现在他们日常生活的方方面面。维京人之所以要儿童训练龙而不是别的生物，是因为在他们看来，只有凶猛强悍的龙才有资格成为维京勇士捕猎和战斗时的帮手，而且以龙作为自己的帮手，也正是维京勇士强大力量的最佳体现。用他们自己的话说，"懦弱的人们训练老鹰为他们捕猎，训练马作为自己的坐骑。但只有维京勇士才有勇气去驯服世界上最有野性、最危险的生物——龙！"在驯龙的方法上，维京人同样体现出了他们对于力量的推崇。维京部落的经典驯龙著作《驯龙宝典》中只写了简简单单的一句话："训练龙的黄金法则就是朝着它大声吼叫，越大声越好。"在维京人看来，龙是一种残暴、贪婪的动物，只要人类稍一示弱，它们就会凌驾于人类之上。而龙之所以会服从主人的命令，只可能是因为主人比它们更加强大。因此，要想驯服龙，唯一的方法就是对龙大声吼叫，在龙的面前展现出自己强大的力量，从而使龙畏惧自己、服从自己。维京人对自己部落成员的评价标准同样基于这种崇尚强者与力量的伦理观念。在他们心目中，只有高大强壮的人，才能被称为"有用的人"（The Useful），而那些矮小瘦弱的人，例如童话的主人公小咔嘣，则被称为"无用之辈"（The Useless）。所以，维京人特别喜欢展现自己的强壮和力量，虽然气候严寒，但他们总是身着短裤和马甲，"以展示自己龙虾般红通通的健康肤色和发达的肌肉"。在发生争执时，他们总是用打斗来解决争议，谁要是不敢打斗，就会被视为懦夫。甚至连他们的娱乐项目都意在展示自己的力量。维京儿童喜欢玩一种叫作维京碰碰球的游戏，"这是一种非常暴力，有大量的身体接触，却没有任何规则的游戏"，而成年人则热衷于比试谁抛出的铁球更远，谁能在一分钟内吃掉更多的海鸥蛋，谁能把巨斧舞出更多花样，等等。总而言之，在维京人的日常生活中的点点滴滴都体现出他们对于力量和强者的推崇。

实事求是地说，如果以大多数文明社会的伦理观念作为参照系，童话中维京部落这种认为只有强者才有资格生存的伦理确实显得有些严酷，他们对力量的推崇也显得过于极端。而且，这一伦理观念已经被维京人信奉了近千年，却没有丝毫的发展与变化，确实是显得有些陈旧了。但是，如果考虑到童话中维京部落的伦理环境就不难发现，这种认为只有强者才能生存的伦理观念其实也有其合理之处。在文学伦理学批评中，文学作品的伦理环境是指"文学作品中存在的历史空间"[①]，即文学作品所描写的人和事所处的历史空间，以及文本所描写的特定伦理观念的产生背景。文学文本的伦理

---

① 聂珍钊：《文学伦理学批评导论》，北京大学出版社，2014，第256页。

环境有时是写实的，例如巴尔扎克大部分小说中的伦理环境就基本上如实复制了波旁王朝复辟时期法国社会的伦理环境。但有时文本的伦理环境也是完全虚构的，例如《驯龙高手》中的伯克岛。伯克岛是一个位于北欧极寒地带，靠近极地的荒凉岛屿。这里的气候条件十分恶劣，一年之中下雨的日子比晴朗的日子多，下雪的日子比下雨的日子多，下冰雹的日子比下雪的日子多。除了糟糕透顶的天气之外，伯克岛其他方面的生存条件也十分恶劣，"这里食物短缺，经常发生海啸，周边还有一些以人肉为食的野人部落"。更重要的是，他们在生存竞争中还面对着一个强悍的对手，那就是龙。他们必须和这些尖牙利爪、会飞翔、能喷火的龙去争夺本已稀缺的生活资料。

了解了童话中维京人所处的伦理环境，便不难理解他们的伦理观念为何对强者和力量如此推崇，以及他们为什么要为儿童设置如此残酷的考核。他们之所以推崇强者和力量，并且无情地淘汰儿童中的弱小者，主要是因为只有勇敢强壮的个体才能适应这种恶劣生存环境，在激烈的生存竞争中生存下来，使得族群得以延续。由此也不难发现，任何一种伦理观念总是产生于特定的伦理环境，而人们之所以建构出某种伦理观念，也必然是为了满足某种特定的需求。因此，即便是一些看似荒唐的伦理观念，肯定也有其合理之处。陈寅恪先生在谈到治史方法时曾经指出："对于古人之学说，应具了解之同情，方可下笔"，"故其所处之环境，所受之背景，非完全明了，则其学说不易评论"①。其实，文学研究也需要采用这种"了解之同情"的态度。要想对文学作品当中的人物和事件做出客观评价，就必须尊重文学作品所描写的伦理环境，不能仅从读者自己的伦理立场出发对作品进行分析和评价。

---

① 陈寅恪：《冯友兰中国哲学史上册审查报告》，载《金明馆丛稿二编》，生活·读书·新知三联书店，2001，第 279 页。

而且，即便不考虑维京部落的伦理观念是否具备合理性，维京人对于自己部落的伦理观念通常也都是选择了认可与接受，这是由伦理观念本身所固有的权威性所决定的。著名人类学家露丝·本尼迪克特（Ruth Benedict）对个体与其所属社群的关系做过精准的描述，在她看来："个体生活的历史中，首要的就是对他所属的那个社群传统上手把手传下来的那些模式和准则的适应。落地伊始，社群的习俗便开始塑造他的经验和行为。到咿呀学语时，他已是所属文化的造物，而到他长大成人并能参加该文化的活动时，社群的习惯便已是他的习惯，社群的信仰便已是他的信仰，社群的戒律亦是他的戒律。"[①] 本尼迪克特的描述有助于我们理解童话中的维京人对于部落伦理观念的认可与推崇。对于任何一个人类个体来说，伦理观念总是先于该个体而存在的。这也就意味着，人类从一出生就开始接受自己所处伦理环境的各种伦理观念的影响和熏陶，而且个体也只有在接受了这些伦理观念之后，才能够顺利地融入所属的社群。从这个意义上说，人类创造了伦理，但伦理也塑造了人类。所以我们在文本中看到，几乎所有的维京人都对部落的伦理观念深信不疑，而且推崇备至。

　　更重要的是，在具有权威性的伦理观念面前，个体的意志往往是微不足道的。其实，主人公小咔嚼和他最好的伙伴鱼腿都是维京部落陈旧伦理观念的受害者。小咔嚼身材矮小，瘦得只剩皮包骨头，"是那种扔到人堆里就会被完全忽视的普通人"。鱼腿的处境比小咔嚼更惨。除了和小咔嚼一样身材矮小之外，他还有一个作为维京人的致命伤，那就是患有过敏性鼻炎，而过敏源正是包括龙在内的所有爬行动物。在龙穴当中，就是因为他对龙过敏，所以打了个巨大的喷嚏，结果一下吵醒了三千多条龙，差点害所有人都丢了性

---

　　① 〔美〕露丝·本尼迪克特：《文化模式》，王炜等译，生活·读书·新知三联书店，1988，第5页。

命。小咔嗝和鱼腿之所以能够成为最好的朋友，最重要的原因就是他们都认为"驯龙者入门培训项目"是一项疯狂而且愚蠢的测试，而且对维京部落陈旧的伦理观念心存不满。但是，身为维京人的孩子，他们无法选择自己所处的伦理环境，只能被迫地服从部落的伦理观念，不但要参加他们极不擅长的测试，还要接受被众人称为"无用之辈"的残酷现实。

综上所述，童话中维京部落认为只有强者才有资格生存的伦理观念的确有其残酷与偏激之处，但如果将其放置于伯克岛的具体伦理环境之中加以考量，就不难发现这一伦理观念确实也具有一定的合理性。更重要的是，对于社会个体而言，必须尊重与服从自己具有权威性的伦理观念。因此，尽管"驯龙者入门培训项目"是一项非常残忍的考核，有可能让很多的维京儿童丢掉性命，但大家还是选择了接受这一习俗，服从了部落的伦理观念。不过，和大多数童话不同的是，《驯龙高手》不仅描写了维京人对于自己世代沿袭的伦理观念的信奉与推崇，从而向读者说明了尊重与服从所属社会伦理观念的重要性，同时又让维京人因为自己陈旧的伦理观念而处于非常不利的境地，从而引导读者对于个体与伦理观念之间的关系进行更深层次的思考。

## 二 旧伦理的弊端

千百年来，维京人一直遵从只有强壮的个体才有资格生存的伦理观念，并且用"驯龙者入门培训项目"来对维京儿童进行严格的考核。一代又一代的维京儿童通过考核，成为真正的维京勇士，维京人也从未觉得自己的伦理观念和为儿童设置的考核方式有任何的不妥。但是，就在小咔嗝他们接受"驯龙者入门培训项目"的那天却接连发生了两起意外事件，这两起意外事件不仅使得整个维京部落陷入非常尴尬和凶险的处境，而且也充分暴露了维京部落陈旧的伦理观念所具有的弊端。

第一起意外事件发生在维京儿童接受考核的现场。小咔嚼的龙"无牙"和鼻涕虫的龙"火虫"因为素有积怨，在考核过程中发生争执并且厮打起来。在打斗中，火虫又误伤了其他的龙，结果导致霍里根和米特海两个部落所有参加考核的龙全都加入了战团，场面一片混乱。尽管孩子们使尽浑身解数，试图将自己的龙拉出战团，但是，"无论他们怎样朝自己的龙大声吼叫，这些龙都完全不予理会"。直到部落里的成年人出手制止，才终止了这场混战。这场群龙混战使得整个维京部落"陷入了一片可怕的寂静中"，因为他们意识到，自己的部落正面临着一个前所未有的尴尬处境。由于参加考核的"所有儿童都没有展现出能够完全驾驭龙的能力"，所以，按照维京部落的习俗，必须将他们全部放逐。尽管此前也有儿童因为没能通过考核而遭到放逐，但是，一次性放逐参加测试的全部二十个儿童，这在维京部落的历史上还是破天荒的第一次。

此时维京人正面临着一个两难的选择。维京人之所以设置"驯龙者入门培训项目"，其目的就是为了在儿童中挑选出强壮有力的勇士，从而保证自己的种族在激烈的生存竞争中始终保持强大的战斗力和竞争力。但是，如果按照习俗将所有的孩子全部放逐，这也就意味着"部落将失去整整一代的勇士"。可以预见的是，十余年后，维京部落的成员构成将是非老即幼，唯独缺少小咔嚼他们这一代被放逐的中坚力量，这不仅是对部落利益的巨大伤害，而且也违背了维京人设置"驯龙者入门培训项目"的初衷。但是，如果对这些未能通过测试的儿童法外开恩，又明显违背了维京部落沿袭了千百年的习俗和伦理观念。最终，经过维京长老会议慎重而激烈的讨论，维京长老们做出了他们的选择。他们决定尊重传统习俗和伦理观念，将参加测试的儿童全部放逐。这也就意味着，他们通过一项旨在挑选未来勇士的考核，将所有未来的勇士全部都扫地出门。

如果说"驯龙者入门培训项目"考核现场发生的意外只是让维京部落失去了整整一代勇士，还不至于马上身陷绝境的话，那么，在深海发生的另一起意外事件则足以令维京部落遭受灭顶之灾。就在部落长老们决定放逐所有儿童之后，狂风暴雨肆虐了整整一夜，汹涌的海浪吵醒了两条在深海酣睡的巨龙。这两条巨龙都是海龙，即所有的龙当中体型最为巨大的一种龙。其中一条海龙"体型只是一般海龙的大小，大概只有一座小山包那么大"，而另一条名叫"绿色死灵"海龙，"它的体型足有霸王龙的二十多倍。它更像一座闪着邪恶的光芒的大山，因为一个生物根本不可能拥有这么巨大的体型。"深海的巨浪把这两条海龙从海底托起，又恰好将它们冲到了伯克岛的海滩上——也就是霍里根部落的旁边。

面对绿色死灵这样的巨龙，维京人一直引以为傲的力量完全失去了作用。按照维京人的传统观念，战胜对手的唯一方法就是拥有比对手更加强大的力量。所以，当绿色死灵出现在他们面前时，他们依然沿用了驯龙的传统方法，那就是朝着绿色死灵大声地吼叫，试图在对手面前展现自己强大的力量，令对手恐惧与退缩。在他们看来，只要所有的维京人聚集在一起发出怒吼，"足以让无所不能的雷神托尔本人吓得扔掉手中的大锤，像个婴儿一样号啕大哭"，一定能够吓退巨龙。可是绿色死灵的强大程度完全超乎了维京人的想象。它的一声怒吼"使得维京人的吼叫听起来就像一个婴儿的牙牙学语"，而且它"只是轻轻挥动了一下爪子"，就把维京部落中最强壮的勇士葛伯"像弹一个小纸团一样弹飞了出去"。更致命的是，"绿色死灵"明确地向维京人表示，它的目的就是吃掉所有的维京人。直到这时维京人才意识到，自己引以为傲的强壮和力量在巨龙面前简直可以忽略不计，而他们一直信奉的靠强大的力量就能在战斗中战无不胜、攻无不克的理念显得多么愚昧与可笑。

这两起意外事件使得维京部落伦理观念的弊端得到了充分的展现。从表面上看，参加考核的儿童全部遭到放逐是由于意外事件所造成的，但究其实质，却是由于维京部落伦理观念中对于力量的片面推崇所造成的。正是由于维京人将力量作为评价儿童的唯一标准，认为只有强壮的个体才有资格生活在部落之中，所以他们才会用"驯龙者入门培训项目"这种残酷的考核方式来遴选未来的部落成员。尽管维京人片面推崇强者和力量的伦理观念的确是事出有因，但这种伦理观念以及由之派生出的考核方式违背了舐犊情深的基本人伦，这也是不争的事实。虽然此前也有少数儿童被放逐，但维京人只是将之视为"为了防止部落血脉衰败"而做出的必要牺牲。但是，这次意外事件造成二十个被试儿童全部遭到放逐，却将维京部落伦理观念忽视了对儿童的关爱以及罔顾骨血亲情的弊端以一种极端的方式彻底地暴露了出来。

　　过分崇尚力量还使得维京人缺乏对大自然的敬畏和了解，这一点集中体现在他们对待龙的态度上。在维京人看来，只要自己拥有了强大的力量，就能征服自然、战胜大自然中的一切对手。维京人世代驯龙并且以此为荣，但他们其实对龙并不了解。在他们看来，只要自己足够强壮有力，就能对龙形成震慑，使龙臣服于自己。维京人的祖先曾经掌握了龙的语言，能够和龙顺畅地交流。但是，对于力量的过度推崇和盲目自信使得他们后来禁止部落成员学习龙的语言，因为他们觉得，在强大的维京人面前，"龙只是一种卑劣的生物，只配被呼来喝去。跟龙对话简直就是抬举了它们"。正是由于他们对龙缺乏了解，才使得他们根本不知道还有海龙这种可怕生物的存在。而且，在面对海龙时，他们对这个强大对手的习性、特长、弱点都一无所知。而就在维京人面临巨大的威胁，需要他们驯养的龙与自己并肩战斗时，那些龙却早已逃得不见了踪影。维京人和龙一起战斗、捕猎、生活，可以说，龙是维京人日常生活中最重要的战友和伙伴。但是，他们一直是单纯靠力量使龙屈服于自己，所以这些龙虽然对维京人唯命是从、俯首帖耳，但也仅仅是因为它们觉得"人比我们更强大，而且给我们食物"。一旦它们意识到"绿色死灵"的出现使得"这个岛上的权力已经发生了更迭，主人已经不再是最强大的了"，就毫不犹豫地选择了逃离。可以说，"绿色死灵"的出现使维京人对龙的无知，他们驯龙方法上的谬误，以及他们面对大自然时的傲慢得到了彻底的暴露。

除了罔顾骨血亲情与缺乏对大自然的敬畏之外，维京人片面推崇力量的伦理观念还对部落文明的发展造成了巨大的阻碍。维京长老们决定放逐所有的儿童，这也就意味着他们坚持认为只有强壮的个体才有资格成为维京部落的成员。但是，就像小咔嗝所说的，"这个部落究竟有多么愚蠢，竟然容不下一个普通人？"鱼腿和小咔嗝都是非常聪明善良的孩子，鱼腿的梦想是做一个优秀的面包师，让部落的成员不再忍受粗糙难吃的食物的折磨，而小咔嗝则头脑灵活、聪慧过人，擅长出谋划策和制作各种工具。鱼腿和小咔嗝本来可以依靠自己的才能为部落做出不同的贡献，但是，按照维京部落的评价标准，必须拥有强壮的身体才算得上是真正的维京勇士，身材瘦小的小咔嗝和鱼腿都纯属无用之辈，理应遭到放逐。事实上，当维京人把力量作为唯一崇尚的对象与选择部落成员的唯一标准时，也就不可避免地导致了部落文明发展的举步维艰。正所谓"和实生物，同则不济"①，对于任何一个人类文明来说，保证包括伦理观念在内的各种思想观念的丰富性与多样性是非常重要的，这也是人类文明得以实现多样化的充分发展的前提。经过了千百年的发展，伯克岛上维京人的文明水平依然非常落后，只会使用粗糙的刀、斧等武器捕猎以获取有限的食物，以至于在面对"绿色死灵"

---

① 徐元诰撰《国语集解》，中华书局，2002，第 470 页。

这样强大的对手时，他们甚至都拿不出一件像样的精良武器，只能完全凭借"强壮"的身体去对抗这个不可能战胜的对手。而且，过分推崇个人力量的观念使得维京人好勇斗狠，普遍缺乏团结协作的意识。鼻涕虫对小咔嗝部落首领继承人的身份心怀嫉妒，"始终在寻找机会干掉小咔嗝，以便让自己成为霍里根部落的未来首领"。而小咔嗝的父亲斯托克作为霍里根部落的首领，与米特海部落首领莫伽顿之间的关系也是势同水火。即便是在面对巨龙威胁的时候，两人依然没有团结协作，而是各自拿出不同主张，争执不下。显然，维京人在生存发展道路上的举步维艰，以及面对海龙时的束手无策，都与他们片面推崇个人力量，却忽略了智慧、友善、协作精神等其他优良品质有着密切的关联。

毋庸置疑，任何一种伦理观念的产生都必然是基于一定的合理性的，童话中的维京人正是为了应对激烈的生存竞争才形成了唯有依靠强大的力量才能生存下去的伦理观念，而这一伦理观念也的确帮助维京人在激烈的生存竞争中生存了下来。但同样毋庸置疑的是，任何一种伦理观念一旦长期存在，就会在人们的头脑形成一种无形的束缚，乃至造成思维的定势，使人们习惯于、并且只习惯于运用这种伦理观念去指导自己的思想和行为，甚至忽视了这种伦理观念的缺陷与弊端。更何况，人类在生存与发展的过程总是会不断产生新的需求、遭遇新的困惑、面临新的危机，而这些新问题往往又是那些过于陈旧的伦理观念无法有效应对和解决的。就像在《驯龙高手》中，"驯龙者入门培训项目"考核时出现的意外以及海龙的突然出现，这些都是维京人此前从未遭遇过的危机，而维京部落陈旧的伦理观念已经无法帮助他们化解眼前的危机。这就充分说明，任何一种思想观念，包括伦理观念在内，都必须随着时代的发展而不断调整更新。

事实上，已经有维京人意识到了旧伦理的弊端，例如小咔嗝的爷爷老威利就说过，"大声吼叫对于和海狮差不多大小的龙或许管用，但是在面对更大的龙时则无异于自杀"，"时代正在发生改变，我们不能再延续用强壮和暴力去解决一切问题的思维定式"。但是在大多数维京人，尤其是斯托克和葛伯等深受传统维京伦理观念熏陶的维京成年勇士看来，老威利的话只是在疯言疯语，完全不必在意。从这个意义上说，维京部落虽然遭遇了空前的危机，但也未尝不是一件好事。正所谓穷则思变，只有当维京人发现自己的伦理观念已经使自己身陷绝境时，他们才会试图去寻求改变。维京长老们收回了放逐所有儿童的成命，请求小咔嗝代表部落去和"绿色死灵"谈判，这说明他们已经清楚地意识到了部落旧伦理的弊端，而且也承认自己业已僵化的头脑无法正确应对部落当前面临的危机。所以，拯救部落的使命也就顺理成章地落到了以小咔嗝为代表的维京儿童身上。

## 三　新伦理的产生及其启示

当维京成年人面对"绿色死灵"的威胁束手无策，只能坐以待毙时，是小咔嗝带领着其他被放逐的维京儿童挺身而出，拯救了整个部落。小咔嗝制订了一个绝妙的作战计划。他先是代表部落和"绿色死灵"进行了谈判，并利用这一机会增强了对于对手的了解。然后，他又利用海龙狂傲自大，容不得任何轻视与侮辱的特点，用龙语巧妙地挑拨起了两条海龙之间的矛盾，让它们自相残杀。经过一场激烈的战斗，"绿色死灵"杀死了另一条海龙，但自己也身受重伤。最后，小咔嗝又在无牙和其他儿童的配合下，除掉了"绿色死灵"。得益于这些儿童的勇敢和智慧，本来已身处绝境的维京部落奇迹般地幸存了下来，这些本该被逐出部落的孩子也成了拯救部落的英雄。这就引出了一个问题：为什么拥有更加丰富的驯龙经验和战斗经验的成年人面对"绿色死灵"束手无策，而身为儿童的小咔嗝却能够战胜巨龙，拯救部落于水火之中呢？

其实，小咔嗝之所以能够战胜巨龙，根本原因恰恰在于他只是一个儿童。著名童书作家和儿童教育家乔斯坦·贾德（Jostein Gaarder）曾经提出过一个颇有创见的观点，他认为儿童相对于成年人最大的优势就是"他们完全没有任何先入为主的观念"①。事实上，儿童不可能完全没有任何先入为主的观念，因为儿童自从诞生于某一特定人类社群的那一刻开始，他们就开始接受自己所属社群的各种思想观念，包括伦理观念的耳濡目染的熏陶，并将这些观念作为自己认识世界、理解世界的先决条件。但是，儿童在思想观念中没有太多的成见，却也是不争的事实。在童话中，维京的成年勇士之所以面对"绿色死灵"束手无策，就是因为他们已经饱受维京陈旧的伦理观念的熏陶，既缺乏对龙的深入了解，又只会用蛮力来解决问题。小咔嗝则不然，由于他尚且年幼，所以维京部落旧伦理还没有对他造成深入骨髓的影响，这就使得他往往能够突破旧伦理的束缚，想成人所未想，行成人所未行，而这正是小咔嗝能够力挽狂澜的关键所在。

小咔嗝对维京旧伦理的突破首先体现在他习惯于用智慧，而不是蛮力解决问题。小咔嗝是一个非常聪明的儿童，用鱼腿的话说，他"一个小指头里面装的智慧都比鼻涕虫整个脑袋里面的智慧要多"。维京传统的伦理观念片面地推崇力量，但小咔嗝对此显然并不认同。在日常生活中，他更乐于用智慧去解决各种难题。当其他维京人都在拼命朝着龙吼叫，试图通过自己的力量驯服龙时，他却专门准备了一个笔记本记录驯龙的心得，并且不断思考、尝试新的驯龙方法；当其他维京儿童在维京碰碰球的竞技场上斗得不亦乐乎

---

① 〔挪〕乔斯坦·贾德：《苏菲的世界》，萧宝森译，作家出版社，1996，第303页。

时，他却在和维京部落的智者老威利聊天，从前辈那里汲取有益的智慧。正因为小咔嗝平时习惯于用智慧而非蛮力解决问题，所以在面对"绿色死灵"这样的强大对手时，他首先想到的是智取而不是力敌。所有人都因为同时有两条海龙盘踞在部落之外而吓得手足无措，唯独小咔嗝想到了可以通过激起两条龙的矛盾并从中渔利的主意，并且依靠自己的智慧制订了周密的作战计划，最终成功地打败了巨龙。当小咔嗝战胜巨龙后，维京人为他举办了只有伟大的维京英雄才有资格享受的欢迎仪式，维京长老们也决定不再只用"驯龙者入门培训项目"来考核儿童。因为小咔嗝用自己战胜巨龙的经历给所有的维京人都上了一课，让他们明白了力量并不是评价一个人是不是真正的维京勇士的唯一标准，智慧也可以成为维京勇士引以为傲的资本，维京人的片面强调力量的旧伦理也因此得到了更新。

小咔嗝对旧伦理的突破还体现在他对待龙的态度上。维京人普遍认为在强悍的维京人面前，龙是一种卑劣的生物，不应降低身价与龙沟通交流，只需要用自己强大的力量去征服它们就够了。但是，作为儿童的小咔嗝对龙却没有这样的成见。在小咔嗝看来，龙是一种非常迷人的生物，所以"他从小就对龙非常着迷，所以花了很多时间去观察和了解龙"，这就使得他对龙有了深入的了解。而且，正是出于对龙的兴趣和喜爱，他才会偷偷地学习龙的语言，成为维京部落中唯一会说龙语的人。而在小咔嗝打败巨龙的过程中，这些技能都发挥了巨大的作用。如果不是因为懂得龙的语言，小咔嗝便无法和"绿色死灵"巧妙地展开周旋，并且成功地挑起两条海龙之间的矛盾。如果不是得益于平时对龙的深入了解，小咔嗝也不会知道呼吸道是龙最脆弱的器官，更不可能抓住这一弱点给予"绿色死灵"致命的打击。可以说，正是因为小咔嗝不像成年维京人那样对龙抱有成见，才使得他拥有了在危机时刻拯救部落的能力。

小咔嗝对维京部落旧伦理的突破还体现在他的驯龙方法上。长期以来对龙的观察和了解使他清楚地意识到，如果只是使用粗暴的吼叫，"龙是不可能被驯服的"。于是，他决定尝试一种前所未有的驯龙方法，"给《驯龙宝典》写进新的内容"，那就是"尽自己所能地对无牙好"。他要通过善待无牙，让龙对自己产生感情，成为自己的伙伴而不是仆从。小咔嗝对无牙的悉心照料和殷切关爱没有白费。在和"绿色死灵"的战斗中，无牙的举动"完全颠覆了霍里根部落人的世界观"。维京人一直认为"龙不可能有无私的想法，也不可能有牺牲精神"，但当"绿色死灵"抓住小咔嗝时，无牙却奋不顾身地扑向了"绿色死灵"。正是由于无牙舍生忘死的战斗，小咔嗝才得以从龙口中逃生，而且趁机用头盔塞住了"绿色死灵"的喷火洞，导致"绿色死灵"被郁积在体内的火焰炸死。无牙身负重伤昏迷后，维京人破天荒地以安葬维京英雄的方式为它举行了一场隆重的葬礼。虽然事后证明这只是一场误会，但维京人厚葬无牙的行为足以说明，无牙的表现已经让整个维京部落对龙以及驯龙的方式有了全新的认识。

　　善于运用集体的力量也是小咔嗝不同于维京成人的一个突出优点。维京人崇尚个人力量，推崇个人英雄主义，但小咔嗝却清醒地意识到，面对"绿色死灵"这样强大的对手，必须依靠集体的力量才有取胜的希望。当部落里的成年人还在就应敌策略争执不休时，两个部落的维京儿童却紧密地团结在了一起。他们在小咔嗝的指挥下密切配合，先是针对巨龙呼吸道脆弱的特点制作了大量的毛球炸弹，然后又兵分两路，分别激怒了两条海龙，顺利地挑起了海龙之间的内斗，为这场战斗的最后胜利奠定了基础。这群儿童之所以能够战胜巨龙，固然离开不小咔嗝对龙的了解以及运筹帷幄的智慧，但同样也得益于他们能够抛弃部落之间的成见，团结一致，充分地调动和发挥了集体的力量。在这些懂得运用集体力量的儿童身上，我们看到了一种强调集体力量的维京新伦理的产生，而这也无疑昭示了维京部落更加光明的未来。

由此便不难发现，小咔嗝不仅战胜巨龙，拯救了部落，而且还建构了部落的新伦理，那就是不再片面地强调强壮与力量，而是强调要懂得运用智慧；不再一味彰显个人的能力，而是要依靠集体的力量；不再傲慢地对待大自然，而是懂得尊敬与敬畏大自然。随着新伦理的建构，维京人对于龙的认识、对于驯龙方法的认识、对于集体的力量的认识、对于什么是英雄的认识，也都得到了全面的刷新。而维京部落也必然会在这些全新的伦理观念的指导下，取得新的发展。

实事求是地说，小咔嗝之所以能够突破旧伦理的束缚，创造了部落的新伦理，除了他不像成年人那样背负太多观念上的成见之外，还得益于他所具备的一些优良品质。事实上，小咔嗝身上的这些优良品质也是文本试图带给儿童读者启示。在小咔嗝身上，我们能够清楚地看到一种宝贵的质疑精神。也就是说，面对维京部落的旧伦理，小咔嗝并不是一味地被动接受，而是主动地用质疑的眼光对其加以审视和思考，并在思考的过程中形成自己的见解。小咔嗝习惯于用智慧解决问题的思维方式、对龙的独到见解，以及他驯龙的独特方法，都是他大胆质疑维京旧伦理的结果。事实上，质疑精神是每一个人类个体都应该具备的优秀品质。失去了质疑精神，现有人类文明中的种种偏颇与弊端也就失去了被发现与被纠正的可能，人类文明也就失去了创新与发展的动力。从这个意义上说，培养儿童的质疑精神就是在为人类社会的进步提供动力。由此便不难理解，为什么很多优秀的文学作品都强调了儿童应该用质疑的眼光看待世界。例如在《巨人传》中，拉伯雷就让年仅五岁的高康大提出了"人为什么一定要用纸来擦屁股"的疑问。① 虽然《巨人传》

———————————

① 故事详见《巨人传》第 1 卷第 13 章《高朗古杰怎样从高康大擦屁股的方法上看出他惊人的智慧》。

中讲的这个故事明显带有夸张与戏谑的色彩，但在强调儿童应该具有大胆的质疑精神这一点上，它和《驯龙高手》是毫无二致的。

除了拥有宝贵的质疑精神之外，小咔嗝身上还体现出敢于尝试、勇于实践的优良品质。其实，并非只有小咔嗝一个维京儿童对维京部落的旧伦理感到不满，例如鱼腿就抱怨过"我讨厌做一个维京人"，暴力格也认为"驯龙者入门培训项目"是一项"把法则看得比亲生儿子还重要的愚蠢测试"。但其他儿童的质疑都只是停留于口头，唯有小咔嗝能够在对维京部落旧伦理有所质疑的基础上，大胆地将自己的新想法、新观念付诸驯龙实践之中。当然，在具体实践的过程中，小咔嗝也遭遇了很多困难，受到了很多质疑，包括父亲的不认可、无牙的不配合、鼻涕虫的耻笑，甚至连最要好的朋友鱼腿都不认可他的驯龙方法。但是，小咔嗝并没有放弃努力，而是在实践过程中不断加深对龙的了解，优化自己的驯龙方法，并最终取得了成功。童话正是通过小咔嗝的成功告诉儿童读者，不仅要拥有质疑精神和自己的独立见解，还应该积极地将自己的想法付诸实践，唯有如此，才能让自己的想法接受实践的检验，发挥其应有的价值。

值得注意的是，小咔嗝在尝试大胆突破维京旧伦理束缚的同时，并没有对传统的伦理观念一味地加以摒弃。在他身上，很多维京传统伦理观念所弘扬的优秀品质也得到了充分的体现，例如坚强、毅力以及不畏惧强敌的勇气。而且，小咔嗝之所以能够在饱受质疑、历经挫折的情况下依然坚持尝试新的驯龙方式，以及在面对巨龙的时候能够勇敢无畏地与之战斗，都是得益于传统维京伦理道德观念赋予他的优良品质。事实上，人类文明的发展过程从本质上说就是一个不断扬弃的过程，是在保留既有文化传统中的优良因素的基础上，不断矫正其偏颇，纠正其弊端，尝试人类文明发展的新路径的过程。而扬弃的首要前提就是对各种已经固化乃至僵化的思想观念和思维模式的突破，从这个意义上说，儿童较少受到成见束缚的头脑其实正是人类文明发展变革过程中所需的一笔宝贵财富。小咔嗝对维京传统伦理观念的扬弃清楚地说明，儿童成长的过程并不是对既定的社会思想观念与伦理规范一味被动接受与适应的过程。同时也应该是一个勇于质疑、敢于探索，不断尝试人类文明新的发展途径的过程，儿童不仅是旧伦理的传承者，同时也是新伦理的创造者。这也正是人们普遍将儿童视为社会的未来、人类的希望的根本原因所在。

《驯龙高手》对于当代的儿童教育与儿童文学创作无疑有着重要的启发意义。小咔嗝并不为维京人的旧伦理所认可，但他却重新建构了维京人的伦理观念，也为维京人的未来开启了新的发展空间。在小咔嗝的身上，我们看到了儿童对于人类社会发展所能够起到的巨大推动作用，以及儿童为人类文明未来走向提供的新的可能性。著名人类学家玛格丽特·米德认为，当代人类文明已经越来越明显地体现出一种"后喻文化"（post-figurative culture）的特征，即"长辈反过来向晚辈学习"[1]。事实的确如此。自从人类社会进入后工业化时代以来，各种新事物、新知识、新机遇、新挑战也随之急剧增加。相对于成人而言，儿童受传统观念和思维模式的束缚相对较小，对新生事物也具有更为敏锐的感知能力和更强的接受能力，这就使得儿童在接受新知识、适应新时代、产生新观念等方面，往往比成人更具优势。因此，新的历史条件下，成人不能仅仅只是充当儿童的施教者，同时也应该"蹲下身来"与儿童进行平等的交流，甚至主动向儿童学习。

当然，主张成人与儿童平等相待、向儿童学习，并不是说成人应该放弃约束与引导儿童的责任，而是说成人应该主动与儿童建立

---

① 〔美〕玛格丽特·米德：《文化与承诺：一项有关代沟问题的研究》，周晓虹、周怡译，河北人民出版社，1987，第85页。

起良性的互动与沟通。通过成人与儿童的相互聆听，儿童可以凭借自己活跃的思维以及对于新鲜事物的敏锐感知激活成人的思想，帮助成人摆脱各种成见及思维定式的束缚；而成人也能凭借其更为成熟的理性意识与更加丰富的人生经验给予儿童必要的建议和指导，避免儿童因为理性与伦理意识的不成熟而犯下错误，从而更好地为儿童的成长保驾护航。通过这种互动与沟通，儿童与成人就能加深对彼此以及自身的理解，在相互学习中促进彼此的共同发展。

同理，在"后喻"文化的背景下，作为儿童重要精神食粮的儿童文学作品，包括童话作品，也应该体现出新的时代特征。有鉴于儿童身上所蕴藏的引领人类社会走向崭新未来的潜能，儿童文学的伦理教诲功能不仅应该体现于帮助儿童习得社会现有的各种伦理观念，同时也应该体现于引导儿童勇于尝试、敢于创新，鼓励他们将为人类社会创造崭新的未来图景视为己任，从而为人类社会的发展提供源源不断的动力。从这个意义上讲，我们完全可以将儿童文学作品划分为两种类型，其中一种类型的作品是引导儿童融入现在，而另一种类型的作品则是鼓励儿童开创未来，而《驯龙高手》无疑是属于后一种类型的作品。在儿童成长的道路上，这两类作品都是不可或缺的，不过就当下的儿童文学发展状况而言，后一类作品的数量明显偏少。不过，随着人类对于儿童的认识不断深入，以及人类教育理念的不断更新，我们完全有理由相信，像《驯龙高手》这样的作品会越来越多地出现在读者的视野之中。

# 结　语

自从乔治·麦克唐纳、查尔斯·金斯莱和刘易斯·卡洛尔这三位童话作家在 19 世纪联袂开启了英国儿童文学黄金年代的序幕以来，英国童话就一直以其卓越的创作实绩引领着英国儿童文学，乃至世界儿童文学的发展潮流，为读者呈上了无数优美的童话华章。这些优美动人的童话作品不仅因其栩栩如生的人物形象和引人入胜的故事情节而令读者流连沉醉、手不释卷，同时也以其深邃的思想内涵赋予读者有益成长的教诲和指引。本书在文本细读的基础上，运用文学伦理学批评的方法对英国童话发展史上的九部经典作品进行了分析，力图客观地阐释这些童话作品在儿童的伦理道德观念养成和发展过程中所发挥的伦理教诲功能。具体而言，童话的伦理教诲功能主要体现在三个方面：

童话对处于伦理混沌阶段的儿童具有重要的伦理启蒙功能。由于人类在漫长的生物进化过程中经历了生物性选择的过程，所以婴儿一出生就具备了人类的生理特征。但是，由于没有经历伦理选择，此时的儿童还处于伦理混沌状态，没有任何的伦理道德观念，只能依靠本能，也就是兽性因子来支配自己的思想和行为。因此，对于处于伦理混沌阶段的儿童而言，童话的伦理教诲功能主要体现为通过道德训诫帮助他们约束自己的兽性因子，同时通过树立各种类型的道德榜样来强化他们的人性因子，帮助儿童建立初步的伦理道德观念，摆脱自己的伦理混沌状态。而在儿童接受了初步的伦理启蒙，建立起基本的伦理道德观念之后，童话就可以通过变形故事，尤其是人兽变形的故事，以直观的方式帮助儿童认识到，人之所以能够成其为人，根本原因并不在于拥有人类的形体，而在于拥有人类的伦理意识，能够用自己的人性因子束缚兽性因子，用理性约束自己的欲望，使自己的行为符合人类社会的伦理道德准则。儿童通过从童话中接受伦理启蒙，便能实现从混沌未开的懵懂生灵到有理性、懂伦理的真正意义上的人的转变，从而继完成生物性选择之后，完成自己的伦理选择。

在儿童接受了伦理启蒙，成为一个真正意义上的完整的人之后，童话还可以给予儿童正确的道德教诲，引导儿童的道德成长，使他们的伦理意识逐渐走向成熟与完善。由于儿童刚刚经历了伦理选择，所以他们的伦理意识并不成熟，还无法用理性意志对自己的自由意志形成有效的控制。所以，对于此时的儿童而言，童话的伦理教诲功能主要体现为帮助他们强化自己的理性意志，并且在文本的启发与引导下逐渐学会使用理性意志去约束和控制自己的自由意志，使自己的伦理道德观念日益走向成熟与完善。因此，儿童的道德成长过程从本质上说就是儿童逐渐学会用理性意志控制自由意志的过程。当然，想要实现这一目标，并不是一件容易的事情。因为即便对于成年人来说，自由意志也具有极为强大的力量。好在儿童此时已经接受了伦理启蒙，他们的理解能力、知识储备都比伦理混沌阶段有了很大的提高。所以，童话便可以通过塑造更加丰富多样的童话形象、运用更加灵活多变的叙事手法、讲述情节更为曲折生动的奇幻故事等方法，帮助儿童加深对各种伦理道德观念的理解，充分认识到自由意志可能产生的危害，使他们的伦理意识逐渐走向成熟与完善。

在帮助儿童建构起比较成熟与完善的伦理意识之后，童话便能通过儿童实现对现实世界伦理环境的净化与改善。大多数童话总是为读者呈现了一个美好的世界，但客观事实是，现实世界并非如同一些童话中所描写的那么美好，童话中所宣扬的道德理想是一回事，但现实生活中的道德现状则是另外一回事。因此，童话要想帮助儿童顺利地实现成长，就必须直面现实生活伦理环境中的诸多不良伦理道德现象，而且承担起引导儿童正确面对现实生活中的种种不良伦理道德现象的责任。除此之外，童话还可以引导儿童相信童话中所颂扬的美德，并且鼓励儿童将自己从童话中习得的各种优良品德付诸实践，从而激发儿童的道德潜能，使儿童成为净化社会伦理环境的能动力量。而且，人类社会各种伦理观念需要随着时代的发展不断进步与更新，而一些陈旧的伦理观念有时还会对社会的发展造成阻碍。由于成人久处其间不闻其臭，所以经常对社会现有伦理观念中存在的弊端视若无睹。但儿童受传统观念和思维模式的束缚相对较小，对新生事物也具有更为敏锐的感知能力和更强的接受能力，所以童话应该鼓励儿童勇于质疑、敢于创新，突破各种陈规陋习的束缚，为人类社会的进步提供源源不断的动力。

诚然，文学的功能是具有多样性的，包括审美功能、认知功能、人际交流功能、伦理教诲功能，等等。童话自然也不例外。但是，在童话所具备的多种功能中，伦理教诲功能无疑是最为重要的一种功能，这是由文学本身固有的道德属性所决定的，也是由童话受众的特殊性所决定的。曹文轩教授曾经指出："文学之所以被人类选择，作为一种精神形式，当初就是因为人们发现它能有利于人性的改造和净化。"[①] 聂珍钊教授也认为："没有教诲功能的文学是不存在的。"[②] 事实的确如此。自从文学产生以来，那些真正历经时间与空间的双重考验的优秀作品，无一不是弘扬了高尚的道德情

---

[①] 〔法〕艾克多·马洛：《苦儿流浪记》，上海译文出版社，傅辛译，2008，第5页。
[②] 聂珍钊：《文学伦理学批评导论》，北京大学出版社，2014，第7页。

操，或是对读者提出了富有警示意义的道德训诫，从《荷马史诗》、《诗经》、《离骚》等古代文学经典，到《不能承受的生命之轻》、《铁皮鼓》、《八月的星期天》等当代文学精品，莫不如是。而且，童话是儿童成长过程中重要的精神食粮，而儿童又正处于一生当中模仿能力最强、可塑性最强的时期，这就越发要求童话必须对儿童进行正确的伦理教诲，培养儿童高尚的道德情操，向他们的心灵传送公正、善良、诚实、勇敢与无私等人类最基本，但也是最宝贵的道德品质，从而为儿童的精神成长打下坚实的基础。可以想象，一部艺术手法极为拙劣的童话顶多只是让儿童读后觉得兴味索然，但一部传达了错误的伦理道德观念的童话，则会对儿童的思想造成巨大毒害，影响儿童的健康成长。

当然，强调伦理教诲功能是童话最重要的功能，并非是忽视儿童文学的审美功能，问题的关键在于如何厘清儿童文学的审美功能和教育功能之间的关系。著名儿童文学专家佩里·诺德曼曾经指出，"文本提供的乐趣就像用来下药的糖一样，是为了让有益的信息更容易被吸收"[①]。童话提供给儿童的教益是否真的像药物一样苦涩，有待商榷，但诺德曼对于童话的审美功能与教育功能之间的关系的理解无疑是值得借鉴的。事实上，"寓教于乐"永远是包括童话在内的所有儿童文学作品的最高目标，如果连"乐"这一前提都无法实现，"教"的目标自然也就成了镜中花、水中月。毕竟儿童与成人不同，成人可以基于理性的考量，将原本可以用于休闲与玩乐的时间投入阅读，以期获得知识或其他的精神给养，但对于生性好动，喜欢玩乐的儿童而言，要让他们纯粹冲着接受教育的目标坐下来静心读书，几乎就是一件不可能的事情。因此，童话之所以能够在儿童道德成长的过程中发挥不可替代的作用，一个基本前提就

---

① 〔加拿大〕佩里·诺德曼、梅维丝·雷默：《儿童文学的乐趣》（第3版），陈中美译，少年儿童出版社，2008，第33页。

是它必须拥有能够让儿童读者流连忘返、沉醉其间的独到艺术魅力，通过栩栩如生的童话形象、精彩生动的故事情节、神奇瑰丽的奇思妙想让儿童在享受阅读的乐趣的同时接受文本所传达的伦理道德观念。从这个意义上说，伦理教诲功能是童话最重要的功能，而童话的审美功能则是伦理教诲功能得以实现的基本前提。

在强调童话所能给予儿童的伦理教诲的同时，我们也不应忽视童话对于成人的伦理教诲作用。事实上，童话的伦理教诲功能不仅适用于儿童，也适用于成人。成人通过阅读童话，同样能够接受伦理教诲与熏陶，提升自身的伦理道德修养。而且，童话之所以能够受到儿童的喜爱，正因为它反映了儿童的心声。所以，通过阅读童话，成年人就能对儿童的兴趣爱好，心理特征，以及成长中的困惑与需求有更加清楚的了解和更加深入的认识。更重要的，儿童文学虽然以儿童为主要受众，但儿童文学作家却通常是成人，而且是一些对儿童的成长有着高度关注以及深入思考的成人。所以，在儿童文学作品中经常会体现出作家对于儿童成长以及儿童教育的一些独到见解。例如《彼得·潘》告诉我们儿童成长过程中应该给予他们足够的关爱，同时对于儿童的成长抱有足够的耐心和坚定的信心。《随风而来的玛丽阿姨》告诉我们成人在培养儿童的过程中必须以身作则，成为儿童正确的道德榜样，同时结合儿童的自然天性进行因势利导的教育。

这就引发出又一个重要的话题，那就是亲子共读的重要性。平心而论，中国的儿童文学事业正处于历史上最好的发展阶段，无论是儿童文学的出版、创作、翻译，还是研究评论，都可谓蓬勃发展，欣欣向荣。当代中国的家长对于儿童的教育也是一如既往地重视。但是，大多数的家长都会心甘情愿地为子女买书，却很少有家长愿意坐下来陪着孩子一起读书。事实上，通过亲子共读，成人读者不仅可以和子女一起在阅读过程中收获有益的启发与教诲，共养赤子之心，还能增进对儿童的理解，加强与孩子的交流，加深亲子之间的情感，实在是有百利而无一害。

综上所述，童话在儿童伦理道德观念的生成和发展过程中所发挥的伦理教诲功能是非常重要的。在童话所具备的诸多功能中，伦理教诲功能是最重要的一项功能，而审美功能则是实现伦理教诲功能的基本前提。童话不仅能让儿童收获有益于成长的教诲，同时也能令成人获益良多。英国童话既是人类文学史上的瑰宝，同时也是有益于儿童成长的一笔宝贵财富，理应引起学术界的高度重视。本书不揣浅陋，只是从伦理教诲功能的层面对英国童话进行了初步的探讨，关于英国童话还有很多有价值的学术问题有待进一步的挖掘与探讨。

# 参考文献

## 中文文献

### 文学作品

〔英〕艾迪丝·内斯比特：《五个孩子与沙地精》，马爱农译，人民文学出版社，2014。

〔英〕艾伦·亚历山大·米尔恩：《小熊温尼·菩》，文培红译，湖南少年儿童出版社，2010。

〔英〕罗尔德·达尔：《女巫》，任溶溶译，明天出版社，2009。

〔英〕内斯比特：《五个孩子和沙地精》，任溶溶译，湖南少年儿童出版社，2010。

〔英〕帕·林·特拉芙斯：《随风而来的玛丽阿姨》，任溶溶译，明天出版社，2012。

〔英〕乔治·麦克唐纳：《北风的背后》，李聆译，湖南少年儿童出版社，2010。

〔英〕王尔德：《快乐王子集》，巴金译，四川人民出版社，1981。

〔英〕王尔德：《快乐王子》，杨定九译，二十一世纪出版社，2014。

〔英〕詹姆斯·巴里：《小飞侠彼得·潘》，任溶溶译，上海译文出版社、少年儿童出版社，2011。

〔英〕J. M. 巴里：《彼得·潘》，马爱农译，译林出版社，2011。

〔英〕毕翠克丝·波特：《小兔彼得和他的朋友们》（第 2 册），曹剑译，安徽教育出版社，2009。

## 其他文献

北京大学荀子注释组注释《荀子新注》，中华书局，1979。

陈寅恪：《金明馆丛稿二编》，生活·读书·新知三联书店，2001。

方卫平：《逃逸与守望——论九十年代儿童文学及其他》，作家出版社，1999。

方卫平：《中国儿童文学理论发展史》，少年儿童出版社，2010。

《贺宜文集》，少年儿童出版社，1984。

郭绍虞主编《中国历代文论选》，上海古籍出版社，1980。

洪汛涛：《童话学》，安徽少年儿童出版社，1986。

胡亚敏：《叙事学》，华中师范大学出版社，2004。

刘茂生：《王尔德创作的伦理思想研究》，华中师范大学出版社，2008。

刘晓东：《儿童精神哲学》，南京师范大学出版社，1999。

刘绪源：《儿童文学的三大母题》，华东师范大学出版社，2009。

刘绪源：《儿童文学思辨录》，海豚出版社，2012。

《鲁迅全集》，人民文学出版社，1981。

梅子涵等：《中国儿童文学五人谈》，新蕾出版社，2008。

聂珍钊：《文学伦理学批评导论》，北京大学出版社，2014。

彭懿：《西方现代幻想文学论》，少年儿童出版社，1997。

桑标主编《当代儿童发展心理学》，上海教育出版社，2003。

舒伟：《走进童话奇境：中西童话文学新论》，外语教学与研究出版社，2011。

舒伟：《英国儿童文学简史》，湖南少年儿童出版社，2015。

汤锐：《比较儿童文学初探》，明天出版社，2009。

汤锐：《童话应该这样读》，接力出版社，2012。

王利器集解《颜氏家训集解》，上海古籍出版社，1980。

王泉根主编《儿童文学教程》，北京师范大学出版社，2009。

王文锦译解《礼记译解》，中华书局，2001。

韦苇：《外国童话史》，清华大学出版社，2013。

韦苇：《外国儿童文学发展史》，少年儿童出版社，2007。

徐元诰撰《国语集解》，中华书局，2002。

杨伯峻译注《孟子译注》，中华书局，1960。

杨伯峻译注《论语译注》，中华书局，1980。

赵景深编辑《童话评论》，新文化书社，1934。

《钟敬文文集·民间文艺学卷》，安徽教育出版社，2002。

周忠和编译《俄苏作家论儿童文学》，河南少年儿童出版社，1983。

《周作人论儿童文学》，刘绪源辑笺，海豚出版社，2012。

朱自强主编《中国儿童文学的走向》，少年儿童出版社，2006。

朱自强、何卫青：《中国幻想小说论》，少年儿童出版社，2006。

〔俄〕阿法纳西耶夫编选《俄罗斯童话》，沈志宏、方子汉译，上海文艺出版社，1991。

〔苏〕瓦·阿·苏霍姆林斯基：《要相信孩子》，王家驹译，教育科学出版社，1981年。

〔苏〕特罗耶波利斯基：《白比姆黑耳朵》，李文厚等译，人民文学出版社，1999。

〔丹〕《安徒生童话故事集》，叶君健译，人民文学出版社，1992。

〔德〕黑格尔：《美学》，朱光潜，商务印书馆，1996。

〔德〕《马克思恩格斯选集》（第4卷），中共中央马克思恩格斯列宁斯大林著作编译局编，人民出版社，1995。

〔德〕《马克思恩格斯全集》（第20卷），中共中央马克思恩格斯列宁斯大林著作编译局译，人民出版社，1971。

〔法〕保罗·阿扎尔：《书，儿童与成人》，梅思繁译，湖南少年儿童出版社，2014。

〔法〕卢梭：《爱弥尔》，李平沤译，商务印书馆，1978。

〔法〕让－保罗·萨特：《存在主义是一种人道主义》，周煦良、汤永宽译，上海译文出版社，1988。

〔法〕艾克多·马洛：《苦儿流浪记》，傅辛译，上海译文出版社，2008。

〔加拿大〕李利安·H.史密斯：《欢欣岁月》，梅思繁译，湖南少年儿童出版社，2014。

〔加拿大〕佩里·诺德曼、梅维丝·雷默：《儿童文学的乐趣》（第3版），陈中美译，少年儿童出版社，2008。

〔古希腊〕亚里士多德：《尼各马可伦理学》，廖申白译注，商务印书馆，2003。

〔古希腊〕亚里士多德、〔古罗马〕贺拉斯：《诗学·诗艺》，罗念生、杨周翰译，人民文学出版社，1997。

〔美〕玛格丽特·米德：《文化与承诺：一项有关代沟问题的研究》，周晓虹、周怡译，河北人民出版社，1987。

〔美〕阿兰·邓迪斯编《世界民俗学》，陈建宪、彭海斌译，上海文艺出版社，1990。

〔美〕艾莉森·卢里：《永远的男孩女孩：从灰姑娘到哈里·波特》，晏向阳译，南京大学出版社，2008。

〔美〕R.W.爱默生：《自然沉思录》，博凡译，上海社会科学院出版社，1993。

〔美〕露丝·本尼迪克特：《文化模式》，王炜等译，生活·读书·新知三联书店，1988。

〔美〕W.C.布斯：《小说修辞学》，华明、胡晓苏、周宪译，北京大学出版社，1987。

〔美〕David R. Shaffer、Katherine Kipp：《发展心理学：儿童与青少年》（第 8 版），邹泓等译，中国轻工业出版社，2009。

〔美〕《杜威教育论著选》，赵祥麟、王承绪编译，华东师范大学出版社，1981。

〔美〕凯伦·科茨：《镜子与永无岛：拉康、欲望及儿童文学中的主体》，赵萍译，安徽少年儿童出版社，2010。

〔美〕理查德·格里格、菲利普·津巴多：《心理学与生活》（第 16 版），王垒、王甦译，人民邮电出版社，2012。

〔美〕James Phelan、Peter J. Rabinowitz 主编《当代叙事理论指南》，申丹等译，北京大学出版社，2007。

〔挪〕乔斯坦·贾德：《苏菲的世界》，萧宝森译，作家出版社，1996。

〔瑞典〕玛丽亚·尼古拉耶娃：《儿童文学中的人物修辞》，刘洊波、杨春丽译，安徽少年儿童出版社，2010。

〔意〕维柯：《新科学》，朱光潜译，商务印书馆，1997。

〔英〕德里克·帕克、朱丽亚·帕克：《魔法的故事》，孙雪晶、冯超、郝轶译，陕西师范大学出版社，2005。

〔英〕赫胥黎：《进化论与伦理学》，《进化论与伦理学》翻译组译，科学出版社，1971。

〔英〕J. G. 弗雷泽：《金枝》，徐育新、汪培基、张泽石译，新世界出版社，2006。

李定清：《文学伦理学批评与人文精神建构》，《外国文学研究》2006 年第 1 期。

刘守华：《民间童话之谜——一组民间童话的比较研究之二》，《外国文学研究》1980 年第 2 期。

刘守华：《中国民间故事结构形态论析》，《广西民族学院学报》（哲学社会科学版）2002 年第 5 期。

〔苏〕柳德米拉·勃拉乌苔：《反顾你的童年时代——林格伦访问感得录》，韦苇译，《浙江师大学报》（社会科学版）1990 年第 4 期。

陆耀东：《关于文学伦理学批评的几个问题》，《外国文学研究》2006 年第 1 期。

聂珍钊：《谈文学的伦理价值和教诲功能》，《文学评论》2014 年第 2 期。

聂珍钊：《文学伦理学批评：伦理选择与斯芬克斯因子》，《外国文学研究》2011 年第 6 期。

聂珍钊：《文学伦理学批评：论文学的基本功能与核心价值》，《外国文学研究》2014 年第 4 期。

聂珍钊：《文学经典的阅读、阐释和价值发现》，《文艺研究》2013 年第 5 期。

彭懿：《彼得·潘：为什么不想长大》，《文艺报》2011 年 8 月17 日，第 6 版。

彭懿：《内斯比特的传统——〈五个孩子和一个怪物〉》，《文艺报》2012 年 2 月 3 日，第 6 版。

王富仁：《把儿童世界还给儿童》，《读书》2001 年第 6 期。

王泉根：《论原始思维与儿童文学创作》，《西南师范大学学报》（人文社会科学版）1990 年第 1 期。

杨静远：《永存不灭的童年：谈彼得·潘》，《读书》1989 年第6 期。

张杰、刘增美：《文学伦理学批评的多元主义阐释》，《外国文学研究》2007 年第 5 期。

张竹筠：《以艺术的精神看待生命——谈王尔德的童话美》，《河北师范大学学报》（社会科学版）1996 年增刊。

## 英文文献

Barrie, James, *Peter Pan & Peter Pan in Kensington Gardens*, London: Wordsworth Editions Limited, 2007.

Cowell, Cressida, *How to Train Your Dragon*, New York: Hachette Book Group, 2010.

MacDonald, George, *At The Back of the North Wind*, Philadelphia: David McKay, 1919.

Milne, Alan Alexandra, *The World of Winnie – the – Pooh*, New York: Penguin Group, 2010.

Nesbit, Edith, *Five Children and It*, London: Wordsworth Editions Limited, 1993.

Wilde, Oscar, *The Happy Prince and Other Stories*, London: Wordsworth Editions Limited, 1993.

Travers, P. L. , *Mary Poppins*, New York: Houghton Mifflin Harcourt, 1997.

J. K. Rowling, Harry Potter And The Chamber of Secret, New York: Scholastic, 2000.

J. K. Rowling, Harry Potter And The Sorcerer's Stone, New York: Scholastic, 2000.

Avery, Gillian, *Childhood's Pattern: A Study of the Heroes and Heroines of Children's Fiction* 1770 – 1950, London: Hodder and Stoughton, 1975.

Barrie, James, *Margaret Ogilvy*, New York: Scribner's, 1897.

Briggs, *The Fairies in Tradition and Literature*, London: Rouledge, 2002.

Briggs, Julia, *A Woman of Passion: The Life of Nesbit*, London:

Penguin Books, 1987.

Plimpton, George, eds., *Women Writers at Work*, New York: Modern Library, 1998.

Campbell, Joseph, *The Hero with a Thousand Faces*, USA: Princeton University Press, 2004.

Chapman, Phillips, "The Riddle of Peter Pan's Existence", *The Lion and the Unicorn*, Vol. 36, No. 2, 2012.

Claudia Nelson, *Boys Will Be Girls: The Feminine Ethic and British Children's Fiction*, 1857 – 1917, New Brunswick: Rutgers UP, 1991.

Cosslett, Tess, *Talking Animals in British Children's Fiction*, 1786 – 1914, Farnham: Ashgate, 2006.

Darton, Harvey, *Children's Books in England: Five Centuries of Social Life*, Cambridge UP, 1982.

Ellmann, Richard, eds., *Artist as Critical Writings of Oscar Wild*, New York: Vintage Books, 1970.

Galbrith, *Reading Lives: Reconstructing Childhood, Books, and Schools in Britain*, New York: St. Martin's Press, 1997.

Geduld, Harry M., *Sir James Barrie*, New York: Twayne, 1971.

Gretchen R. Galbraith, *Reading Lives: Reconstructing Childhood, Books, and School in Britain*, 1870 – 1920, New York: St. Martin's, 1997.

Griffith, John, "Making Wishes Innocent: Peter Pan", *The Lion and the Unicorn*, Vol. 3, No. 1, 1979.

Gubar, Marah, *Reconceiving the Golden Age of Children's Literature*, Oxford: Oxford UP, 2009.

Gunther, Adrian, "*The Multiple Realms of George MacDonald's Phantastes*", Studies in Scottish Literature, Vol. 29, No. 1, 1996.

Hollindale, Peter, "A Hundred Years of Peter Pan", *Children's*

*Literature in Education*, Vol. 36, No. 3 (2005).

Holt, James, eds., *Romanticism and Children's Literature in Nineteenth – Century England*, Athens: University of Georgia, 1991.

Hudson, Glenda, "Two is the Beginning of the End: Peter Pan and the Doctrine of Reminiscence", *Children's Literature in Education*, Vol. 37, No. 4, 2006.

Hunt, Peter, *Children's Literature: An Illustrated History*, Oxford UP, 1995.

Hunt, Peter, eds., *International Companion Encyclopedia of Children's Literature*, New York: Routledge, 1996.

Jones, Justin, "Morality's Ugly Implications in Oscar Wilde's Fairy Tales", *Studies in English Literature*, Vol. 51, No. 4, 2011.

Bristow, Joseph, *Empire Boys: Adventures in a Man's World*, London: Harpercollins Academic, 1991.

Kotzin, Michael C., "The Selfish Giant As Literary Fairy Tale", *Studies in Short Fiction*, Vol. 16, No. 4, 1979.

Tremper, Ellen, "Instigorating Winnie the Pooh", *The Lion and the Unicorn*, Vol. 1, No. 1, 1977.

Lassén – Seger, Maria, *Adventure into the Otherness: Metamorphosis and Children's Literature*, Abo : Abo Akademi UP, 2006.

Lerer, Seth, *Children's Literature: A Reader's History, From Aesop To Harry Potter*, Chicago: The University of Chicago Press, 2008.

Manlove, Colin, "Fantasy as Witty Conceit: E. Nesbit", *Mosaic*, Vol. 10, No. 2, 1997.

Manlove, Colin, *From Alice to Harry Potter: Children's Fantasy in England*, Christchurch: Cybereditions, 2003.

Magee, William, *The Animal Story*, Oxford: Oxford UP, 1969.

Marie Bird, Anne, "Women Behaving Badly: Dahl's Witches Meet the Women of the Eighties", *Children's Literaturein Education*, Vol. 29, No. 3, 1998.

Nealon, Jeffrey, *Alterity Politics: Ethics and Performative Subjectivity*, Durham: Duke UP, 1998.

Nelson, Claudia, "The Beast Within: Winnie – the – Pooh Reassessed," *Children's Literature in Education*, Vol. 21, No. 1, 1990.

Nesbit, Edith, *Wings and the Child: Or, The Building of Magic Cities*, New York: Hodder and Stoughton, 1913.

Newton, Adam Zachary, *Narrative Ethics*, Massachusetts: Harvard Univeristy Press, 1997.

Nodelman, Perry, *The Hidden Adult: Defining Children's Literature*, Maryland: The Johns Hopkins University Press, 2008.

Padley, Jonathan, "Peter Pan: Indefinition Defined", *The Lion and the Unicorn*, Vol. 36, No. 3, 2012.

Pennington, John, "Alice at the Back of the North Wind, Or the Metafictions of Lewis Carroll and George MacDonald", *Extrapolation*, Vol. 33, No. 1, 1992.

Rees, David, "Dahl's Chickens: Roald Dahl", *Children's Literature in Education*, Vol. 19, No. 3, 1988.

Reis, R. H., *George Macdonald*, New York: Twayne. 1972.

Rose, Jacqueline, *The Case of Peter Pan: Or the Impossibility of Children's Fiction*, London: Macmillan, 1984.

Travers, P. L., "If She's not Gone, She Lives there Still", *Myth Tradition and Search for Meaning*, Vol. 3, No. 1, 1978.

Tolkien, J. R. *The Tolkien Reader*, New York: Ballantine Books, 1966.

Valverde, Cristina Perez, "Magic Women on the Margins: Eccentric Models in Mary Poppins and Ms Wiz", Children's Literature in Education, Vol. 40, No. 4, 2009.

Yu, Chen – Wei, "Mise En Abyme and the Ontological Uncertainty of Magical Events in At the Back of the North Wind", *Explorations into Children's Literature*, Vol. 18, No. 2, 2008.

Zipes, Jack, *Fairy Tales and the Art of Subversion: The Classical Genre for Children and the Process of Civilization*, London: Routledge, 1985.

Zipes, Jack, *The Classic Genre for Children and the Process of Civilization*, New York: Routledge Taylor & Francis Group, 2006.

Zipes, Jack, eds., *The Oxford Companion to Fairy Tales : The Western Fairy Tale Tradition from Medieval to Modern*, Oxford: Oxford UP, 2000.

Zipes, Jack, *When Dreams Come True: Classical Fairy Tales and Their Tradition*, New York: Routledge, 2007.

Zipes, Jack, *Why Fairy Tales Stick, The Evolution and Relevance of a Genre*, New York: Routledge Taylor & Francis Group, 2006.

# 附　录

## 文学伦理学批评在儿童小说研究中的运用

### ——以《海蒂》研究为例

　　本书正文运用文学伦理学批评的方法对英国童话进行了细读与分析。事实上，文学伦理学批评不仅适用于童话研究，在小说研究中也能发挥独到的作用。这里试以对著名儿童小说《海蒂》的分析为例，就文学伦理学批评方法在儿童小说研究中的运用进行探讨，并借此就教方家。

　　《海蒂》是西方儿童文学史上一部公认的经典，至今已被翻译成 70 多种语言，在世界范围内广为传播，深受各国读者的喜爱。学术界在解读这部作品时普遍认为，小说主要反映了大自然和现代城市文明之间的对比与冲突。尼姑拉耶娃就曾指出，小说主人公海蒂身上体现出一种"对人类文明的疏离和与大自然的契合"，而小说也是"围绕着以大山为象征的大自然和以城市为象征的现代文明之间的对比和冲突来建构情节"。① 著名学者《剑桥儿童文学百科全书》的主编齐普斯教授也认为，《海蒂》之所以广受欢迎，原因就在于小说通过将恬静自然的瑞士山村与单调烦琐的城市生活加以

---

① Maria Nikolajeva, "Tamed Imagination: A Re-Reading of Heidi", *Children's Literature Association Quarterly* 2 (2000): pp. 68 – 69.

对比，"迎合了那些对复杂烦琐的城市生活感到厌倦的读者的遁世倾向。"①

　　评论界普遍习惯于从自然与文明对比的角度来解释《海蒂》，这一阐释思路自然并非是无的放矢，因为小说主人公海蒂在山区和城市的两段生活经历确实有强烈的反差。海蒂是一个孤儿，在六岁那年被姨妈蒂提交给爷爷阿尔姆大叔抚养。海蒂和爷爷住在阿尔姆山山顶的一间小木屋里，过着与世隔绝、亲近自然的生活。尽管生活条件非常艰苦，经常吃不饱穿不暖，但是海蒂在阿尔姆山却生活得非常愉快。两年后，海蒂又被蒂提姨妈带到法兰克福去陪伴富商塞斯曼先生的独生女克拉拉。法兰克福是一个繁华的大都市，塞斯曼先生家的物质条件也非常优越。海蒂在塞斯曼先生家过上了锦衣玉食的生活，可她却丝毫感觉不到快乐，甚至患上了严重的思乡症和夜游症，差点丢掉了性命。直到重返阿尔姆山后，海蒂才重新恢复健康和快乐。城市与山区不同的生活环境对海蒂造成的影响固然是显而易见的，然而，如果我们考虑到海蒂的儿童身份，便会发现海蒂这两段生活经历之间的反差归根结底是由于儿童身上存留的斯芬克斯因子发生作用导致的。小说也正是通过海蒂在阿尔姆山和法兰克福的不同生活经历，艺术化地向读者讲述了一个儿童如何经历伦理选择的过程。

# 一　海蒂的斯芬克斯因子

　　众所周知，儿童与成人是两个不同的身份概念。那么，这两个身份之间的区别究竟是什么呢？一般认为，儿童与成人之间的区别

---

① Zipes, Jack, "*Down with Heidi, Down with Struwwelpeter, Three Cheers for the Revolution*", Children's Literature 5 (1976), p. 167.

主要体现在生理上，例如年龄上的差别、身体发育程度的不同，等等。在十八世纪以前，人们普遍只是将儿童视为缩小的成人，或者只是将童年视为成年的预备期，原因正是在于仅仅看到了儿童与成人在生理上的区别。

然而，如果运用文学伦理学批评的思路对这个问题进行思考，就能得出不同的结论。文学伦理学批评认为："人作为个体的存在，等同于一个完整的斯芬克斯因子，因此身上也就同时存在人性因子和兽性因子。"[①] 其中，兽性因子是人类在进化过程中动物本能的残余，是人与生俱来的自然天性，而人性因子则是通过后天的教化和培养而形成的伦理意识，其核心是能够辨别是非善恶的理性。聂珍钊教授所说的斯芬克斯因子正是我们理解成人与儿童区别的关键所在。成人与儿童的斯芬克斯因子虽然都是由人性因子和兽性因子构成的，但却具有不同的组合方式。尽管成人的人格中也保留有兽性因子，但是在正常情况下，成人的人性因子作为主导因子能够约束和引导兽性因子，所以成人能够用理性来指导自己的行为，使自己的行为合乎伦理。但儿童却不同。由于他们只是通过生物性选择而具备了人的生理特征，但却还没有通过伦理选择以获取成熟的伦理意识，所以他们的人性因子还不具备足够的力量对兽性因子进行有效的约束与控制。这就意味着，在儿童完成伦理选择之前，其行为和性格主要是由他们身上的兽性因子决定的。我们通常所说的儿童与生俱来的天性，其实就是儿童身上的兽性因子。儿童与成人斯芬克斯因子的不同组合方式决定了儿童与成人具有两种不同的伦理身份，他们的区别既是生理上的，更是伦理上的。生理上的区别是外在的、形式上的，而伦理上的区别则是内在的、本质上的。

在小说的开篇，作者就向我们展示了儿童与成人的斯芬克斯因

---

① 聂珍钊：《文学伦理学批评：伦理选择与斯芬克斯因子》，《外国文学研究》2011 年第 6 期，第 10 页。

子的不同组合方式。在去阿尔姆山的路上，海蒂趁蒂提姨妈和人谈话，无暇顾及自己的时候跑去追逐一群小羊。海蒂和小羊一起在山路上奔跑，玩得非常开心，但身上厚厚的衣服却让她气喘吁吁，觉得很不舒服。于是，海蒂毫不犹豫地脱掉了身上冗赘的衣物，在群山中"跳呀爬呀，像一只快活的小羊一样"①。当蒂提姨妈指责海蒂不应该将衣服扔掉时，海蒂的回答却是"我不需要它们了"，而且"从她的脸上一点都看不出对自己做的事情有什么后悔"。蒂提姨妈认为海蒂不应该随意丢弃衣物，这是一个成年人凭借理性所做出的判断，自然是无可厚非的。但是，海蒂是一个只有六岁的儿童，因此，她的行为和想法不是由理性所决定的，而是受天性，也就是她身上的兽性因子驱使的。由于理性的缺乏，海蒂压根就不懂得衣服的伦理意义，不知道穿上衣服，避免赤裸是人类必须遵守的伦理道德规范，更不明白应该爱惜财物，不能随意丢弃自己的物品。因此，她才在回应姨妈的指责时显得理直气壮。

与海蒂淡薄的伦理意识形成鲜明对比的是她希望摆脱衣物的束缚，在山上自由玩乐的强烈天性。人类来自自然，在漫长的进化过程中，人类首先通过生物性选择而获取了人的外形，而后又通过伦理选择获得了伦理意识，从而完成了从兽到人的伦理进化过程。按照心理学上复现论的观点，儿童从童年到成人的成长过程，正是对人类完成生物选择之后进一步经历伦理选择这一过程的演绎。但是，在完成生物性选择之后，人类的动物本能并没有完全消失，而是以兽性因子的形式存留了下来。作为人类动物本能的残留，人类的兽性因子会本能地体现出与大自然的融合和对不受约束的自由状态的渴望，这种本能在儿童身上就表现为儿童的自然天性。在上山途中，海蒂被美丽的自然风光迷住了，对可爱的小动物也有一种犹

---

① Johana Spyri, *Heidei* (London：J. B. Lippincott Company，1919)，p. 7. 以下小说引文均译自该版本，不再一一注明。

如同类般的亲切感，渴望摆脱衣物的束缚在群山中自由地奔跑，这其实都是海蒂的自然天性的袒露。

在阿尔姆山生活期间，海蒂的自然天性得到了尽情的释放。阿尔姆山位置偏远，这里有雄伟的群山、青翠的草场、美丽的花草和各种各样可爱的小动物，保留着大自然的原始风貌。海蒂每天都和羊倌彼得一起去山顶的牧场放羊，并且乐此不疲。山上"漫山遍野，色彩绚烂，随风摇曳的鲜花让海蒂迷醉"，甚至连风吹过杉树枝头发出的呼声，在海蒂听来都是"深沉而神秘，那么的美妙，那么的神奇，什么都比不上"。每天晚上，海蒂都要守着日落，"看看太阳怎样向群山道晚安"。甚至在梦里，海蒂梦见的都是"闪闪发光的山和山上火红的玫瑰，小羊在玫瑰丛中欢快地跳跃"。由此便不难发现，阿尔姆山上的生活虽然物质条件艰苦，但却为海蒂提供了一个非常适合她自然天性的生活环境。在这样一种天性和自然契合无间的生存环境中，海蒂"就像森林里的鸟儿快乐地生活在树上一样"，可以享受到一种如鱼得水的快乐。

海蒂在阿尔姆山上获得了无比的快乐，但她一旦离大自然，进入人类社会的伦理环境中，就会感到极度的不适应。在法兰克福生活期间，虽然富有的赛斯曼先生一家能够给海蒂提供漂亮的衣服、宽敞的房间、精美的饮食，但她也必须遵守这个现代城市家庭的伦理规则，包括不许随意外出，必须按时入睡和起床，上课时不许说话，等等，而这些规则恰恰是海蒂的自然天性所抗拒的。海蒂之所以在赛斯曼先生家感到"身处牢笼的压抑感"，正是因为人类社会的伦理规则对她的自然天性形成了一种伦理禁锢，使她的自然天性无法得到释放。海蒂的天性真正需要的是远离人类社会的自然环境，是与大自然的亲密接触，但这些需求在法兰克福根本无法得到满足。海蒂费尽心思爬上窗台，想看到窗外的青山和绿草时，她看到的却是"石头铺成的街道"，以及"一片屋顶，塔楼和烟囱的海洋"；即便是偶尔被允许外出，"也只能看到鳞次栉比的房屋，熙熙攘攘的人群，看不到青草和鲜花，杉树和群山"。随着时间的推移，海蒂越来越渴望摆脱人类社会的伦理环境，重新回到大自然。她"想看到山上美丽而熟悉的景色的欲望变得一天比一天强烈，只要一谈到这些景物的名字，她的记忆就会被激起，内心的痛苦也几乎要爆发出来"。如果说在阿尔姆山上，海蒂能够像小鸟生活在树上一样实现与生存环境的完美契合的话，那么，在法兰克福，"她就像一只被关进了漂亮的笼子里的鸟，在里面飞来飞去，尝试着从里面飞出去"，始终无法适应与自己天性相抵触的生存环境。就像赛斯曼先生所说的，"这孩子天生就不适合在城市里居住，不管那里的条件有多么好。"其实，被城市中钢筋混凝土的森林所包裹、束缚、压抑的儿童，又何止是海蒂一人呢？

　　除了社会伦理环境与自然天性的抵牾之外，一些成人违背儿童天性，试图将自己的伦理意识强加给海蒂的错误做法，也是令海蒂倍感痛苦的一个重要原因。海蒂本来在阿尔姆山上生活得非常愉快，可蒂提却要强行将她带到法兰克福。以往的论者大多认为，蒂提之所以要将海蒂送往法兰克福，主要是因为她试图从赛斯曼先生家捞到好处，这是一种无视海蒂个人利益的行为。的确，在蒂提看来，海蒂能够离开一穷二白的阿尔姆大叔到一个富人家去生活，"是一件多么幸运的事情，可以说是千载难逢的机会"，她希望通过海蒂从塞斯曼先生家那里捞到好处也是客观事实。但是，要说蒂提完全没有为海蒂着想，似乎也是有欠公允的。因为让儿童拥有更好的物质生活条件，接受更好的教育，应该说是所有身为家长的成人的共识。其实，蒂提犯下的根本错误并不在于看中了塞斯曼先生的财富，而在于她忽略了海蒂的自然天性，根本没有考虑到作为儿童的海蒂到底需要怎样的生存环境。结果，她看重的锦衣玉食的城市生活不仅没有给海蒂带来丝毫的快乐，反而令海蒂饱受束缚与煎熬。

到了法兰克福之后，海蒂又碰到了女管家萝得迈耶尔。平心而论，萝得迈耶尔是一个敬业的好管家，她心眼并不坏，而且总是尽心尽力地履行自己的职责，为了培养海蒂也花了不少心思。然而，萝得迈耶尔不懂得儿童必须依次经历从生物性选择到伦理选择的过程，所以超前地把海蒂置于一个她还无法适应的伦理环境中，强迫她提前进入伦理选择的过程。她没有认识到海蒂的活泼好动和对自然的亲近实际上是人类在完成生物选择之后的兽性因子的保留，是儿童自然天性的正常表现，基于成人的伦理立场她把儿童的正常天性看成"粗野"、"愚蠢"，甚至是"精神失常"。为了让海蒂改掉她眼中的所谓"毛病"，萝得迈耶尔给海蒂制订了一大堆只适用于成人的烦琐的道德规则，而且强迫海蒂遵守。结果，她越是费尽心机地培养海蒂，海蒂就越是因为天性受到禁锢和压抑而感到痛苦不堪。

与海蒂有着类似遭遇的还有克拉拉。克拉拉早年丧母，所以塞斯曼先生对她格外地疼爱呵护，仆人们对她的照顾也无微不至。然而，由于没有考虑到克拉拉的儿童天性，所以他们的很多关爱和照顾其实都起到了适得其反的效果。克拉拉从小身体虚弱，行走不便，于是家人就干脆整天让她坐在轮椅上，一步路都舍不得让她走，结果导致克拉拉极度缺乏锻炼，身体越来越差，险些彻底丧失了行走能力。塞斯曼先生为了给女儿提供优越的物质生活条件，整天忙于自己的生意，但他没有意识到缺少了父亲的关爱和陪伴，女儿会有多么的孤独。在本该快乐地玩耍嬉戏的年龄，克拉拉却被逼着整天去读枯燥乏味的课本。可怜的克拉拉在念书念到无聊犯困时，甚至连哈欠都不敢打，更不用说提出休息或者玩耍的要求了。因为只要她一打哈欠，萝得迈耶尔就会认定那是由于她身体虚弱，非要喂她吃难吃的补品。虽然出生于富贵之家，但作为一个儿童，克拉拉却比海蒂还要可怜，海蒂毕竟享受过在大自然中尽情嬉戏的快乐，而克拉拉从一出生就被剥夺了享受儿童本应享受的快乐的权利。

作为儿童，海蒂和克拉拉都有一个从生物性选择到伦理选择的逐步成长的过程。他们的遭遇为我们提供了关于成人伦理越位的典型案例。儿童与成人的斯芬克斯因子具有不同的组合方式，在自然天性，也就是兽性因子的驱使下，儿童的价值取向、思维方法和行为方式都与成人有着很大的区别，他们还没有彻底完成从兽到人的伦理选择过程。然而，无论是在现实生活中，还是在文学文本中，很多成人都忽视了儿童的天性，超前地将成人的伦理价值观念运用到儿童身上，并以此来理解、评价和约束儿童。这种伦理越位无疑会对儿童造成极大的伤害。

## 二　海蒂的伦理选择

海蒂在阿尔姆山和法兰克福的不同生活经历向我们充分展示了儿童斯芬克斯因子的特殊组合方式，同时也向我们说明，一旦成人忽视了儿童还需要重新演绎伦理选择的过程，强迫儿童遵守适用于成人的伦理价值标准，就有可能对儿童造成伤害，影响他们的顺利成长。那么，这是否意味着成人对待儿童就应该采取不作为的态度，任由儿童顺其自然地发挥自己的自然天性呢？事实上，持此观点的人还不在少数，例如法国著名思想家卢梭就专门写了一本《爱弥儿》来宣扬这一观点。在《海蒂》中，海蒂的爷爷阿尔姆大叔也是这么做的。他在养育海蒂时没有对她的天性进行任何的束缚，任由她在群山中自由地奔跑嬉戏，当老师要求他送海蒂去上学时，他当即表示了拒绝，因为他想"让她同小羊和鸟儿一起茁壮成长"。

然而，阿尔姆大叔的这种做法也是不利于儿童成长的，因为这种做法实际上是杜绝了让海蒂进入伦理选择过程的可能性。

按照文学伦理学的观点，人之所以成为人，不仅仅是因为人通过进化过程中的生物选择而具有了人的外形，更是因为通过伦理选择获得了伦理意识，从而使自己的人性因子战胜兽性因子，用理性来指导自己的行为，从而使自己成为懂伦理，守道德的人。但对于儿童来说，由于他们的伦理意识还没有得到充分的培育和发展，他们的人性因子还无法对兽性因子形成有效的约束与指导，因此，他们必须经历伦理选择，才能真正长大成人。实际上，得益于祖母在去世之前对她的抚养与教育，海蒂已经不自觉地进入了伦理选择的过程。例如，她经常去看望双目失明的彼德奶奶，陪孤独的老人消愁解闷，还敦促爷爷修好了彼德家的房子。彼德家境贫困，经常饿肚子，她便毫不吝啬地将自己的口粮分出一大半留给彼德，尽管她自己的口粮也仅仅只是能够果腹。海蒂的这些善行说明她的人性因子已经得到了一定的发展，伦理意识已经萌芽。但是，由于阿尔姆大叔没有给她提供必要的教育与指导，而海蒂自己的伦理意识还不够成熟，所以她也经常会做出一些让人瞠目结舌、啼笑皆非的荒唐事。这在海蒂的法兰克福之行中表现得尤为明显。正如作品所说，"自从海蒂来了之后，塞斯曼先生家就乱了套"。她随意将小动物带回家，弄得家里一片狼藉；她好动不好静，每次上课的时候都忍不住乱喊乱动，让老师头疼不已；为了让彼得奶奶吃上松软的白面包，她攒了一大堆面包藏在衣柜里，结果由于存储不当，面包全都发黑变质了，浪费了粮食不说，还把衣柜弄得一塌糊涂。

如果说伦理意识的缺失只是导致海蒂做出一些让人啼笑皆非的荒唐事，那么，在彼得身上，我们就能更加清楚地看到伦理意识的缺乏对儿童所产生的危害。由于父亲早逝，奶奶终日抱病卧床，母亲又整天忙于生计，所以身为家长的她们根本无力对彼得进行管教。因此，尽管彼得已经是一个十多岁的少年了，但却依然没有完成伦理选择的过程。由于没有经历伦理选择，彼得缺少理性意志，他的自由意志也因此得到了充分的释放。彼得身上的很多不良习性，例如厌学、粗暴、私心重、占有欲强，都是他不受约束的自由意志的体现。最能反映彼得身上的自由意志及其危害的例子发生在克拉拉上山休养期间。彼得觉得克拉拉抢走了自己的伙伴，居然出于嫉恨故意摔毁了克拉拉的轮椅。彼得身上的这些恶习一方面说明了经历伦理选择对于儿童的重要性，另一方面也说明如果不对儿童加以约束与教导，必将酿成恶果。

　　海蒂和彼得都需要成长，他们成长的过程本质上就是伦理选择的过程。只有顺利完成了伦理选择，海蒂和彼得才能拥有成熟的伦理意识，获得辨别是非善恶的理性，使自己的行为符合伦理。但是，由于儿童自身伦理意识并不成熟，所以他们在经历伦理选择的时候，就需要得到已经完成了伦理选择的成人的教育和指导。如果成人像阿尔姆大叔和彼得的家长那样对儿童采取放任和不作为的态度，儿童是无法独立完成伦理选择过程的。

　　由此可以发现，海蒂的法兰克福之行虽然给她带来了很多痛苦，但也为她的成长创造了条件，促进了她伦理意识的成熟。在法兰克福，海蒂学到了很多之前闻所未闻必须掌握的基本礼仪和行为规范。更重要的是，她学会了阅读。儿童读书识字的过程是伦理选择过程最重要的组成部分之一。得益于在法兰克福所接受的教育，海蒂身上的兽性因子逐渐被人性因子所控制，通过伦理选择逐渐成长为一个真正的、懂伦理的人。回到阿尔姆山后，海蒂"时不时地会产生一些新念头，都是她以前不曾想到过的"。这些新念头正是海蒂在伦理选择过程中所产生的伦理观念，而且她也开始用这些伦理观念来指导自己的行为。每天早上起床之后，海蒂都会认真梳洗，而且把家里收拾得干干净净、井井有条，因为她觉得"作为一个小姑娘，任何时候看起来都应该清洁整齐"。海蒂不再厌学，而且还帮助彼得学会了拼读，改掉了逃学的恶习。读书学习能为儿童完成伦理选择提供巨大的帮助，而儿童一旦经历了伦理选择，就能快速地成长。学会了阅读之后，她经常给彼得奶奶念赞美诗，帮助老人重新恢复了对生活的希望与信心。她还给爷爷讲述了一个浪子回头的故事，帮助孤僻遁世的爷爷重新回归社会。面对海蒂这些积极的变化，就连当初反对将海蒂送到法兰克福的爷爷都不得不感慨"海蒂真的没有白白到外面世界走一趟"。

海蒂在法兰克福接受教育的过程，也是她经历伦理选择的过程。然而，这一过程并非一帆风顺。在相当长的时间内，海蒂没有取得任何进步。但是，问题并非出在海蒂身上，而是出在那些教导她的成人身上。萝得迈耶尔一味地用各种行为规则束缚海蒂，这就违背了海蒂天性中活泼好动的特点，引起了海蒂的强烈抵触。而坎达特先生上课时只会照本宣科，压根就没有考虑到儿童重感性轻理性的接受特点，就连温顺的克拉拉都忍不住抱怨："他讲的越多，你明白的就越少"。经过长达一年的学习，海蒂却连基本的拼读都没有掌握，而且越发地觉得读书是一件枯燥无味的事情。萝得迈耶尔和坎达特先生教育失败的经历告诉我们，儿童在进行伦理选择时固然需要得到成人的帮助和指导，但是，成人在指导儿童的过程中也必须理解并且尊重儿童的天性，避免产生伦理越位，否则便不会取得好的教育效果。

在法兰克福，真正为海蒂的成长提供巨大帮助的是塞斯曼奶奶。和萝得迈耶尔等人不同，塞斯曼奶奶不是将成人的伦理观念强行灌输给海蒂，而是用儿童容易接受的方式激发她的学习兴趣，传授给她各种知识。她发现海蒂对大自然有强烈的亲近感，便用一本描述大自然和山区生活的图画书激发海蒂对阅读的向往；她理解儿童爱好玩乐的心理，所以经常陪海蒂一起玩洋娃娃，给洋娃娃缝制衣服，让海蒂在不知不觉中学会了针线活；她看到海蒂常常满腹心事却不知如何诉说，便用一个有趣的宗教故事引导海蒂向上帝倾诉自己的烦恼，告诉她如何通过信仰获得面对未来的希望和克服困难的勇气。可以说，正是得益于塞斯曼奶奶正确的教育方法，海蒂才真正地结束了伦理蒙昧的状态，逐渐完成了自己的伦理选择。

除了海蒂之外，彼得和克拉拉得益于正确的引导和帮助，也通过不同的方式完成了自己的伦理选择。由于饱受成人伦理越位之苦，克拉拉活泼好动、亲近自然的儿童天性被压抑。这不仅使她的身体越来越虚弱，也使她的心灵逐渐失去了活力，无法从生活中感受到快乐。所以，她最需要的是迈出家门，离开城市，走进大自然，让充满生机与活力的大自然激活她的心灵。在克拉森医生和阿尔姆大叔的帮助下，克拉拉来到了阿尔姆山。山区新鲜的空气和绿色健康的食品使得克拉拉的身体一天比一天强壮，最后奇迹般地重新站了起来。生机盎然的自然美景不仅令克拉拉恢复了身体的健康，还帮助她找回了久违的快乐心情，让她"心中产生了很多从未有过的想法，她要在明媚的阳光下活下去，并且做一些让自己和别人都感到快乐的事情"。可以说，阿尔姆山的生活经历不仅让克拉拉恢复了健康，更帮助她树立了正确的生活信念。

彼得和克拉拉的情况正好相反。克拉拉是因为被管束太多以至于天性受到了压抑，而彼得则是由于缺少管束而过分放纵自己的自由意志。因此，在帮助彼得进行伦理选择时，就必须通过适度的批评和惩罚来约束他的自由意志，同时也通过积极的鼓励以强化他的理性意志。彼得逃课时，阿尔姆大叔严厉地批评了他。而在彼得答应改掉逃学的恶习后，阿尔姆大叔又为他准备了一顿丰盛的晚餐作为鼓励。彼得摔坏了克拉拉的轮椅后，赛斯曼奶奶告诉他，人的心灵中住着一个小卫士，人一旦犯了错误，就会受到这个小卫士严厉的惩罚，"永远生活在惊恐和害怕中，不再会有快乐"。这个小卫士，就是能够分辨是非善恶的理性。赛斯曼老奶奶实际上是在通过这个形象的小故事告诉彼得，人必须时刻用理性约束自己的行为，否则便会受到惩罚。在老人的启发下，彼得勇敢地承认了自己的错误。作为奖励，赛斯曼老奶奶也答应可以满足他的一个愿望。通过这种赏罚分明的教育，彼得身上的自由意志和理性意志出现了此消彼长的变化，获得了辨别善恶的能力，理性逐渐得以成熟。

海蒂、彼得和克拉拉的成长经历各不相同，但都说明了同样的道理：儿童的伦理选择固然需要得到成人的帮助，但是成人对儿童的理解与尊重也十分重要。成人只有结合儿童的特点进行因势利导的培养，才能有效地引导儿童，帮助儿童完成伦理选择。这就恰恰呼应了小说的副标题——为孩子和爱孩子的成人写的故事（a story for children and those that love children）。正如聂珍钊教授所言，文学的根本目的是"为人类提供从伦理角度认识社会和生活的道德范例，为人类的物质生活和精神生活提供道德指引，为人类的自我完善提供道德经验"。[①]《海蒂》一方面通过对儿童的斯芬克斯因子和伦理选择的文学化描述为儿童提供了有益成长的教诲，让儿童明白成长的意义和成长的方法，另一方面也对成人读者提出真诚的忠告：如果我们真的关爱儿童，就应该做到理解儿童、尊重儿童，为他们提供正确的教育和引导，帮助他们顺利完成伦理选择的过程。

---

① 聂珍钊：《文学伦理学批评：基本理论与术语》，《外国文学研究》，2010 年第 1 期，第 17 页。

# 后　记

终于可以提笔写这篇后记了。

这本书得以完成，首先要感谢我的授业恩师聂珍钊教授。自2000年开始在聂老师门下修习外国文学以来，不知不觉已经过去了十五个年头。这十五年来，我的每一分积累、每一点进步都得益于聂老师的耐心教导和精心指点。在我初入学术研究之门，正感到无所适从时，是聂老师教导我要选定一个作家，细致深入地开展研究，帮助我走出了迷茫，迈上了学术研究的正途。三年前，也正是恩师的一番耐心指点，使我下定决心调整研究方向，将儿童文学研究作为终身的志业。从聂老师那里，我学到的不仅是怎样读书，怎样治学，还有怎样做人，恩师给予我的这些教诲将令我受益终生。在本书的写作过程中，无论是研究选题、结构编排还是细节论述，我都得到了聂老师的悉心指导。可以说，没有聂老师的指点与帮助，这本专著是无法完成的。不过弟子愚钝，学艺不精，距离恩师的期望肯定差得很远。好在余虽不敏，然余诚矣。我想，只要我还没有失去这最起码的做人和做事的真诚，这本书中存在的所有疏漏与偏颇都能在以后的研究中得到弥补与纠正，我也将不断努力、认真治学、真诚待人，不负恩师的期望与教诲。

同时我还要感谢在研究过程中给予我无私帮助和建议的老师们，他们是胡亚敏教授、邹建军教授、李俄宪教授、苏晖教授、杨建教授和刘渊副教授。从本科阶段开始，我就一直聆听老师们的教诲，在攻读硕士、博士学位期间，又承蒙老师们屡屡指点迷津，令我在研究陷入困惑时豁然开朗。

我还要感谢我的同门、同事和朋友给我的关心和热情帮助。感谢王松林、刘茂生、尚必武、李安、周昕、何庆机、曾巍、杨革新、蒋天平、李云峰、刘红卫、王卓、申利锋、王群、柏灵、张连桥、何林、郭雯、蒋文颖、吕洪波等同门兄弟姐妹多年来给予我的友谊与帮助。我还要特别感谢郭晶晶、邹晶和李怡三位师姐，她们不仅在学业上给我帮助，在生活上也像姐姐一样给予我诸多照顾和提点。感谢中南财经政法大学新闻与文化传播学院院长胡德才教授与中文系姜金元、帅锦平两位主任在教学安排上为我提供的关照，使我得以专心从事研究。感谢中南财经政法大学外国语学院的余艳老师从英国为我带回大量研究急需的图文资料，而且，她作为这本书的第一个读者，也为我提出了很多富有洞见与灵气的指导和建议。

此外，我还要感谢那些优秀的作家朋友。他们是绘本作家肖袤、童话作家黄春华和小说作家舒辉波。每当我就研究中的疑难向他们咨询时，他们总能根据自己丰富的创作经验提出切中肯綮的指导意见。这里还要特别感谢著名儿童文学作家董宏猷老师。董老师虽然已经从作协主席的职务上卸任，但依然勤于笔耕，为了儿童阅读事业的推广而四处奔波。在我的研究过程中，董老师也时时给予督促和关心，同时提供了很多富有启发性的建议。和董老师一起在解放公园品茶论文，已经成为我们这些青年学人研习儿童文学的又一个重要课堂。

感谢本书的责任编辑高雁女士，她扎实的业务能力和广博的学识为本书增色了许多。

最后还要感谢我所有的家人，尤其是外婆、母亲与妻子。想到你们对我的关爱、体谅与无私付出，"感谢"二字已经不足以表达我此时的心情。现在我能做的，唯有多揽些家务，多为你们做几顿可口的饭菜，多陪你们逛街、购物、出游，以尽量弥补我的愧疚之处。

我深知本书还存在这样那样的不足。例如，从比较文学研究的角度出发，英国童话中的伦理教诲与其他国家的童话，如美国童话、法国童话、德国童话，以及中国童话相比，有何独到的特点？如果从文学史的角度观照，英国童话发展史上不同阶段的经典作品是否包含着不同的伦理意义，其间又是否存在一些隐含着的耐人寻味的演变规律？这些悬而未决的问题既是本书的缺憾，同时也为我指明了今后研究的方向。我衷心期待能够得到来自读者朋友的批评指正，也期待能在以后的研究中弥补这些缺憾。

感谢生活！

感谢童话！

愿这个世界最终变得和童话一样美好！

谨将本书献给我的父亲。

李 纲

2015 年 4 月 8 日于南湖之滨

图书在版编目（CIP）数据

英国童话的伦理教诲功能研究/李纲著 . —北京：社会科学
文献出版社，2016.4
　（文澜学术文库）
　ISBN 978 - 7 - 5097 - 8982 - 7

　Ⅰ . ①英… 　Ⅱ . ①李… 　Ⅲ . ①童话 - 文学研究 - 英国
Ⅳ . ①I561.078

　中国版本图书馆 CIP 数据核字（2016）第 070311 号

· 文澜学术文库 ·

# 英国童话的伦理教诲功能研究

著　　者／李　纲

出 版 人／谢寿光
项目统筹／恽　薇　高　雁
责任编辑／高　雁　于　跃

出　　版／社会科学文献出版社 · 经济与管理出版分社（010）59367226
　　　　　　地址：北京市北三环中路甲 29 号院华龙大厦　邮编：100029
　　　　　　网址：www. ssap. com. cn
发　　行／市场营销中心（010）59367081　59367018
印　　装／三河市尚艺印装有限公司

规　　格／开　本：787mm × 1092mm　1/16
　　　　　　印　张：15.75　字　数：205 千字
版　　次／2016 年 4 月第 1 版　2016 年 4 月第 1 次印刷
书　　号／ISBN 978 - 7 - 5097 - 8982 - 7
定　　价／69.00 元